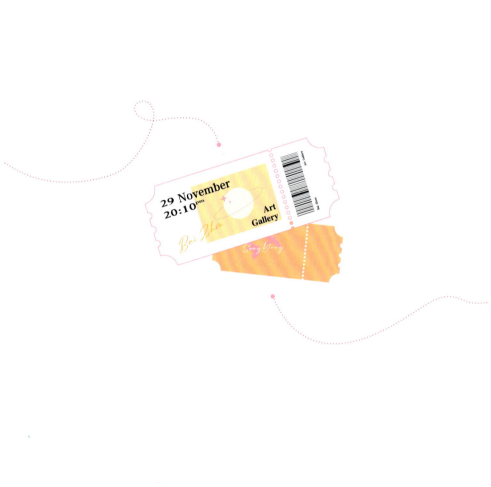

柏舟

若花辞树

—— 著 ——

长江出版社 CHANGJIANGPRESS　漫娱图书

如果七年后，我们仍是最好的朋友，
我会回到这里，希望我们永远都不会分开。

20XX年3月21日

目录
Contents

过往的七年给了我许多的勇气，
就像是用七年时光给我的人生提前充满了电。

lozhou

旧 日

第 一 章 · *Memory*

"整整三年了，本来我们是差七岁的，现在只差四岁，很快我就要赶上你了。"

"姐姐，我要赶上你了。"

01

早上六点多，柏舟就被豌豆从床上叫了起来。

豌豆是一只不到四岁的柴犬，性格活泼，十分好动，每天最期待的活动就是早上被柏舟带着出去跑步。只是它这段时间，有越起越早的趋势。

柏舟还没睡醒，迷迷糊糊地起床、喂狗、洗漱、打开冰箱。

冰箱里空空的，只剩下角落里的一个面包和一盒鲜奶。柏舟拿过鲜奶看了一下保质期，已经过期好几天了。

牛奶被扔进垃圾桶，柏舟拿了面包当早餐。

豌豆已经吃完狗粮在门口等着了，它嘴里叼着自己的牵引绳，仰头看着柏舟，一脸期待。

柏舟换了鞋，看了它一会儿，叹息着摸了摸它的头，给它系上绳子："走了，去玩。"

深秋的清晨雾蒙蒙的，才走上百来米，头发上就沾了一层水汽。

柏舟几口吃完了面包，把包装袋扔进垃圾桶里，就和豌豆沿着一条人烟稀少的柏油路跑了起来。

路两边的树已经彻底枯黄，风吹过树林，稀疏的枝叶发出萧瑟的响声。地面已经积了一层落叶，踩上去软软的，沙沙作响。

柏舟跑了二十几分钟，气喘吁吁地放慢了速度，豌豆在前方停下，回头汪汪地叫，示意她快点。

柏舟缓步走过去，边走边和它打着商量："我跑不动了，我们休息一下。"

豌豆汪了一声，不太满意，但还是回到她身边，贴着她的腿边走。

走了几分钟，前方出现一座小木屋，长得有些像那种路边的报亭，不过这是一家花店。

"走，我们去买花。"柏舟小跑起来，豌豆吐着舌头，尾巴高高地翘着，兴奋地冲了出去，结果跑得太快，被绳子扯了一下，回头不满地叫了一声。

柏舟笑了起来："慢点啊。"

花店门口摆了张小板凳，老板坐在板凳上，拿着剪刀正在修剪今天新到的鲜花，见一人一狗拉扯着过来，笑着和柏舟打招呼："今天挺早啊。"

柏舟几乎每天都在这条路上跑步，花店老板都认识她了。

她说："狗起得早。"又看了看今天的花，蹲下来挑选了几枝。

老板知道她的习惯，她每次挑的都是当季的鲜花，不会多挑，一般就是几枝，包成小小的一捧，正好能插满一个花瓶。

今天也不例外。柏舟仔仔细细地挑拣，选的鲜花都沾着露水，有着饱满的花瓣与漂亮的颜色。她拣好后交给老板包起来，然后付款。

"明天见啊。"老板冲柏舟挥了挥手。

手里抱着束花就更不好跑了，这条路人少，工作日的早上更是见不到什么人影，豌豆也被教得很好，虽然是只活泼的大狗，但一看到人，

就会乖乖地跑回主人身边避让。

柏舟前后看了看，确定没人，干脆解了绳子让它自己跑前跑后地玩。

狗狗最开心的事就是玩，它迅速地冲出去，又欢快地跑回来，绕着柏舟转圈，爪子在落叶上踩出沙沙的声音。

有人打电话过来，柏舟掏出手机，是姜苑。

她接了起来，姜苑的声音从手机里传来："小舟，起床没有？"

"起了。"柏舟一边说，一边留意着把脑袋钻进矮树丛里的豌豆。

"好早啊，是不是豌豆吵醒你了？"

"是啊。"柏舟拖着长长的调，懒懒散散地问，"怎么了，有事吗？"

"倒是没什么事，只是周六晚上我们有个聚会，你也来吧？"

姜苑大概也是刚睡醒，声音有些哑。

柏舟没怎么犹豫就答应了："好，你把时间和地点发给我。"

"行。"姜苑笑了笑，"那我不打扰你了，周六见。"

"周六见。"柏舟挂了电话。

不到一分钟，姜苑就把时间地点都发过来了——周六下午六点钟，医学院门口的那家酒楼。

多少年了，他们每次聚会还是挑在那里。

柏舟把手机塞回口袋，有些漫不经心地想，万一哪天酒楼倒闭了，那他们就连聚会的地方都没有了。

豌豆不知道从矮树丛里找到了什么宝贝，用嘴巴叼着，兴奋地摇着尾巴，朝柏舟冲来。

柏舟赶紧弯下身，抱住急冲过来的豌豆，大狗狗猛烈的冲击力险些把柏舟撞倒。

柏舟摸着它的脑袋："找到什么好东西了？"豌豆特别擅长找东西，也经常从家里的犄角旮旯里找出各种陈年旧物。

它漆黑的眼睛亮亮地看着她，张口朝柏舟的手心吐出一颗橙色的小球。

柏舟惊讶，随即笑了起来："小豌豆，这是你去年弄丢的小球吧？"

豌豆用力地汪了一声，扬着脑袋一副得意扬扬等待夸奖的模样。

柏舟揉了揉它松软的皮毛，站起来，把球丢了出去："捡回来！"

豌豆像是一阵风，顷刻间便朝着球冲去。

好快啊，柏舟看着它奔跑的身影，小豌豆就要四岁了，时间真的过得好快。

柏舟突然想起她和桑泱在宠物店见到豌豆的场景。

02

决定要一只宠物，是一件很偶然的事。

那天是个休息日，恰好也是桑泱她们同学聚会的日子。

桑泱本来和姜苑她们约好了先去逛商场，然后一起去聚会的酒楼，但是柏舟有意见，闷在被窝里和桑泱抗议："好不容易休息，你不在家待着，还要跑出去玩啊。"

桑泱坐在床边，试图把她从被窝里剥出来："我们一起去啊。快过年了，我们一起去逛街，我送你一件新衣服，好不好？"

她总是用这种哄小孩的语气和她说话。

柏舟继续躲在被子里，不想出去。

过了几秒，被子外传来手机拨号的声音，不知道桑泱在给谁打电话，还开了免提。柏舟一下子就竖起了耳朵。

"喂？"手机外放的声音有些失真，但依然能听出是姜苑，"桑泱。"

"不能跟你们去商场了，我们晚上聚会上见吧。"桑泱笑着说道。

被子里的柏舟顿时觉得满意了，她偷偷地掀开了一点被子，探出了脑袋，恰好对上桑泱含笑的眼眸。

柏舟被抓了个正着，正要躲回去，便听姜苑说："怎么了？小家伙有意见了？"

姜苑和桑泱是同学，她们那几个关系好的同学，都是看着小她们七八岁的柏舟突然出现，然后像个小尾巴一样跟在桑泱身后"姐姐姐姐"

地喊。这么多年了，她们和柏舟也算是多年的好朋友了，平时都特别爱逗她。

桑泱的目光中笑意更盛，看着柏舟缓缓说道："是啊，我家小孩闹脾气了。"

柏舟的脸顿时红得发烫，正要抗议不能这么叫她，她都二十二了，便听姜苑不紧不慢地说："哦，孩子不听话啊，那打一顿就好了。"

"喂！"柏舟气得大叫，什么叫打一顿就好了！

姜苑听到她的声音，更是笑出声来。

桑泱拍了拍身边，示意柏舟过来，拿起手机笑着说道："好了，不跟你说了，小孩要生气了。"

柏舟不高兴，她认识桑泱的时候只有十六岁，确实挺小孩子气的，可是现在都过去六年了，桑泱还是觉得她没长大，依然像对待十六岁的小朋友一样对待她。

她从被子里爬出来："她又欺负我，你的朋友们老是欺负我。"

桑泱挂掉电话，揉了揉她毛茸茸的头发："是你比较好玩，她们都很喜欢你。"

柏舟的头发是天然卷，有一点点乱，发质又细又软，头发在她的脑袋上，像是一朵可爱的云。

她勉强接受了桑泱的说法，又问："那你呢？"

"我啊……"桑泱温柔的眼眸像是月光下的池水，映着轻柔的月色，泛着淡淡的笑意，"我当然是最喜欢你的那个。"

柏舟心花怒放，声音有些轻，却很满足："我也是。"

桑泱轻轻地抚摸她的头发，手指穿插进她的发间，轻柔摩挲着："我是不是好久没有好好陪你了？"

桑泱是名医生，工作很忙，经常需要加班，有时和柏舟在外边玩，接到电话就要赶回医院，遇到大型手术，彻夜不归也是常有的事。

而柏舟偏偏是名自由插画师，工作也是待在家里完成，很少出门。这样看来，就更显得她一个人待着的时间多，桑泱陪伴她的时间少了。

"是啊,你一直加班。"柏舟拖着嗓音说道,语气里却没有什么不满。

她松开手,翻身仰面躺着,目光干净纯粹,她很快想出一个主意,轻快地笑道:"那要不要出去逛逛?"

桑泱也跟着笑了,拍了下她的手臂:"要,你快起来。"

聚会在晚上,她们还有一个白天的时间可以逛。

已经临近过年了,家里还没买什么年货,不过她们两个也不太在意这些,而且从桑泱第一次带柏舟回家过年后,她们就养成了每年都一起过年的习惯。爸爸妈妈会包办一切,她们只需要买一些新年礼物就行了。

而挑选礼物,是一件很开心的事。

她们去了商场,桑泱一如往年般给柏舟买了许多画材,柏舟给桑泱买了一副皮手套,她们一起给爸爸妈妈买了羽绒服,还有一些智能小家电。

从商场去往聚会的酒楼时,路过了一间花店,花店里有各色鲜花,摆得满满当当,像是温暖的春天。

桑泱很喜欢花,尤其喜欢当季的鲜花,见了花店总要进去买上一捧,也不多买,够插满一个花瓶就行。

柏舟跟她走进花店,开在冬季的花不多,但也都很美。

桑泱细致地在店里挑选,柏舟四下随意地看,晃到门口时,发现隔壁是一家柴犬主题的咖啡店,她不由自主地走了过去。

深冬的商铺玻璃上总是蒙着重重的水汽,柏舟站在落地窗外,抬手轻按在窗上,隔着蒙眬的玻璃往里头看。

有好几只柴犬,或是在店里相互追逐着玩,或是被客人抱着撸,在这样冷的冬日里,里头的画面格外温馨。

柏舟看了片刻就要离开,收回手时,玻璃上的水汽被手擦掉了一大片,画面清晰了起来。只见一只小柴犬趴在玻璃上仰着脑袋眼巴巴地看着她,见他们的视线对上,小柴犬歪了下头,吐着舌头,露出柴犬的招牌笑容。

小柴犬胖乎乎的，身上有厚软的皮毛，两只小耳朵还没立起来，软趴趴地耷着，一双圆圆的眼睛特别明亮。

这里怎么有只落单的小狗？柏舟惊讶了一下，随即笑着对小柴犬招招手，弯下身，在玻璃上点了一下："你怎么落单了？"

她问完，又用手擦掉更多的水汽，仔细地看了看，发现小柴犬是被高高的栅栏围在这个角落里的。栅栏是蓝色的，不透明，店里的客人不特意走过来的话，不会发现这里还有一只小狗。

"好可怜。"柏舟有些同情它，其他狗狗都有人一起玩，只有它被孤零零地圈在角落里。

桑泱买好了花过来，站在柏舟身边，和她一起看了会儿小狗，缓缓道："真可爱。"

柏舟点头："是的呢。"

"好像我们家小舟哦。"桑泱又慢吞吞地说道。

柏舟愣了一下，眉头皱起来，鼓着脸道："哪里像了！"

"哪里都很像啊。"桑泱笑了起来，目光柔和，"笑起来很像，傻乎乎的，眼睛也很像，有很干净的亮光，还有毛茸茸的小脑袋也像。"

她居然还一条条细数起来，柏舟不服气，直起身要走，小柴犬立了起来，两只前爪都搭在玻璃上，不过它太小了，没什么力气，很快爪子就落到地上。它呜呜地叫着，看着柏舟。

柏舟心一软，不忍心走了。一人一狗就这样对视着。

"送你一只小狗当新年礼物好不好？"桑泱突然说道。

柏舟眼睛一亮，兴奋地问："可以吗？"

她们从来没有谈过要养宠物的话题，柏舟一直以为桑泱是不喜欢宠物的。

"当然可以。"桑泱说着弯下身，点了点玻璃，小柴犬在里面高兴地追着尾巴转圈，是一只很活泼的小狗。

柴犬主题的咖啡店里，把一只能让顾客怜爱心爆棚的小奶狗隔离起来，肯定是有原因的。

桑泱带着柏舟进去,问了店员,得知这只小柴犬是半个月前新来的,但店里的"原住民"们非常排外,不欢迎这只小狗,总是联合起来欺负它,店长不得已,只能先把它隔离起来,现在正和宠物店协商退货。柏舟和桑泱的出现正好解决了他们的难题。

就这样,她们带着一只小奶狗离开了咖啡店。

带着一只新买来的小狗当然就不好去聚餐了,她们回了家,路上顺道去了一家宠物用品店,把小柴犬需要的东西都买全了。

到家的时候下雪了,墨蓝的天空黑沉沉地压下来,路灯昏黄的光影下,雪花洋洋洒洒地飘落。

"冷死了冷死了。"柏舟抱着小柴犬,一下车就冻得打了个哆嗦,哈出的气都在空气中凝成了白雾。

桑泱一边给姜苑打电话说聚餐不去了,一边还分出一半的注意力在柏舟身上。

柏舟跑到桑泱身边,听到电话里头姜苑大叫:"怎么突然就不来了,太不够意思了!"

她笑嘻嘻地凑到手机边上:"生不生气?"

她们两个总不对盘,从刚认识那会儿就经常吵吵闹闹的,直到现在六七年过去了,还是时不时就会拌几句嘴。

"我不生气,我跟一个离不开姐姐的小孩生什么气。"姜苑的声音冷冷地传来,不屑得很。

柏舟见气不到她,反让她埋汰了一顿,立即就要反击,桑泱开了口,对着电话那端的姜苑道:"你别老逗她了。"

柏舟见桑泱站在她这边,有些得意,姜苑笑了一声:"你就惯着她,哪天……"那边有人在叫姜苑的名字,大概是人齐了要上菜了,姜苑打住了没再说下去,讲了句下次再约,就挂了。

"哼,就知道跟我吵架,她肯定看我不顺眼。"柏舟不满地嘀咕道。

她们正好走到家门口,桑泱开了门。

"等下次见了她，我要……"柏舟话还没说完就停下了，桑泱捏住了她的耳垂打断了她："都冻红了。"

柏舟立即顾不上和姜苑置气了，她可怜地望着桑泱："脸也好冷，肯定也冻红了。"

她们站在玄关口，大衣和围巾都没来得及脱。

桑泱双手贴到柏舟的脸上，手心的温热很快就让她冰冷的脸颊暖了起来，柏舟望着桑泱，情不自禁地倾身，想在桑泱的肩上靠一会儿。

"汪。"小柴犬叫了一声，打破了此刻的静谧，她们低头一看，小狗正在柏舟的怀里仰头看着她们。

柏舟与桑泱都一愣，而后对视了一眼，又都忍不住笑了一下。

"得让小狗熟悉家里，它的窝也要搭起来。"桑泱说道。柏舟连连点头，养宠物可不是一件简单的事，得赶紧把它安顿下来。

她们先把小狗放到地上，让它自己探索新家，然后就去车上把东西都搬了下来。

宠物用品堆得像座小山，柏舟和桑泱一起，把东西一件一件拆出来，摆到屋子里。

小狗的窝、食盆，还有狗粮、罐头、零食，它的各种玩具，绳结骨头、胶质的小球、漏食玩具、飞盘，都放到相应的位置上。

小柴犬对这个陌生的新家有些畏惧，但小狗天生旺盛的好奇心很快就战胜了害怕，它迈着小短腿，一边走一边好奇地张望。

"小狗。"柏舟叫了一声。

小柴犬正探索到楼梯旁的角落，像是被她突然发出的声音吓了一跳，转头朝声源处看。

柏舟丢过去一只橙色的小球。

小狗还不会接球，直愣愣地任由小球砸到小脑门上，脑袋被球的力道撞得向后仰一下，它呆住了，傻乎乎地看柏舟。

"好笨，接球都不会。"柏舟叹着气摇摇头。

"你得教它。"桑泱坐了下来，逛了一天有点累了，她半靠在扶手上，单手撑着脸侧看柏舟捡起小球又丢了几次，这回小狗不再是呆呆地站着不动了，但也还不会接球，只是兴奋地追着小球跑。

柏舟颇有些恨铁不成钢地指挥着："不是让你追着球跑，是捡回来给我。"

小柴犬哪里听得懂她的意思，还是高高兴兴地追着小球玩。

桑泱的眼中不自觉地漫上了笑意。

柏舟和小狗玩累了，跑到桑泱身边坐下，自然地靠到桑泱的身上。桑泱坐直了身体，揉了揉她柔软的头发，柏舟笑了起来，低着头像一只大狗狗一样用脑袋轻轻地蹭桑泱的脖子。

她细软的头发像是蒲公英，蹭得桑泱有些痒。

桑泱仰头朝后躲了躲，柏舟顺势把她扑倒在沙发上。

"快去洗澡。"桑泱笑着催促，柏舟刚玩了小狗，衣服上粘了一些狗毛。

柏舟不吭声，只是抱着她。

"不洗澡，就是个脏孩子了。"桑泱柔声说道，仿佛嫌弃，手却揽住了柏舟，与她贴得更加近了。

柏舟弯了弯唇，有些固执地说道："变成脏孩子也要抱住姐姐。"

桑泱便没再说话了。

外头的雪越下越大，左侧的落地窗户没有拉窗帘，白蒙蒙的玻璃上隐约可以看见外头浓重的夜色里，雪花在院子的路灯下静静飘落。

桑泱的呼吸浅浅的，就在她耳边，柏舟闭起了眼睛。

过了会儿，她想到什么，问："为什么会突然送我一只小狗？"

她们没有养宠物的计划，而桑泱是一个很有条理、很讲究计划的人，这么突然地在大街上遇到一只小狗就带回家，真不像她会做的事。

"因为你喜欢它，我想让它在我不在的时候陪着你。"桑泱缓缓地说。她加班的时间太多，总担心小舟一个人在家会无聊，她说着，话音里又染了些笑意，"而且，它真的好像你，尤其像十六岁的小柏舟。"

柏舟听着前半句还不觉得有什么，听到后半句的时候，一下子麦毛了："哪有！它看起来傻乎乎的。"

"嗯，十六岁的小柏舟也傻乎乎的，还很可爱。你记不记得有一回我很忙，着急地赶着去上一堂课，你背着画板跟在我身后走了一路，我也没顾得上你。在进教学楼的时候，你叫了声姐姐，我一回头，就看到你又委屈又可怜地看着我，那个表情，和小柴犬真的好像哦。"

"不记得了！"柏舟气道。

小孩生气了。桑泱摸摸她的脑袋来哄她，柏舟这才消气，但还是有些沮丧："我觉得好不公平。"

桑泱凝神听着。

"你见过我十六岁的样子，我却不知道你十六岁是什么样的。"

桑泱惊讶，随即轻笑："我十六岁还挺无聊的，就是上学啊，天天都是念书，只有一个目标就是考个好大学，应该是那种最乏味的学生生活了。"

她话里大有很无趣不必了解的意思。

柏舟不高兴了，开始歪缠："我不管，很乏味我也想知道。那么多人见过你十六岁的样子，你的老师，你的同学，还有许许多多和你擦肩而过的陌生人都见过，只有我没见过。

"我想知道你喜欢什么颜色的衣服，听什么样的歌，同桌是谁，和谁的关系最好，有没有任性的时候，会因为什么大笑。"柏舟一口气说下来，她的神色很认真。

看来是真的很想知道。

桑泱既无奈又好笑，却没有把这个当成小孩的任性，她说："那好吧，你让我回忆一下。"

柏舟立即安静下来，望着桑泱静静思索的面容。

桑泱开始慢慢地说起来："我在一中上学，高二（9）班，教室是新教学楼三楼靠东侧楼梯的那一间。

"同桌是个男生，高高瘦瘦的，爱打篮球。那时学校要求穿校服，我们的校服是白色的，蓝领子。

"我成绩还算不错，一般都能考年级前五，大概是一门心思都在学习上的缘故吧，朋友不太多。还有周一的升旗仪式，我是主持人……"

她一一地讲述，柏舟听着她轻缓的声音，目光逐渐柔和。

她的思绪回到那一年，那一年桑泱十六岁，她九岁，上小学，是在距离一中有半个城的实验小学上的。

那么远，她们很难有接触的机会，但她每周六都会去一个地方学画画，那个地方距离一中不到一千米。

或许某一日，阳光正好的时候，她从画室出来，在画室门口的浓密树荫下，如世上千千万万人一般，与那年尚是个少女的桑泱擦肩而过。

于是在九岁那年，她们有了第一次交集，但当时两个人都没有意识到。直至七年后，她十六岁，桑泱二十三岁，在一间小小的礼堂里，她们又有了第一次碰面，第一句聊天，第一个相视而笑的默契。

柏舟仰头凝视着桑泱，看她温柔的脸庞，含着笑意的眼，听她轻柔地讲述。

柏舟倾身凑过去，桑泱猝不及防，纤长浓密的睫毛颤了一下，垂眸看她有些凌乱的发顶，笑着说：“不管几岁我们总会相遇，这是我们的缘分。”

那是很好的一天，是很完美的一天，她们在早上聊天，去商场给彼此准备新年礼物，带回了一只小狗，然后在一天结束后互道晚安。她全然记不得冬天的寒冷，记忆里留下的只有桑泱温暖的话语与她带着笑意的眼眸。

可那样美好的一天，放到她们相处的漫长时光里又是如此平常的一天，因为她们的每一天都是那样度过的，彼此的存在对她们来说就像呼吸一样理所当然。

03

豌豆跑上台阶，转头叫了一声。

目的地到了，柏舟的回忆也被打断。

"别急。"柏舟笑着说着，缓缓地迈上了台阶。

台阶两侧的小雏菊开了，秋意也烂漫。

柏舟抱着花慢慢地走，一级又一级。

最后她停在一座墓前。

"今天来得有些早。"柏舟把鲜花放在墓前，那里已经放了一束花，还很新鲜的样子，是柏舟昨天放在这里的。

墓碑上的照片里，桑泱温柔地看着柏舟。

柏舟也看了她一会儿，伸手触碰照片里那张刻在心尖上的面容。

墓碑冷极了，再也没有了让她依赖沉迷的体温。柏舟垂下手，随即又努力撑出一个笑容："都怪豌豆，这么早就把我吵醒了，我一睁开眼，就满脑子都是你。"

照片里的桑泱笑着注视她，没有任何回应。

柏舟的笑容消失了，无望而酸胀的思念充斥着她的心，她无力地低下头，说着再也得不到回应的想念："姐姐，我好想你。"

遇见桑泱的那年，她十六岁，现在她二十六岁。

明天就是桑泱的忌日，她已经离开三年了。

晨间的雾气退去，草木叶子上蒙着的水汽凝成晶莹的露珠轻轻滚动。

阳光渐渐强烈起来，天清气朗，万里无云，看来今天会是一个好天气。

柏舟靠着墓碑旁的围墙坐下来，斜对着墓碑上的照片。豌豆跑了一路，大概是累了，也蹭过来窝在柏舟旁边。

"我想让它在我不在的时候陪着你。"

这三年，陪伴她的只有豌豆，似乎是当年带它回家的那个夜晚，桑泱一语成谶。

柏舟摸了摸豌豆，豌豆低低地鸣了一声，仰头看她。柏舟对它笑了笑，让它靠在自己的腿上。

二十六岁的柏舟，已经成熟了许多，她变得内敛，变得阴郁，她的快乐像是都被吸走了，可她的眼睛依然干净纯粹。

"好快，豌豆下个月过完生日就四岁了，现在是一只大狗狗。"柏舟轻轻地说着，像是她们平时聊天一般。

桑泱刚离开的那段日子里，柏舟怎么都无法适应，她像是还没有接受这个噩耗，许许多多的琐事就像水里的海藻一样涌了上来，将她缠得死死的。

时间就像桑泱还在时那样井然有序地往前走，柏舟被裹挟推动着朝前，机械而麻木地做着一件件零碎的事，连落泪的空暇都没有。

直到过去三个月，悲伤似乎都沉淀了下来，桑泱存在的痕迹越来越少。逐渐地很少有人提起她，也很少有和她相关的事发生。

仿佛她的存在根本不重要，她的离开也影响不了任何事。

只有柏舟，在某一日清晨醒来，看到那个本来属于桑泱的房间空空的，冷得像冰，她的脑子里突然炸开一个念头——桑泱离开了，永远不会回来了。

那一瞬间，眼泪唰地淌了下来，她木然的神色像是被一拳打碎的玻璃一般有了裂痕，她缩成一团，撕心裂肺地痛哭。

那天以后，她开始失眠，开始频繁地焦躁，开始莫名其妙地突然落泪，心就像是彻底死了，感受不到喜怒哀乐。

姜苑她们几个很担心她，给她预约了心理医生。

医生建议她暂时搬家，等到悲伤平息后再回去。

柏舟办不到。

她起初阳奉阴违，后来医生反复地提，她烦了，干脆就放了医生鸽子，再也不去了。

去年秋天的一个早上，她带豌豆出来散步。

他们沿着林间的柏油路走，一路走着，不知走了多久，到达公墓外。

她在墓园外站了好久。柏舟平时是不敢来这里的，每年只有在桑

泱的忌日与清明节时陪着桑泱的父母一起过来。

她总觉得她在这里，在桑泱长眠的地方会控制不住自己的情绪。

但那天，不知是什么原因，或许是因为天气很好，让她想起了和桑泱初见的那个秋天。又或许是她真的很想她，想到即使情绪失控，发生任何事都没关系。

她牵着豌豆走了进去。

桑泱的墓在一处角落，因为她喜欢安静。柏舟只来过几次，但却觉得这里一切都很熟悉，她找到了墓碑的位置，看到那座寂静的、没有任何温度的墓，还有墓碑上桑泱的笑容。

奇怪的是，她的心居然很平静，是久违的平静，像是找到了一个归处。

她在墓前坐下来，和桑泱说了好多话，然后离开。

隔了几天，她忍不住又来了，接着是第三次、第四次、第五次……

她渐渐从容起来，会在路边给桑泱带一捧花，桑泱喜欢花。

她能够工作了，也会笑，会好好地说话，会经常照顾桑泱的父母，把生活安排得井然有序。

朋友们都很欣慰，但柏舟没有告诉任何人她几乎每天都会去墓园见桑泱。因为她知道这只是饮鸩止渴，其他人不会赞同的。

可她确实找不到更好的办法了。

"他们周六又要聚会了，还是那家酒楼，真担心那家店倒闭了，他们就找不到能聚会的地方。"柏舟讲着一点也不好笑的笑话，自己却先笑了起来。

"有家美术馆开业，给我发了揭幕邀请函，邀请函里给我的称谓居然是画家。"柏舟说到这里，唇边有了淡淡的笑意，她从小的梦想就是当画家，这还是她第一次在这么正式的大场合里被这么称呼。

她的目光落在墓碑的照片上，像是在和桑泱对视。

"姐姐，你会为我骄傲吗？"她轻轻地问道。

墓园寂静，回答她的只有风声。

风声轻柔得不似秋日，从柏舟的面容上徐徐拂过，就像是曾经许多回，桑泱抚摸她的面容，眼里含着温柔的笑意望着她。

柏舟没再说话，长长地静默着，思绪不知飘到记忆里的哪一处去了。

又坐了半个小时，她站起身："我先回去了，明天会和叔叔阿姨一起过来。"

说到这里，她又道："他们都很好，我每星期都会去看望，你不用担心。"

桑泱自然不会回答她，从头到尾都只是她的自言自语。

柏舟转过身，迈出几步，又停下，回头凝视着墓碑上的照片。

她的唇角微微地弯起，目光却是那般哀戚，声音轻得像春日里的微风："整整三年了，本来我们是差七岁的，现在只差四岁，很快我就要赶上你了。姐姐，我要赶上你了。"

04

回到家差不多十点，柏舟给豌豆喂了些水，就让它自己玩了。

她进画室工作到下午一点，出来时，豌豆正在储物室的门口，拖着什么东西从里面倒退着出来。

柏舟叫了声："豌豆。"

豌豆听见声响，身子一抖，快速地转头望过来，那双黑漆漆的眼睛里还有些惊吓与不知所措。

"又闯什么祸了？"柏舟一边说一边走过去。

豌豆发出心虚的低鸣声，柏舟一走近，它就跑开了，留下一个躺在地上的画框。

家里最不缺的就是画，许多画得还不错的练笔作，有时柏舟也会裱起来留着。

她以为这也是那些练笔作里的一幅，走过去弯身捡了起来，翻到正面一看，却愣住了。

这是一幅太空主题的油画，却不是她近期画的练笔作，而是她小时候刚学油画不久时画的。

那时候刚流行太空、宇宙、科幻之类的概念，她也很感兴趣，看了一些这类题材的电影，然后根据自己想象中的宇宙，画了这幅画。

用色比较绚烂，天体闪烁，星云盘旋，色彩很漂亮。正中是一个扁圆状的黑洞，看上去是黑色的，但柏舟记得自己当年调色时加了一些别的颜色，让黑洞细看起来像是很深很幽沉的墨蓝色。

因为她觉得黑洞不只意味着吞噬，还意味着希望与神秘，像广袤无垠的夜空一般的墨蓝色就很适合。

柏舟看了一会儿，走出去，随手把画放在茶几上，然后喊道："豌豆过来，带你去叔叔阿姨家。"

豌豆从某个角落里蹿出来，跑到她身前，兴奋地摇着尾巴，仿佛已经忘记刚刚闯的祸了，只想着去叔叔阿姨家玩。

柏舟也没忍心责骂它，笑着摸了摸狗头，给它挂上牵引绳，打开门带它出去。

桑泱的父母家离得不远，柏舟这三年常去，去得比桑泱在时还要勤。

他们这两年先后退休了，待在家里也没什么事，每星期最高兴的就是柏舟带着豌豆去看他们。

知道柏舟今天要来，老两口早早地就洗了水果，买好了食材，在家里等着。

柏舟到的时候，恰好是下午两三点，她一般都会在这个时间来，有时会留宿，就睡在桑泱以前的卧室里，有时工作忙，晚饭后就要回家。

桑泱的父母总希望她能多待一会儿，但今天她还有幅画要收尾，晚上得回家去。

"哎呀，豆豆也来了。"桑妈妈很喜欢豌豆，还给它取了爱称。

豌豆开心地吐着舌头，摇摆的尾巴就没停过，它坐在柏舟身边，用清澈的眼睛看着桑妈妈和桑爸爸，颇有些彬彬有礼的样子。

柏舟换了鞋，把豌豆的爪子也擦干净了，才走进屋。

"快进来，我刚泡好茶。"桑妈妈热情地说道。

桑爸爸已经坐下倒茶了。他退休前是名中学语文教师，教了一辈子的书，开口便带着严肃，还有不由自主地语重心长："这天气干得很，小舟啊，来喝口茶润一润，回去的时候让你阿姨给你包一袋，你自己在家也要泡着喝。"

柏舟走过去接过茶杯，又把手里的几个袋子交给桑妈妈："买了几身冬装，您和叔叔看着喜不喜欢。"

桑妈妈忙道："衣服我们都有，你这么忙，就不要管这种小事了。"

"好，下次不买了，这回买好了，您就看看吧。"柏舟顺着她说道。

"每次都这么说。"桑妈妈叹着气嘀咕，嗔怪地看了她一眼，但打开袋子的时候，她显然是高兴的，还到房间里去试了试。

衣服很合身，样式也很合桑妈妈的心意。以前桑泱给父母买衣服时，柏舟总会在场帮忙出谋划策，他们的尺码和喜好，她早就熟记在心，这几年买了这么多次衣服，从没出过错。

"好看。"桑妈妈的面上带着些喜意，又催促桑爸爸，"孩子买了衣服，你也去试试。"

桑爸爸对衣服不是很感兴趣，他已经在摆棋盘了，闻言不耐烦道："小舟买的不会有错，你帮我放起来，天冷了再拿出来穿。"说完，又招呼柏舟，"来和叔叔下棋。"

"好。"柏舟笑着坐到了棋盘对面。

棋局一摆开，没个几十分钟结束不了。桑妈妈去把新衣服放好了，便搬了条板凳坐到他们边上来。

桑爸爸是个棋迷，围棋、象棋他都来得了，还相当精通。柏舟以前不会下棋，就是因为桑爸爸喜欢下棋，所以她特意去学了，花了一个月，好不容易算是完成了象棋和围棋的入门。

不过即便下了很大的工夫，第一次和桑爸爸下棋，她还是输得一塌糊涂。也是，毕竟桑爸爸下了好几十年的棋了，怎么会下不过她这个才接触不久的小菜鸟。

她那天很沮丧，垂头丧气地问桑泱："叔叔会不会觉得我不太聪明啊？"

桑泱的目光分明在说"这小孩怎么这么傻"，可还是安慰道："我爸是老师，我妈呢，是儿童文学出版社的主编，像你这样乖乖的小孩儿，他们最喜欢了。"

那是她们相识后的第四年，她满二十岁，她们租住在一起，开始安排未来的生活，虽然有过一些坎坷，但是从没想过有一天桑泱会离开这个世界。

柏舟走了会儿神。

"吃！"桑爸爸喝道。关键的一子被吃了，顿时满盘皆输。

"你今天水平不行啊。"桑爸爸分拣棋子，又忍不住犯了职业病，教育道，"下棋要专心，不能一心二用。"

柏舟笑着说："再来一局。"

"行。"桑爸爸痛快道。

二人重新摆开棋局。

柏舟还是忍不住悄悄地想念桑泱，不过这些年，她早就学会了把想念藏在心底，即便她再怎么锥心刺骨，面上还是可以漫不经心地和人谈笑。

又厮杀了半个多小时，这回柏舟险胜一招。

晚饭好了，桑妈妈喊他们吃饭，桑爸爸意犹未尽，但也只好先上了饭桌。

晚饭很丰盛，连豌豆都有一份专门给它做的食物。

桑妈妈不住地劝柏舟多吃点，劝得柏舟多盛了一碗饭。

饭后，柏舟帮忙收拾碗筷，收拾完了，桑妈妈还是忙里忙外，给柏舟张罗了很多吃的、用的，让她带走。

"你喜欢螃蟹，阿姨给你装了几只活的，带回去，明后天自己蒸一下就能吃了。还有这个茶，多泡着喝，还有我腌了小坛酱菜，你早上不是爱吃泡饭吗，这个就泡饭最好了。"

柏舟跟在她身后，没推辞，只说谢谢阿姨。

桑妈妈都收拾完了，停下来看向柏舟，微微地笑了一下，道："小舟，明天三周年祭日要用的东西，阿姨都准备好了。"

她突然提到这件事。

其实也不突然，他们都惦记着这件事，只是谁也不敢先提罢了。

柏舟点头："那我明早七点来接您和叔叔。"

桑妈妈说："好。"

接着厨房里就静默了下来，柏舟蹲在地上，把桑妈妈给她准备的那些吃的、用的都装进袋子里。

豌豆叼着一根玩具骨头走进来了。狗对人类的情绪很敏感，察觉到厨房里不同寻常的安静，它低低地鸣了一声，趴到柏舟的身边。

柏舟弯了弯唇角，伸手揉了揉它的脖子，豌豆亲昵地凑过来，舔了舔柏舟的手。

桑妈妈在一旁看着，她想起第一次见柏舟的时候，她全然还是个小孩，站在泱泱身边，笑眯眯地问好，那会儿她第一感觉就是这小孩的眼睛干干净净的，真是招人疼。

后来每次见她，她都是开开心心、无忧无虑的，像是什么都不挂在心上。

而现在，不过几年时间，她像是一瞬间长大，迅速地变得沉默，走到哪里都带着泱泱送给她的这条狗，给他们买衣服，买各种营养品，嘘寒问暖，做着泱泱会牵挂的事。

桑妈妈的心头一片酸软，她轻拍了一下柏舟的肩："我和你叔叔打算下个礼拜去旅行，去东北，学滑雪。"

柏舟仰头，迟缓地眨了一下眼睛。

桑妈妈温柔地笑着说："我年轻时就特别喜欢滑雪，可惜工作忙，没时间。现在好了，趁还能动弹赶紧去，不然过几年老了，就有心无力了。"

柏舟点了下头，又笑了一笑："好，那您和叔叔过去了，每晚给我打个电话，我好放心。"

桑阿姨和桑叔叔这三年过得很不容易，先是一见她就哭，怎么都接受不了桑泱离开的事实。后来很长一段时间，桑阿姨吃不下东西，生理性呕吐，精神恍惚，整个人变得骨瘦如柴，完全没法工作，看了很多医生，接受了心理干预，直到今年年初才好一点。

她能想开，愿意出去走走，柏舟挺高兴的，她低下了头，继续揉豌豆。

"小舟。"

柏舟抬头。

桑妈妈望着她，目光里带着怜悯与慈爱："你也要走出来。"

柏舟的眼眶蓦然发红，她忙低下头，手无意识地抚摸着豌豆，喉咙紧得发疼，最终只低低地应了声："我明白的。"

心里想的却是，我走不出来的，也不会停止想她。

只要还有人惦念她，她就算还活着。

05

回家的时候，天已经黑透了。

柏舟拎着大包小包，牵着豌豆下了楼。

外头很冷，感觉冬天就要来了。

路边停了一辆警车，警笛关了，车顶上的警灯还在闪动。车边围了一圈人，一阵阵凄厉的哭声传来，像是冰天雪地里阴冷的风一般，钻进人的骨头里，激得人起了一身鸡皮疙瘩。

柏舟停下脚步。豌豆打了个喷嚏，不安地贴在她的腿边。

柏舟没什么想要探寻的好奇心，正要离开，一个眼熟的阿婆挽着菜篮子从人群里走了出来，一边走一边长吁短叹，见了柏舟，打了声招呼："是你啊。"

柏舟在小区里见过她几次，但并不知道该怎么称呼，便点点头，说了句："阿婆好。"

阿婆却似乎打开了话匣子,回头朝人群望了眼,对着柏舟念叨起来:"听说是抑郁症,造孽啊,他这么一跳倒是一了百了了,可让父母怎么办?白发人送黑发人,父母下半辈子要怎么熬?"

她这么一说,柏舟就明白发生什么事了,她不知该说什么。

幸好阿婆似乎也不需要她应和,只叹息着:"哪怕好好道个别呢,如果死亡真的不可避免,好好地道个别,说句再见,也能弥补很多遗憾了吧。"说完,一边叹着气,一边摇着头走了。

柏舟回头看着阿婆走进电梯里,然后牵着豌豆离开。

经过那群人时,她瞥见里头被人扶着痛哭的女人是隔壁那栋楼的一个阿姨,地上还躺着个一动不动的人,倒在血泊里,那些兴许还滚烫的血液在夜色里是黑色的,空气里飘着一股令人揪心的血腥味。

阿姨凄厉地哭喊,想扑过去,却被人拖住了。

警察在附近拉起警戒线。

原来刚才发生了这样的悲剧,可他们在楼里却没察觉到分毫动静。

柏舟打开车门,把豌豆安顿在后座。豌豆似乎受了影响,默不作声地舔了舔她的手,漆黑的眼眸可怜巴巴地望着柏舟。

柏舟弯下身,摸了摸豌豆的脑袋,柔声道:"你别怕。"

豌豆低低地呜了一声,低下头,把脑袋枕在了自己的爪子上。

柏舟关上车门,自己也上了车。

回家路上,她想起那个痛哭的阿姨。她在小区里见过她好几次,她只有一个儿子,是美院比柏舟大两三届的学长。

叫什么名字?柏舟忘了。

回到家里,还不到九点,柏舟解下豌豆脖子上的项圈,拍了拍它,示意它自己玩,洗完澡就进了画室工作。

等她完成了这幅画,已经过了十二点。

她打开画室门出来,房子里静静的,豌豆不知躲到哪个角落去了,没有发出一丝声响。

客厅只开了厨房门口的一盏小灯，光线昏暗，仿佛蒙上了一层灰色的细纱，静得没有一丝生气。

柏舟习惯了，可今晚看到这样的景象，还是有些出神。

好像桑泱离开后，家就越来越不像家了，变得冰冷、变得空旷、变得没有一丝人气……

可桑泱的物件分明都还待在原处。

有一次，豌豆不小心碰倒了桑泱的杯子，摔了，碎了，柏舟到处找修复师，说什么都要把那只杯子修好。被姜苑劝了回来，让她不要这样，说要是桑泱知道她这样子，不会安心的。

柏舟没想那么多，她只是想要把桑泱的痕迹多留些时日，她只有这些了。

最后她还是把杯子修好了。

剩下的东西，柏舟每一件都保护得很好，都让它们保留在原来的地方，她想这样就能把桑泱的痕迹留住。

可是柏舟发现，她错了。

三年过去，东西都还在，可是桑泱的气息已经消失了，就像是曲终人散后的宴席，桌上的杯盏都还在，酒菜也还在，可人走了，宴凉了，东西也没了生气。

柏舟感到很绝望，她倚靠着门框，慢慢地蹲下来。

她突然想起刚才那个阿婆说的话："哪怕好好道个别呢，如果死亡真的不可避免，好好地道个别，说句再见，也能弥补很多遗憾了吧。"

柏舟以前天天做梦，天天幻想，如果桑泱能回来就好了，如果桑泱还活着就好了。

而现在她的愿望变得无比卑微，哪怕只能道个别也好，哪怕只能多说一个字都好，或者只是多看一眼，她都愿意用全部去换。

柏舟觉得胸腔里的空气好似都被抽空了一般，心脏刺痛得厉害。

她唇色雪白，不知蹲了多久才缓和了些。扶着门框站起来，突然听到砰的一声闷响。

响声打破寂静，柏舟怔了一下，朝着发出响声的地方走过去。

是客厅。

豌豆把她早上出门前随手放在茶几上的那幅画拖下来了，发出的响声是画框摔在地板上的声音。

"豌豆。"柏舟斥了一声。

豌豆发现自己惹祸了，松了口，朝着柏舟走过来，露出可怜兮兮的神色。

柏舟一向挺疼它的，也没忍心怎么斥责它，只是走过去把画框捡了起来。

豌豆很狡猾，发现柏舟没骂它，又像早上那样赶紧溜掉了。

柏舟余光看着豌豆蹑手蹑脚地跑掉，弯了下唇角，也没去追究它，把画框翻到正面，看了一会儿。

这幅画画得挺稚嫩，是她接触油画不久后画的，但是已经能初步地窥见一些她的个人风格了。

不知道是不是盯得久了，画上的黑洞仿佛骤然间深邃起来，似乎在旋转。

柏舟突然觉得不对劲，这画已经存放将近二十年了，用的也只是很普通的颜料，可是画一点都没褪色，反而新得像是刚画好一样，甚至有种颜料还湿润的感觉。

一种诡异感浮上柏舟的心头，她一手拿着画框，一手摸了摸画，干的。

她莫名地松了口气，垂下手，走进储藏室，打算把画放回去。

突然感到手上一阵尖锐的刺痛，她抬手一看，是手指被画框上的钉子扎破了。

口子有点深，鲜红的血迅速渗出来，柏舟忙换了个手拿画，结果换手的时候，拇指上的血不小心滴在了画上。

她没在意，把拇指放进嘴里吮吸。血的味道有些腥，但还好很快就没再流了。

　　柏舟又低头看了眼画，却发现，画上的血不见了，一点痕迹都没留下。

　　柏舟忙把画抬起来，两只手端平，仔细地检查，但血就是消失了。而画面就像是蒙上了一层淡淡的血雾，仿佛吸了血。

　　刚才那种诡异感又回来了，甚至愈演愈烈。

　　还没等她弄明白是怎么回事，她猛然间感到一阵头晕目眩。

　　柏舟跌倒在地，画框也随之摔落，发出一声闷响。画面上的宇宙仿佛活了，黑洞不断地扩大，伴随着飞速的旋转，它转得越来越快，好似能吞噬一切。

重 逢

第二章 · Reunion

2017 年 11 月 29 日。

柏舟愣住了，这是三年前，桑泱出事的那一天。

时光倒流了。

她回到了过去。

01

柏舟睁开眼，发现自己躺在床上，身上盖着被子。

她的头有些疼。抬手按了按太阳穴，柏舟迟缓地想，天亮了，今天豌豆怎么没来叫她起床。

她的头脑混混沌沌的，神使鬼差的，她起身走向桑泱的房间，推开了门。

这一瞬间，时间像是静止了。

柏舟浑身都在颤抖，眼泪瞬间蓄满了她的眼眶，可她不敢发出丝毫声响。

她伸出颤抖的手，小心翼翼地走过去碰了一下那人的脸庞，柔软的、温热的，是她熟悉的模样。

桑泱还在沉睡，她的眼睛闭着，呼吸均匀，胸口微微规律地起伏。

会呼吸，会心跳，是活着的桑泱。

柏舟张了张口，强烈的喜悦布满她的心头。

她不知道发生了什么事，桑泱为什么会凭空出现，也顾不上去想为什么。

只是眼泪不住地滑落下来，她的嘴角却在不住地上翘，又哭又笑的像个疯子。她又忙捂住口鼻，不敢发出一丝声响，只是目不转睛地看着熟睡中的桑泱，深切地看着她、惶恐地看着她。

生怕这一切是假的。

闹铃的声音骤然间打破寂静。

柏舟吓了一跳，转头看到桑泱床头柜上的手机，她连忙拿过来，关了闹铃，正要把手机放回去，却瞥到屏幕上显示的时间。

2017 年 11 月 29 日。

柏舟愣住了，这是三年前，桑泱出事的那一天。

时光倒流了？

她回到了过去？

柏舟怔怔地环视了一圈。

卧室的格局清清楚楚地映入眼帘——厚厚的窗帘、墙上的画，豌豆不知什么时候偷偷溜进来落下的那个橙色小球……

一件件东西分明那样熟悉，可在当下的情形里，又那样不可思议。

柏舟低头看自己的手，曲了曲手指，很灵活，不像是做梦。

她脑袋里一片混乱，这是真的吗？

可是很快她就顾不上去怀疑一切是真是假了。

桑泱醒了。

"小舟。"她刚醒来的嗓音有些沙哑，要比她平时的清冷娇软一些。

柏舟愣愣地转头，看着她。

桑泱的眼中还有些睡意绵软的慵懒，但在看到柏舟脸色的那一瞬间，睡意都消失了。

她坐起来，担心地问柏舟："怎么了？"

柏舟脸上还残留着泪痕，桑泱一面问，一面想替她把眼泪擦一擦，可是柏舟紧紧地抓住她的手腕。

她的力道很大，桑泱被抓得很疼，但她顾不上手上的痛意，因为柏舟的脸色很不对劲，她从来没有见过她这么失魂落魄的样子。

柏舟意识到了一件事，如果时光倒流的话，那么噩梦还没发生，她还来得及做出改变，她能让桑泱好好地活在这个世界上，她们不用再面对残酷的生离死别。

"到底怎么了？"桑泱又问了一遍，这次她严肃了很多，然而话音刚落，她就被柏舟用力地抱住。

这个拥抱用力得像是用尽了柏舟全部的力气，桑泱被她的手臂箍疼了，担忧更甚，正想再问发生了什么事，就听到了柏舟的哭声。

仿佛压抑着巨大的痛苦，仿佛整个灵魂都在震颤。

明明连出了什么事都不知道，可是光是听着柏舟的哭声，桑泱的眼睛就跟着酸涩起来，她不再问她怎么了，而是抬手抚摸柏舟的脑袋，让她靠在她的肩上，柔声地哄道："没事的，姐姐在，不会有事的。"

柏舟却哭得停不下来，上一刻，她还在奢望能再看桑泱一眼，哪怕只是说句话也好，她都愿意用自己的全部去换。

而此时，她却得到了一个重新来过的机会，桑泱就在她面前，好端端的，一如记忆中的模样。

桑泱哄了她好久，却一点用都没有，再这样哭下去，眼睛会受不了了。她轻轻叹了口气，佯装不悦道："不能再哭了，再哭我要生气了。"

她虽这样说，却没抱多少希望，小舟早就让她宠坏了，面对这样毫无说服力的威胁，多半有恃无恐，兴许还会得意地说"不管怎么样，你都不会生我的气。"

可是今天这招居然有了效果，小舟伏在她的肩上，极力克制自己的情绪，渐渐地只剩下了一些低低的啜泣。

她的眼泪濡湿了桑泱的肩。

桑泱一面轻拍着她的背安抚着她，一面在脑海中想着到底是怎么回事。明明昨晚睡前还好好的，怎么会睡了一觉小舟就这样伤心了？

柏舟慢慢平静下来了，她松开手，退开了一些，仔仔细细地端详着桑泱，她湿润的眼睛里还残留着深切的悲伤，嘴角却已高高地扬起，眼泪还在她脸上挂着，就看着桑泱笑了起来。

她的情绪总是很容易就能影响到桑泱，她哭的时候，桑泱的眼睛跟着酸涩，现在她笑了，桑泱也不由自主地跟着弯了唇，可是该问的，还是要问。

"现在能告诉我发生什么事了吗？"

柏舟刚刚脑袋还很混乱，现在哭了一场倒是清晰起来了，她抬头对上桑泱关心的目光，心念微微一动，想着要不要告诉姐姐她是从三年后回来的。

这件事太荒谬了，哪怕现在"穿越"小说早就烂大街，可那也只是在虚构的小说里，现实中怎么会发生这样的事。

她说了的话，姐姐会相信吗？

她望着桑泱，即便是三年的分离，她们仍没有增加丝毫生疏感。几乎一瞬间，柏舟就得出了结论。

桑泱会信的。

柏舟有把握，如果告诉桑泱，她是从三年后回来的，桑泱也许会愕然，会沉思，但最后一定会相信她。

可是，真的要把那么残酷的事情告诉她吗？

今晚八点十分左右，东信大道和北鞍路的交界处会发生一起特大连环车祸，位于正中央的一辆公交车遭受剧烈撞击后当场爆炸，车上十二位乘客和司机在爆炸中被烧得面目全非，无一生还。

而桑泱就是那十二位乘客之一。

一只手轻抚她的眉心，柏舟回过神，看到面前的桑泱正关心地望着她。

"你什么都可以跟我说，高兴的、伤心的，我都想听。"桑泱说，"但是有不愿意告诉我的事和话，也可以不说。我只希望你健康快乐就好了。"

柏舟望着她，过了片刻，才有些不自然地转开了眼，低声道："我做噩梦了，做了很可怕的噩梦，我在梦里很害怕，醒来都控制不住自己的情绪。"

她决定还是不说了，要阻止一起车祸很难，但只要不让姐姐上那辆公交车就可以了。

不只桑泱信任她，她也很少对桑泱说谎。于是这些话一说出口，柏舟就心虚得浑身不自在。

她竭力显得真诚，说完又转过头看着桑泱，显出惊魂甫定的模样来："现在就没事了，我知道是梦。"

似乎是没想到只是因为一场噩梦，她就哭得这样厉害。桑泱担忧的神色微微一松，安慰道："噩梦都是相反的，不要怕。"

柏舟竭力让自己的心情放松下来，听到桑泱这样说，笑意更深了些："那美梦呢？"

看她的笑容真实了些，桑泱的目光也柔和了许多，笑着道："美梦都会成真。"

她们这么一耽搁，时间已经有点晚了。

桑泱说完，拿过床头的手机看了眼，忙从床上起来，一边仓促道："要迟到了。"

柏舟这才想到上班这回事，她连忙拉住桑泱的衣袖，说："不要上班！"

桑泱有些惊讶，柏舟可怜地哀求："今天不上班好不好？"

她从来不会这样的，医生工作很忙，有几次她们在外边玩，桑泱临时接到医院的电话让她回去加班，便也只能匆匆中止游玩。

但即便是那样的情况，柏舟也不会生气，更不会让她不要去医院。

"可是我们下周就一起去旅行了，这周我先把工作处理完好吗？"桑泱有些为难，温声细语地与她商量。

"可是今天才周三，还有漫长的五天，而且我刚做噩梦，还很害怕……"

桑泱无奈地看着她，拿出了手机，抬手整了整她睡得乱糟糟的小卷毛，用口型对她说了一句："下不为例！"

柏舟连忙点头，几乎是刚点头，电话就接通了，桑泱端正了神色。

医院本来就忙，请假都得提前，这么无病无恙地临时请假是很难被批准的，桑泱只得编了个理由，她拿着手机，跟对面说了好久。

柏舟在边上看着，直到她挂了电话，才彻底放了心。

桑泱挂了电话，问道："高兴了吗？"

柏舟立即笑得弯起眼眸来："高兴了！"

哪有这样不让人工作的坏小孩。桑泱摇了摇头，却拿她一点办法都没有，只能催促一句："我去做饭，你也不许再赖床了。"

说完桑泱起身离开了，柏舟看着桑泱的背影，如果可以，柏舟希望桑泱永远都不会知道，在某个平行时空，发生过多么可怕的事。

她们会在这个时空，平平安安地过下去，像桑泱希望的那样，健康快乐，直到许多年后的某一日寿终正寝。

柏舟的心情一下子变得很好，她跳了起来，往外跑去："我来做饭！"

她积极得像是会有人和她抢厨房，桑泱都来不及说话，她就打开门跑了出去。

一惊一乍。桑泱摇了摇头，只能无奈地看着柏舟消失的身影，然后弯下身整理被子。

三年前的厨房和三年后的仿佛没有什么区别，家用电器摆放的位置，收纳碗筷的柜子，连冰箱上的冰箱贴都是一样的。

但是柏舟觉得还是不同的。

她站在门口环视了一圈，才缓缓地走了进去。

打开冰箱，里面满满当当的都是新鲜的食物，有许多桑泱喜欢的蔬菜，有一排柏舟每天都喝的酸奶，鸡蛋放在里侧的角落里，还有一罐快喝完的蜂蜜。

好像从桑泱离开后，冰箱就没有这么满过了，毕竟她连活着都觉得很辛苦，又哪里顾得上照顾好自己。

柏舟轻轻吐出一口气，心里有种酸涩的感觉。

这种细枝末节的差异让她更加安心了，她确实回到了三年前。

柏舟不再去想那三年，她决定就当什么都没有发生过，只要不让桑泱上那辆公交车，她们就能改写命运，把这样细枝末节里都透着温暖的生活延续下去。

她从冰箱里拿出食材，清洗，开火。

柏舟的厨艺很不错，但也不是天生就好的，是大学毕业那年，她和桑泱一起搬进这栋房子后，渐渐学会的。

有三年没有碰过厨具，柏舟一开始有些生疏，但很快就得心应手起来。

天气转凉了，柏舟喜欢热热的食物。

她做了鸡汁泡饭，又配了两碟酱菜，端出来时，桑泱已经洗漱好了，坐在沙发上打电话，还不满一岁的豌豆在她边上，抬起两只前爪，搭在沙发边缘，兴奋地吐着舌头，要桑泱摸它。

听到动静，豌豆和桑泱同时看过来，豌豆看了一眼，就不理她了，继续仰着它的狗脑袋往桑泱怀里钻。虽然和柏舟相处的时间更多，但豌豆一向都更喜欢桑泱一点。

桑泱一手拿着手机贴在耳朵上，另一只手则无声地指了指卧室，示意她去洗漱。

柏舟盛了两碗饭放在桌上，进卧室的时候，她听到桑泱对着电话说："……那你专心开车吧。"

她是在和谁打电话？柏舟一边走一边回忆。

走进浴室她才想起来，应该是许颂意。

桑泱本来是有车的，但这段时间，柏舟忙着准备自己的第一次个人画展，每天都在外边东奔西跑的，桑泱就把车留给了她，自己乘公交车或是搭同事的车去医院。

今天本来桑泱是要搭许颂意的顺风车来着，现在临时请了假，得和人家说一声，路过这边的时候，不用停车了。

柏舟这才想起来，今天是她第一次个人画展开幕的日子。

02

她看着镜子里的自己有些恍惚。

她从小就想当一名画家，也一直在为这个目标而努力，第一次个人画展对她来说非常重要，她曾经为这场画展忙得寝食难安。

而现在，如果不是回忆桑泱会和谁打电话顺带想起来，她大概根本记不起画展的事。

柏舟怔了一下，只是意外，却没有别的感受，毕竟最重要的是桑泱，别的事都可以放一放。

她记得画展上人很多，还有许多来捧场的同行，她那天忙得几乎没有片刻清闲，身边一直围着人。如果今天也按照原来的轨迹去画展，她肯定会顾不上桑泱。

柏舟去卧室拿了自己的手机，给画展策划人打了个电话，开门见山地说："我今天不过去了。"

策划人大惊："这可不行，我们宣传里的重要一项就是你会亲自到场，许多参观者都是你的忠实粉丝，正是冲着能见到你本人来的，你不来，那不就是虚假宣传了吗？"

柏舟垂下眼眸，不再看镜子里的自己，镇定地说："我们有应急方案，你就照方案做吧。"

策划人头都大了，他没有立即说话，而是沉默了一会儿，才小心翼翼地问："柏老师，是不是发生什么事了？我怎么觉得你今天有点奇怪。"

奇怪？柏舟怔了一下。

策划人没等她回答就自顾自地说了起来："你的语气，还有说的话，完全不是你的风格啊。要是平时即便不来，你多半会客客气气地说，应该还会道歉吧，而不是现在这样，完全是通知的口吻，所以是发生了什么事？离开幕还有几个小时，我可以帮忙一起解决，你不来真的不行。"

柏舟张了张口，却不知道该说什么，最终只说了一句"我确定不来"就挂了电话。

没把策划人那句奇怪放在心上，本来就没有人能一成不变，三年后的她和三年前不一样，不是什么奇怪的事。

柏舟刷牙洗脸，出去时，桑泱正坐在餐桌前等她，豌豆趴在餐桌底下，尾巴悠闲地一晃一晃，显得时光格外宁静。

她们一起吃早饭。

鸡汁泡饭冒着热气，得吹一吹才能入口，吞进胃里，暖意便从胃蔓延开来，整个人都格外舒适。

柏舟像是很久没有吃到这么好吃的东西了，还有几分狼吞虎咽的架势。

"慢点吃，别着急。"桑泱在边上说道。

柏舟咽下一口，才乖乖地说："好。"

速度是慢下来了，可她急切的样子，还是像饿坏了似的。

桑泱没办法，起身去拿了个空碗，盛出一碗来散散热气，等柏舟手里那碗空了，就可以接着吃这碗。

不过虽然柏舟很怀念鸡汁泡饭的味道，但胃容量并没有凭空变大，手里那碗空了时，就已经饱了。

等她放下勺子，桑泱才站起身，一边收拾一边说："你先去换衣服，我来洗碗，半个小时后，我们就出发。"

画展开幕式定在十点，时间还很充裕。

"我们不去画展。"柏舟平静道。

桑泱露出意外的神色，收拾碗筷的动作停了下来，有几分错愕地看向柏舟，重复她的话："不去画展？"

"嗯。"柏舟点点头，"我已经和策划人说过了，那边会安排得很好的。"

她眼中有些忐忑，对桑泱说谎，她总有几分紧张。

桑泱放下碗筷，抽了张纸擦了擦被碗口沾湿的手指，坐到柏舟身边：

"怎么了？你准备了这么久，不是一直都很期待吗？怎么突然就说不去了？"

柏舟刚刚就在心里找过理由，可是现在说出来却一点也不流利："我……我怕我表现不好，我不擅长和陌生人交流，画展上肯定都是陌生人，不如就不去了。"

她说完，悄悄看了眼桑泱，想知道她有没有相信。

"发生了什么事？"桑泱的声音就在耳边，柏舟看到她微微皱着眉。

她没有相信。柏舟心一紧，随即又松懈下来。

当然不信啊，连只合作了一段时间、见过几次面的策划人都能察觉出她的反常，桑泱怎么会听不出她声音里的心虚。

柏舟莫名地感到一阵酸楚，她不想说谎了，可她也说不了实话，只好半真半假地恳求："我不想去。那个噩梦真的很可怕，我们今天不能出门。"

这个要求提得太荒唐了，明明是职业生涯中里程碑式的大事，她说不去就不去了，理由居然只是一个梦。

桑泱的神色很凝重，过了一会儿，她的眼神柔和了下来，语气里带着几分猜测、几分轻柔："梦是关于我的，对吗？"

她知道了！

柏舟大惊，仿佛猫炸毛一般，惊得一身汗毛竖立，她惊恐地看着桑泱。

房间里蓦地一静，空气仿佛被抽空了，只剩下一阵令人不安的窒息。

过了几秒，柏舟因惊恐而停止转动的大脑才像生了锈一般迟缓地动了起来，她醒过神来。

她用"噩梦"来指代那三年，但桑泱不知道，她所说的噩梦是真实发生过的，桑泱口中的梦就只是梦。

柏舟意识到自己反应过度了，有些僵硬地点了点头："是关于你的。"

她的一系列反应都落在了桑泱眼中。

桑泱微微地低头，垂下了眼帘，柏舟看不到她的神色，有些心慌。

但过了一会儿，桑泱便抬起了头，神色平静地说："小舟，这个理由不够充分。"

柏舟当然知道这个理由不充分，不仅不充分，还大概荒唐到光是说出来都让人感到惊愕的程度。

可是她短时间内也找不出什么站得住脚的理由了。

"画展有多重要，就不用我说了。"桑泱的语气认真了起来，"你辛苦了这么久，就是为了今天画展能顺利举办，单单只是因为一个梦……"

她说到"梦"这个字时，细微地停顿了一下，才接着说："太随便了。我陪你去，行吗？"

柏舟摇了摇头，她知道画展有多忙，媒体会要求单独采访，许许多多的粉丝会挤在她身边要签名，同行也会热情地和她说话。

那种情形，她们随时都可能被冲散。

柏舟不想冒这个险，哪怕有一丝危险的可能，她都不敢试。

"今天已经安排好了，我明天再去，画展开三天，明天去也一样的。"柏舟坚持道。

画展开三天没错，但是开幕仪式、媒体的采访、重要的宣传，这些要紧的流程都集中在第一天，明天就来不及了。

这个道理，桑泱知道，柏舟当然更清楚，但是她打定了主意，宁可说这样漏洞百出的借口，也不想松口去画展。

她们僵持着，最后，桑泱让了步。

"我先把碗洗了。"

她起身继续收拾了桌上的碗筷，端去了厨房。

她退让了，柏舟却并不觉得轻松，她坐在餐桌前，感到很沉重。

她以为会很简单的，避开那辆公交车，避开那个车祸地点，一切都能迎刃而解，结果单单不去画展就花了这么大的力气。

桑泱一定生气了。

都怪她没有想出一个好的理由，柏舟自责地想。

从睁眼到现在，才不过一个小时，她光是接受时光倒流这件事都用了不少时间，要在这么短的时间里想一个缺席画展的理由，实在太仓促了。可是柏舟也明白，即便给她充裕的时间，她也未必想得出来。

毕竟画展这么重要，放在三年前，如果有人告诉她，她会因为一个梦缺席画展的开幕式，她恐怕怎么都不会相信。

而现在，她不仅不想去，甚至还很排斥，因为如果没有这场画展，桑泱也许就不会出车祸了。

厨房里传出哗哗的水声和餐具碰撞的清脆响声。

柏舟站起身，走到厨房门口，看到桑泱站在洗碗池前，背对着这边。

桑泱把碗洗干净，用清水冲洗掉碗上的泡沫，放到一边的架子上，把水沥干。

柏舟没有干站着，伸手拿了抹布，帮忙把溅到流理台上的水都擦干。

她做家务的动作很熟练。

工作性质决定她的时间比较灵活，又是长期待在家里工作，所以平时，家务一般都是她来做的，不过也不绝对，只要桑泱在，也会帮着一起做家务。

擦干净水滴，她小心翼翼地说："你不要生气了。"

桑泱的动作顿了一下，用另一只手把最后一个碗放到架子上，然后转身看着她："我不是生气，我只是担心你会留下遗憾。"

柏舟张了张口，她以为桑泱是因为她太过任性，说不去就不去，没有责任心才不高兴的。

她的眉心皱起来，感到很内疚，因为她处理不好这件事，还把事情变得很复杂。

"你这段时间焦虑得晚上都睡不好，担心画展会不成功，担心做得不够好，可是一到白天你就又会充满信心地和策划人商量展厅的布置，去选画，去安排嘉宾名单，很忙很累，但你始终都很开心。"

至少在昨晚睡觉之前，还一切如常，可是今早醒来，就都变了。桑泱是很信任柏舟，她说的她都会相信，可是桑泱也很了解柏舟，她看得出来，柏舟说谎了。

没有所谓的梦。小舟的性格是比较天真纯粹，但也不代表她分不清轻重缓急。她不可能因为一个虚假的噩梦就放弃这么重要的事。

桑泱停顿了一下，才接着说："直到昨晚睡前，你还很高兴，说明天以后就会有更多人来看你的画了。"

她强调"昨晚睡前"，希望柏舟能听出她的疑惑和担忧。

如果是平时，柏舟一定能听出来。

然而此时桑泱的话，让柏舟想起那段时间她确实紧张又焦虑，中间还一度睡不着觉，躺在床上翻来覆去。

桑泱很担心她，为了她能放松下来，提出画展后她们就一起去旅行的计划。

柏舟听到去旅行，果然就被吸引了注意力，她们好久没有一起去旅行了。

于是白天她还是四处忙碌，累得不像话，但一到晚上，就会在桑泱的声音里舒缓下来。桑泱会问她我们去这个城市好不好？会说那条小巷里有一家很有名的甜品店，和一般的甜品店不一样，店里的甜品口感绵软舒滑，奶香浓郁。

柏舟现在回想起来，已经记不得那种担心画展会失败、担心做得不够好的焦虑了，她能记起来的，只有姐姐对她的好。

明明她也很忙，很辛苦，却还抽空查了许多城市的旅行攻略，挑取里面柏舟会感兴趣的部分讲给她听。

"我不会遗憾。"柏舟肯定地说，她的眼睛有些酸，却还是露出了笑容，像是她平时无忧无虑的样子，"姐姐，我们旅行的时候，要去吃那家甜品店，就是你说牛奶味特别香浓的那家。"

桑泱有些失望，小舟没听出她的疑惑和担忧，自顾自地说起了别的事。

柏舟却很心急。

她们已经把旅行的时间定下了，桑泱请好了假，机票也买好了，就在下周一。

上一次，她们没有去，她在很久以后独自去了一趟。

那个城市就像桑泱描绘的那样好，甜品店排了好长的队，她站在太阳底下等了大半个小时，才买到一份冰过的杧果班戟。

她尝了，果然奶味香浓，又绵密又香滑，还不腻。

可是柏舟只吃了一口，情绪就失控了，她坐在那个陌生城市的街头，在陌生人异样的目光里泣不成声。

"一定要去那家店。"柏舟看着桑泱说道。

桑泱看着她固执又坚持的样子，只能暂且放下心中的忧虑，答应她："好，到时候把每样都买一份。"

豌豆在自己追着球玩，看到她们从厨房出来，就兴奋地跑了过来，围着桑泱跑前跑后。

桑泱弯下身揉了揉它脖子上软滑的皮毛，豌豆得到了回应，让桑泱摸了一会儿就跑开了，不一会儿就叼着一只小球回来，放在桑泱的脚边，想让她陪它玩。

柏舟毫不客气地把那只球踢开，豌豆惊呆了，对着她大叫一声："汪！"

然后跑过去把球捡了回来，放到原来位置，仰头看着桑泱，疯狂地摇尾巴。

桑泱见柏舟又想使坏，便阻止她："别老是欺负豆豆。"

柏舟很委屈："明明是它总欺负我。"

虽然当初带小狗回家是因为她喜欢它，但他们一直处于相看两相厌的关系。白天桑泱不在家，豌豆才会勉强地趴在柏舟身边，慢悠悠地晃着尾巴，安安静静地看她画画，偶尔会叼着球，让柏舟陪它玩。

等到桑泱一下班回家，豌豆就绝不会到柏舟身边来，总是跟着桑泱。

他们好像一直都互相看不顺眼，直到桑泱离开，才不得不和睦相处。

她不让桑泱陪它玩，有些任性地说："不行，你要陪我玩。"

"你怎么这么小气。"桑泱看着她细细软软的小卷毛，忍不住笑了。

柏舟有点嫌弃，桑泱刚刚才摸了狗的，只能愤愤不平地嘀咕道："我

没有小气。"

她又恢复了平时无忧无虑的样子，桑泱安心了些，顺着她："好，你不小气。"

不去画展的话，今天就没有别的安排了。

桑泱见家里有些乱，就说："我们把房子清扫一下吧。"

柏舟当然没意见，她和桑泱分工合作，又觉得豌豆跑来跑去太碍事了，她们刚把一个地方整理干净，豌豆就把那里又弄乱了。

她干脆把豌豆关进了一个空房间，又送了一堆它的玩具进去。

豌豆趴在门上呜呜地叫，柏舟站在门边，直到听见豌豆自己追着玩具玩的动静才放心走开。

"小舟，你把墙上的画框擦一下。"桑泱拿了两块抹布出来。

墙上挂了许多装饰画，有些是柏舟画的，有些是她去看展、去旅游时买的，还有一些是桑泱拍的照片。

她们的审美都很不错，这些风格各异的画挂在一起，也不会显得突兀。

柏舟拿着一瓶清水喷剂，先往画框上喷了点水，擦了一会儿，她看了眼时间。

九点多了，距离晚上八点十分，只有不到十一个小时的时间。

事情还未尘埃落定前，柏舟都难免担忧，她在心里叹了口气，只希望时间能赶快走，最好像赛马跳栏那样，又高又稳地从那个时间点跃过去。

她一边擦着画，一边失神地想着。

突然，她意识到一件事。

车祸怎么办?

她可以阻止桑泱上那辆公交车，那公交车上的其他人呢?

他们也许还是会按照原本的命运在几辆车的剧烈撞击下、在高温爆炸里凄惨死亡。

柏舟愣住了，她突然有些晕眩，她想起那天赶到医院太平间的情形。

她那时失魂落魄，根本不信桑泱会遭遇这样残忍的事，更注意不到周围的情形。

可现在，那一幕幕居然很清晰地浮现在眼前，家属的痛哭、空气里焦煳的气味……

柏舟感到一阵反胃的恶心。

"小舟。"楼下传来桑泱的声音。

柏舟忙定了定神，一边应声，一边往下走。

桑泱站在储藏室门口，吸尘器靠在一边，她手里拿着一个画框。

"这幅画怎么扔在地上？"桑泱正在看手里的画，听见柏舟过来，抬头问她。

柏舟看到那幅画，神经猝然紧绷，她快步走过去，一把将画夺过来："别碰这幅画！"

即便不明白时光为什么倒流，柏舟也知道绝对和这幅画脱不开关系。

她夺过画框，反手藏到了身后，看着桑泱，重复了一遍："别碰这幅画！"

"这幅画怎么了？"桑泱不明所以，偏了偏视线，茫然地望向她的身后，柏舟下意识地侧身，把画框牢牢地挡在了背后，目光里甚至流露出些许防备。

桑泱朝着她走了一步，柏舟浑身都紧绷着，往后退了一步，背撞到了墙，她飞快地朝后看了一眼，后边已经无路可退了。

她的唇角绷得紧紧的。

桑泱没有再往前走也没有再试图探究那幅画，她只是沉默地看着柏舟，直到柏舟的眼中流露出哀求，她才微不可见地点了点头："好。"然后拿过边上的吸尘器，从柏舟的身边走了出去。

她一离开，柏舟就把画拿到了身前，眉心紧拧着。

她记得昨晚豌豆把这个画框弄到了地上，她去捡起来拿回储藏室时，手指被画框上的钉子扎破了，血滴在了画上，接着，记忆就有些

模糊了。

柏舟用力地回忆，只隐约地记得，画上的宇宙似乎动了起来，星体的光芒璀璨得刺眼，中间那团深蓝的黑洞以飞快的速度旋转着朝她冲过来，像是要冲出纸面。

大脑里一阵钝痛，柏舟能感觉到太阳穴处的血管跳动了两下，她深吸了口气，抓着画框的手用力收紧。

时光倒流必然是和这幅画有关的，但柏舟不知道具体的条件是什么。

是那滴血吗？

还有为什么正好回到这一天。她记得她从画室里出来就已经接近零点了，中间在门口停留几分钟，等她被豌豆弄出的声音吸引过去，绝对已经过了零点。

所以时光倒流的时间是正好三年吗？

这些柏舟都无法确定，因为只有一次，一次的经验也许存在着很多巧合，不足以总结出规律。

而柏舟也不想让时光再倒流。

她唯一的愿望就是桑泱能躲开那场车祸。

柏舟感觉到脑子里有点混乱，她打开储藏室的灯，走到最里头的一个大纸盒边，掀开了盖子，正要把画框放进去，却突然想到一件事，她的身体骤然僵硬，眼睛里满是不可思议。

这个时间，这幅画不应该在这里，它应该在画展上！

画展特别开辟出了一块专题，将她各个时期的画作组成一条时间线，作为她的个人简介。这幅画就是作为她油画启蒙时期的代表作，被她选中的。

柏舟猛地回头，望向储藏室的门口，刚刚桑泱站的那个地方，就是她昨晚失去意识的地方。

按照常理，她失去意识后，手里的画框会从手中滑落，掉在地上。也就是说，桑泱捡起画框的位置，应该就是昨晚画框坠落的位置。

柏舟紧张得喉咙干涩，她下意识地吞了吞唾液，慌忙从口袋里摸出手机，给画展的策划人打了个电话。

几乎是瞬间，电话就接通了，策划人语气高高扬着，透着开心与期待："柏老师，你改变主意了吗？现在过来还来得及！"

柏舟没有理会他的话，径直问："请你替我去展厅看看，特别展区那一块有一幅宇宙主题的油画，你去看看还在不在。"

她这要求提得相当古怪，还有一个小时就要开展了，展品自然是早就挂好了，并且每幅展品上都装了报警装置，如果有人偷拿或擅动，警报器会马上响彻整个展厅。

"当然在，我们这边很安全，不会发生画作失窃的事。"策划人有些不满地嘀咕着，还是朝着那块特别展区走去。

过了一分钟左右，柏舟听到策划人的声音在听筒响起："在的。如果你想亲自确定的话，我可以给你开视频。"

柏舟有些失魂落魄地说："不用了。"

这幅画和她一起回来了。

柏舟挂了电话，又把画拿起来看了看。

那种紧张感渐渐地消失，柏舟心中空荡荡的，有种无处安放的迷茫。

先别去管这些，安全地度过晚上八点十分才是最重要的。

她这样想着，打开立柜，把画塞了进去，然后走出了储藏室，经过画室时，看到桑泱在里边。她正在帮她整理那些扔得到处都是的画笔和颜料。

柏舟画画的习惯很糟糕，她一拿起画笔就会很入神，于是使用画材的时候就相当不拘小节，时常把东西丢得到处都是，有时还会打翻颜料盘，画室的地板上有很多洗不干净的颜料痕迹，斑斑驳驳的。

柏舟朝着桑泱走过去，她这时才反应过来，刚刚她的反应太大了，也许惹桑泱生气了。

她走到桑泱的身后，桑泱没有回头，她把使用过的画笔放进白色的塑料盒里，把空了的颜料丢进垃圾桶。

柏舟有些不知所措，桑泱肯定听见她走进来的脚步声了，可是她不想理她。

柏舟迟疑了一会儿，鼓起勇气走过去。

"对不起。"她向她道歉。

桑泱的动作停了下来，她低着头，问："你是为什么道歉呢？"

"我刚刚……"柏舟嗫嚅着，"我刚刚太凶了，我不是故意对你凶的。"她愧疚地说道，仔细想一想，如果反过来，桑泱这样完全没预兆也不给理由地凶她，她的反应可能更大。

桑泱轻轻叹了口气，转身面朝着她。

"小舟……"桑泱的声音依然很温和，"你今天从醒来就很反常。先是突然痛哭，你从来没有哭成那样过，接着又不愿意去画展，给的理由恐怕七八岁的小孩都不会信。刚刚又因为一幅画……"桑泱勉强地扯了扯唇角，像是试图让氛围轻松些，"我不是想管着你，你当然可以有自己的秘密，不告诉我也没关系，我只是很不安，觉得很奇怪。"

柏舟张了张口，却只说得出："对不起。"

她像是只会说道歉的话，桑泱有些失望，她深吸了口气，想让自己平静下来，却发现收效甚微，她还是忍不住把话说了出来："你是不是对现在的生活有什么不满意？"

哪怕明知道不该这么想，知道柏舟不会这样，她还是控制不住自己，因为柏舟从来没这样反常过。

柏舟惊愕地抬头，桑泱没有躲避她的目光，直直地望着她，问："你是不是对现在的生活不满意？或者，对我有什么不满意？"

桑泱看到柏舟脸上的惊愕被愤怒代替，她眼神凶狠地瞪着她，眼眶却急得发红："不许你这么想！"

柏舟不等桑泱再开口，用力地抓住桑泱的手往外走："我带你去个地方。"

03

柏舟是真的生气了。

她开着车，眼睛直视前方，全程都没有看一眼身边的桑泱，连等红灯时，都没有转一下头，更没有告诉桑泱她们要去哪里，要去做什么。

车厢里的空气都仿佛因她的生气变得稀薄了。

半个小时后，车停在了美院门外。

柏舟拉下手刹，低沉地说："到了。"

她还是没有看桑泱，眼睛刻意地望向另一侧的窗外，想让桑泱知道她很生气。

"嗯。"桑泱的声音低低的，有点不太明显的鼻音，还有很明显的温顺。

柏舟察觉这是桑泱在示好，她僵硬了一下，要不就不生气了。可是她又觉得这是很严重的事，她不能因为桑泱一点点的示好就算了。

"咔嗒"一声，安全带解开的声音传来。

柏舟也不再磨蹭，解开自己的安全带，推开车门下车。

刚好中午，秋日的暖阳和煦地照下来，秋风也被阳光照得懒懒的，吹拂在人的脸上，施展不开应有的萧瑟，反倒有几分乱了季节的暖意。

这是秋日里最好的天气。

熙熙攘攘的学校门口，都是刚放学的大学生，有成群结队的，也有形单影只的，都涌出来，奔向各自的方向，充满了青春的活力与朝气。

桑泱走到她的身边，牵住她的手，问："是在里面吗？"

柏舟终究没忍住，转头看了看她，发现桑泱已经不像在家里时那样难过了，面上带着笑意，有些怀念地望着美院恢弘而又极具现代艺术气息的大门。

察觉她的注视，桑泱转头看向她，笑了笑："我们进去吧。"

她怎么不伤心了？在家里时，不是还很伤感吗，还要问她是不是对现在的生活不满意。

"去哪里？你的画室吗？"桑泱又问。画室是她们以前常待的地方。

柏舟冷酷地说："不是。"

她带着桑泱往里走，绕过人群，径直往里走。

走到图书馆楼下时，柏舟突然明白为什么桑泱又不难过了。因为看到她生气了，桑泱明白是误会了。

"怎么不走了？"桑泱问道，她仰头看了看这栋高大的建筑，"我们是去图书馆吗？"

柏舟摇了摇头，那点本来就所剩不多的气恼都消散得干干净净，然后她就别扭了起来："不要去了。"

她觉得自己有点小题大做。

"怎么了？为什么突然就不要去了。"桑泱问。

柏舟看了她一眼，不太自然地说："因为你肯定会觉得很幼稚。"

她说完，就看到桑泱短促地笑了一下，仿佛在说"你哪天不幼稚啊"。

柏舟的脸噌的红了，恼羞成怒地瞪着桑泱："你不要笑！"

桑泱顺从地收敛了笑意，指尖在柏舟的手心轻轻地挠了一下："去吧，我们已经到这儿了，我保证不会笑话你。"

柏舟犹豫了一下，才说："好吧。"

桑泱从来不会真的笑话她。

她们绕了很久，终于到了。

这是一面涂鸦墙，上头有许许多多美院学生的涂鸦,画的东西很杂,最醒目的大概是正中不知道哪个学生画的缺了一只耳朵的梵高。

桑泱不太懂绘画,但她在柏舟的影响下,对基本的风格能鉴赏一些,她看了一圈都没发现哪部分是柏舟画的。

柏舟的脸又开始发红了，她说："不是画。"

她拉着桑泱的手到最边上，那里鲜见地留了一块空白，就像是所有来涂鸦作画的学生，都刻意地绕开了这一块。

桑泱的好奇心已经被柏舟高高地勾起，等她走近，才发现上面写了字。

是那种很粗糙的，用黑色水笔，借着满腔的情绪，往墙上发泄般写的字。

"如果七年后，我们仍是最好的朋友，我会回到这里，我们永远都不分开。2011 年 3 月 21 日。"桑泱轻轻地把上面的文字念了出来。

是柏舟的字迹，娟秀又纤细，不过写的时候，她大概很生气，笔迹里满是一种无处发泄的恼怒，尤其那句我们永远都不分开，字迹特别重，像是写的人恶狠狠地，想要把这行字刻进自己的心里。

桑泱忍不住笑了起来，柏舟已经无地自容了，她也不知道为什么要带桑泱来看这个。

可能所有人都在学生时代留下过类似的文字，有的是在课桌上，有的是在课本里，有的在学校某个人迹罕至的小角落，但是恐怕很少有人，在六七年后，还会回到原地。

"小舟……"桑泱轻轻唤了她一声。

柏舟想，来都来了，难为情也难为情过了，不如就给这篇文字画上一个圆满的句号，她从包里找笔，却被桑泱阻止："3 月 21 日，还有四个月，我们四个月后再一起来。"

四个月后才是真正的满七年。

柏舟动作停下了，她看着桑泱的眼睛点头说："好。"

她们四个月后再来。

柏舟拉住桑泱的胳膊："好饿啊。我们去吃东西吧。"

桑泱点点头："好啊，你想吃什么？"

"想吃二食堂的排骨饭，想喝三食堂的奶茶，想去四食堂买麻辣烫。"

"一食堂呢？一食堂离这里近。"

"啊！不要，一食堂的饭菜都好难吃，阿姨还很小气。"柏舟不满地说道。随后她回头深深地看着那面墙——四个月后，我们一定会一起回来的。

"小舟，快过来。"桑泱已经走出五六米了，才发现她还站在原地，朝她招了招手。

柏舟连忙跑过去，拉住桑泱的手。

不远处图书馆的楼顶有一个巨大的钟，那是学校最高的地方，每个学生走在校园里的任何一条路，只要抬头，就能看到时间，寓意着请每一位美院的学子在一生最青春的年华里牢牢抓紧每一秒珍贵的时光。

一群白鸽从碧蓝的天空飞过，柏舟看到巨大的钟上时针与分针重叠，指向了 12 点。

距离车祸还有八个小时。

守护

真像一个梦，这一整天像个光怪陆离的梦。

而上一个时空发生的事，在尘埃落定、重归宁静后，也像一个遥远虚假的梦。

只有这一刻是真切踏实的。

01

夜色浓重得仿佛蒙了一层化不开的雾，路边两侧高高的路灯竭力发出微弱的光，在这深重的夜色里显得如此无能为力。

两条马路的交界处本该车水马龙、川流不息，此时却只有几辆撞在一起的车，周围空出了一大片地，围观的人都不敢走得太近。

就像是战后被炮火轰炸过的断壁残垣，现场乱得根本看不出哪辆车是车祸的源头，几辆私家车都有不同程度的破损，车头冒着白烟，看不清驾驶室里是什么情况。

撞击最严重的是那辆侧翻在地上的公交车，它的车头塌陷，车身被另一辆卡车狠狠撞击，几乎拦腰折断，残破不堪地横在马路中央，后面的一个车轮还在转，一种压抑、恐慌的气氛蔓延开来，令人窒息。

"车里还有人活着！"人群里传来一声惊叫，一个站在最前方的七八岁小孩指着那辆被撞得最惨的公交车。

怎么可能会有人活着，都撞成什么样了。众人脑海中闪出这样一个念头，却没有人说出来，大家都睁大眼睛盯着那辆车。

静默中，一声极为微弱、缓慢的敲击声颤颤巍巍地穿透空气传了过来。

"砰、砰、砰……"

这声音仿佛撞在心上，让人们的心头跟着狠狠一颤，辨别声源，似乎真的是从那辆公交车里传出来的。

"快！快！去救人！"

"报警了吗？救护车呢？"

"找硬的东西，要把车窗砸开才行！"

人群瞬间沸腾起来，说什么的都有，他们朝着那辆车跑去，跑了三五步，突然人群像是被踩了急刹车，瞬间停了下来。

与此同时，"轰"的一声巨响，人们下意识地反手挡住眼睛，一团猛烈的火焰将这漆黑的夜晚撕开一道口子，火光蹿到空中，跑在最前的人感受到一股猛烈的冲击力，被推着后退了几步。

整个车身都被熊熊燃烧的火焰吞没，那橙黄的刺眼的火焰倒映在人们眼中，绝望无声地弥漫开来。

那缓慢而微弱的敲击声消失了，烈火燃烧的声音仿佛吞没了空气，寂静在蔓延。

"小舟。"桑泱拍了柏舟一下，"你在看那个钟吗？"

柏舟瞳仁猛地收缩了一下，回过神来，将目光从图书馆楼顶的大钟上收回，落在桑泱身上，点点头："十二点了。"

她的目光还有些呆滞，桑泱抬手在她面前左右晃了两下，柏舟的眼球随着她的手转动，像是被逗猫棒逗弄的猫。

桑泱扑哧一声笑了起来。

空气是冷的，那段记忆是冷的，连天上难得晴朗的日光照在身上都感受不到分毫温度。只有桑泱的笑让她感觉温暖了起来。

桑泱笑道："有没有想好去哪个食堂？"

柏舟早就顾不上去什么食堂了，满脑子都是那场车祸的场面。

车祸发生时，她在庆功宴上，没有亲眼看到那场爆炸，但是后来，她自虐般地找过许多有关这场车祸的新闻，一些新闻网站附上了车祸爆炸时路边的监控视频。

刚才她抬头看时间时，想到还有八个小时，心头就涌现一阵难以言喻的恐慌，那些监控视频里的画面仿佛活了一般又浮现在了她的脑海中。

公交车里有还活着的人敲击窗户的信息也是从新闻里看到的，记者采访了现场目击者。于是这三年里，柏舟总是不住地想那个人会不会是桑泱，如果是桑泱怎么办，只要一想到有可能是桑泱忍着剧烈的痛挣扎着爬到窗边，用尽自己最后的力气，拼了命地想要活下来，却只等来一场更残酷、更不讲道理的爆炸，柏舟就感同身受的痛苦。

屈起的食指指节敲在她的脑门上，不重，但足以让她回神。

"又在发呆了。"桑泱站在她面前，眼神里带着些许不悦。

柏舟慢一拍地抬手捂住自己的额头。

然后，她不仅没有因为桑泱的不悦而紧张，反而因为眼前会微笑、会生气、会安慰她、会介意她的隐瞒的桑泱而开心地笑了起来。

她一笑，桑泱的些微不满瞬间便荡然无存，她叹了口气，也跟着笑起来。

最后她们决定去三食堂，因为有好喝的奶茶，柏舟想要喝点热的。

这个时间的食堂人很多，柏舟向一位同学借了校园卡，买了许多她们爱吃的菜，也买了大杯的红豆奶茶，加了布丁，找到一个靠窗的位置。

窗户关着，带着冷意的风被阻挡在外面，阳光却可以透过玻璃照进来，柏舟喝了一大口奶茶，满足地眯起了眼，然后把奶茶杯送到桑泱嘴边，让她也喝一点。

桑泱要比她矜持得多，只喝一小口。

"味道是一样的。"柏舟尝了一口鱼，味道一点也没有变，是同一个厨师的手艺。

她们不赶时间，可以吃得慢一点，可以说说话。

柏舟今天要比平时不健谈一点，但她还是很容易满足，很容易能被细微的东西取悦。

食堂的饭菜和以前一样，她会开心；奶茶热热的喝下去胃里很舒服，她也会很开心；桑泱笑一笑，她会因为桑泱的开心而开心。她一直都是一个很容易满足的人。

柏舟的心情渐渐平静下来，有那么一瞬间，柏舟产生一个侥幸的念头。

从她醒来那一刻，所有的事情就都发生了变化，她没有去画展，也阻止了桑泱去医院，所有在原来的时空和她们接触过的人的行动轨迹都发生了变化，而与他们接触过的人，也跟着有了改变。

她就像一滴水，滴入一片名叫世界的湖泊里，在她融入湖那一瞬间产生了一圈涟漪，距离她近的水滴被波及，而被波及的水滴又去波及距离它们近的别的水滴，于是波纹一圈圈漾开来，发散到很远的地方，被波及的水滴无数。

这片湖泊因为一滴水的融入而发生巨大的变化，一切都不一样了。

桑泱绝不可能按照原来的轨迹在那个时间点去那个公交车站，乘上那辆公交车，甚至连那场车祸也可能在各种"蝴蝶效应"的叠加下不再发生。

这是最正常也最合理的逻辑。

柏舟应该相信这个想法，不要再这么提心吊胆，可是因为关系到桑泱的生命，柏舟无法放松下来。

可能只有等到晚上八点十分以后，她才能彻底地安心，然后让生活回归到原来的轨迹上。

"饱了吗？"桑泱见她放下筷子，把手边的纸巾递给她。

柏舟点点头，又有些发愁地看着剩了半杯的奶茶，她喝不下了，又不想扔掉。

桑泱一眼就看出了她的想法，把奶茶端在手里："我给你拿着。"

完美解决难题，她俩一起朝食堂外边走去。

"我们还有半天时间，你有没有想去的地方？"桑泱问道。

好不容易能在这么好的天气里一起出来，什么都不做好像太浪费了。

柏舟听她说还有半天时，下意识地想要看时间，但她忍住了，她现在变得左右为难，既期盼着时间过得快一点，赶紧过完那个可怕的节点，又畏惧那个节点的到来。

她竭力保持平静，显出若无其事的样子，偏过头想了想："我好像没有想去的地方，你呢？"

她们说着话，走出了食堂，图书馆顶楼巨大的钟就在原处矗立着，一抬眼就能看到，柏舟忙偏开目光，可心脏还是不可避免地因恐惧重重一跳。

桑泱察觉到了什么，不过她没再追问她隐瞒了什么，也没有问她在害怕什么。

柏舟想说些什么，但说什么都没用，她已经知道自己有事情瞒着她了。

柏舟只能尽量显得轻松些，告诉桑泱："我不怕的。"

她们没有再商量去哪里，只是沿着食堂外的那条路静静地走。

周围有来来往往的学生，有些背着书包步履匆忙，有些悠然自得，享受午后的阳光，也有和同学嬉笑打闹的，还有些人严肃地一边走，一边低声说着什么。

突然一个小个子的女孩从生活区跑了出来，她背着一块大大的画板，神色焦急，唇角却带着笑，奔跑着穿越人群。

桑泱看着她跑远，不由地微笑起来，眼睛里流露出怀念，她想说什么，转头看柏舟，却见她仍是神情不属。

笑意消失了，桑泱蹙了下眉，少见地感到一阵无力。

小舟在心烦什么呢？

她怎么都猜不出来，这几天发生的事都反反复复地回忆过了，却毫无头绪。

就像是今早醒来的那一瞬间，小舟有了一个巨大的秘密，她不愿意告诉她，宁可自己烦闷，自己恐惧，都不愿向她吐露一个字。

一群拿着篮球的男生毛毛躁躁地一边笑一边推搡着，经过她们时，险些撞到柏舟身上。

桑泱眼疾手快地将出神的柏舟拉到身后，男生们连忙道歉，桑泱冲他们点了下头，示意没事，男生们又笑嘻嘻地走了。

柏舟不满地咕哝了一句："怎么可以在路上追逐打闹，走路时就应该好好走路。"

你也没有好好走路，你在发呆。桑泱想这样说，但终究还是忍住了。

她们接着往前走，柏舟的眼睛看着前方，目光却逐渐放空，她又在走神了。

桑泱陷入了进退两难的境地，她很担心柏舟，可又知道她不会把心事告诉她。

究竟是什么事？

桑泱转头看到远处图书馆顶楼的那个大钟，钟上的时针正以缓慢均匀的速度逐渐靠近"1"，似乎是看到这个钟，小舟就开始惶然走神。

这个钟有什么问题？

桑泱也不由地出神思索。

突然，她的手被摇晃了一下。"姐姐，你看那里。"柏舟在她身边欣喜地说道。

桑泱看了看她，见她面上不再迷茫出神，而是带上了兴奋的笑，眼睛明亮地望向前方。

桑泱也不由地弯起唇角，跟随着她的视线朝前看，看到了一座小礼堂，她唇角的笑意加深了。

"我们过去看看。"柏舟拉着桑泱朝前小跑起来。

小礼堂开着门，大概是下午有什么活动，好几个学生在里边装扮。

柏舟在门口探头，望了一圈，回头对桑泱说道："好像和那天不太一样了。"

当然不一样，小礼堂是要承办各种活动的，装饰经常在变，更何况柏舟口中的"那天"是七年多前的事了。

桑泱没有把这些说出来，而是问："可以进去吗？"

柏舟迟疑地看了看里边那几个学生，有一个看到她们了，但只是随意地瞥了一眼，便继续手里的工作。

于是柏舟判断可以进去。

她朝桑泱说了声："可以。"把门推开一些，她们一起走了进去。

那几个学生手忙脚乱的，有一个一边做自己的工作，一边还要指挥其他人，其他人一边听从她的指挥，一边又要质疑她说得不对。

柏舟和桑泱没给他们添乱，也没走过去，而是坐在边上的那条长椅上。

柏舟想喝奶茶，可是奶茶已经凉掉了，桑泱没把奶茶给她，而是说："我们再去买一杯。"

柏舟又不想要了，她想再在这里坐一会儿："我不渴，我们等会儿再去。"

桑泱没再说别的。

她是隔壁医学院的，这间礼堂只来过一次，就是和柏舟初见的那一次。

柏舟也只来过一回。

02

那时候大一刚入学，她跟所有刚进入大学的学生一样，对这个全新的阶段充满了好奇和探索。

那天，她听说美院要和隔壁医学院的研究生联谊，联谊在小礼堂举行，会非常好玩，她就过来凑热闹了。

她是直接从画室过来的，白色 T 恤的下摆还沾一抹红色的颜料，她中途从门口溜进来。

联谊确实很有趣，牵头的学长学姐们下了大功夫布置礼堂，安排流程。

这种活动往往很难把握好尺度，太正式了很容易尴尬，太随意又显得儿戏，大家玩着玩着说不定就忘记今晚的主题了。

但这次的组织者将尺度把握得恰到好处。

他们安排的小游戏有趣又好玩，还有一些适度的暧昧，柏舟站在外围，看着台上他们紧张地保护游戏道具，看他们大声欢笑，自己也跟着笑。

她从小就沉迷画画，只知道画画，在大学以前几乎没有接触过什么人，更没有参与过这样生动又充满欢笑的活动，她觉得很新鲜。

但是有好心的学姐看到她，邀请她一起去玩的时候，她又觉得十分拘谨，摇头拒绝。

她只在边上看，然后就发现了坐在她对面的桑泱。

那时她还不知道桑泱叫什么名字，只是觉得这个女孩子很特别。她不由自主地走过去。

桑泱穿着米色的毛衣，看起来柔软又舒适，她在听身边的女生说话，那个女生十分健谈，绘声绘色地说个不停，而她只是专注听着，偶尔点头，偶尔带着笑意戏谑地摇头。

柏舟走到距离她四五步远的地方就停下了，她想靠近她，又不敢靠得太近。

她能听到她的声音，看到她微笑的侧脸，柏舟意识到一件事：她想认识这个女孩。

她鼓足勇气将她和桑泱间的距离慢慢缩小，最终她站到了她的边上。

桑泱早就注意到这个穿着白色 T 恤、球鞋、工装裤就跑来联谊的小孩了，开始只以为她是哪位老师的孩子，因为柏舟实在太小，看起来一点也不像个大学生。

她皮肤特别白，白到剔透，头发颜色也格外浅，灯光下看起来是深棕色的，头发微卷，五官立体，眼睛圆圆的，有女生靠近她，请她一起玩，她显得很惶恐，然后礼貌地拒绝，很乖巧的样子，像个埋头读书、很少与陌生人接触的高中生。

桑泱觉得这个小孩很特别，但也仅此而已，没有再关注她，可是到了今晚的后半段，这个小孩不知怎么就走到她身边来了。

她坐在她边上的椅子上，手里没有像其他人那样端杯饮料，也没有看台上做游戏的人，更没有和别人聊天，只是坐在她身边，然后小心地、隐蔽地偷看她。

如果是个男生这样偷看她，桑泱会走到别处去，但是这个小孩的眼神乖巧而安静，没有一丝一毫的攻击性，她只是悄悄地迟缓地偷看她一眼，然后连忙转开视线，紧张地用力抓着自己的大拇指。

她可能是有话想要对她说。

桑泱这样想着，但小孩实在害羞，直到联谊结束都没有对她说一句话。

一整晚，柏舟都没想好要对桑泱说什么，她只是不由自主地隔着十来米远的距离跟在她们身后。

医学院就在美院隔壁，非常近，出了学校大门，走十来分钟就可以到医学院的后门，一进后门就是生活区，所以两个学校的学生经常串门。

夜里的门禁很严，有保安站在门口查校园卡。

柏舟感受到紧迫，她不知道她的名字，也不知道她的专业班级，如果今天她没有抓住机会的话，她很有可能再也找不到她。

柏舟顾不上别的了，她加快脚步赶上去，却看到她们停了下来。

桑泱让同学先进去，自己留在了门外。

柏舟看到她们的动静，迟疑地慢下了步子，然后，她看到桑泱回过身，望向她，眼中含着淡淡的笑。

柏舟怔怔地看着桑泱，无意识地朝她靠近。

桑泱目视她走到身前，才温和地问她："小朋友，你跟着我做什么？"

柏舟一时间不知道该怎么回答，她紧张得喉咙滑动了一下，脑子像是被一个巨大的刷子刷过一般，刷去了她所有的想法，变得空空的。

最后，她只能凭着本能，说出自己最直接的想法："我们能不能认识一下。"

桑泱很惊讶，她看着柏舟，缓缓地眨了一下眼睛，随即笑了起来，摇了摇头，说："小朋友，很晚了，快回家吧。"

柏舟因为比同届的同学年纪小的缘故，经常被认作小朋友，她都习惯了，平时也不觉得困扰，可是现在，她却莫名地一阵沮丧："我不是小朋友。"

她望着桑泱，认真地告诉她："我叫柏舟，是油画系 10 级新生，我住在西区 2 栋宿舍楼 508，我的号码是……"

她在桑泱惊讶的目光下，把自己的信息全部都告诉了她。

一个同学把装饰用的气球踩爆了，发出一声巨大的响声。

柏舟被吓了一跳，朝他们看去。

"那时候，你特别乖，第一次见面，就愿意对我毫无隐瞒。"桑泱回想起她们的第一次见面，有些怀念地说道。

柏舟转头看她，很不服气地问："我现在不乖吗？"

当然不乖，藏了一个让自己心神不宁的秘密，明知道她那么担心，却还是一个字都不肯透露。

桑泱这样想着，却没有说，因为她看到柏舟也意识到了，她张了

张口，圆圆的眼睛里的光芒黯淡了下去，内疚地低下了头。

其实如果柏舟没有那么反常，没有坐立难安，没有发呆，没有害怕，她不会那么想知道她藏了什么事。

毕竟她只是担心她，并不是想控制她，小舟当然可以有自己的秘密。

柏舟越发地内疚起来，她不想再让桑泱担心，她抬起头，忍不住说道："等晚上就好了，等过了八点多，就好了。"

晚上，过了八点多。

桑泱在心里默念柏舟的话，八点多会发生什么？

她心思转了一圈，依然没有任何头绪。

装饰礼堂的学生们在聊天，声音不大，只能隐隐约约地传过来一些，但并不能听清内容。

说完刚刚的话，柏舟突然间连故地重游的欢喜也都消失了。

就像她那一瞬间冒出来的侥幸念头一样，从她睁开眼睛那一刻起，事情就彻底改变了。

她最初想的是只要阻止桑泱上那辆车就能避免悲剧，这很容易。

直到她看到跟她一起回来的画。

那幅画像一颗怀疑与恐惧的种子，在她心上扎根发芽，让她坐立难安。她的脑海中甚至闪过一个让她浑身冒冷汗的念头。

会不会她什么都改变不了？桑泱最终还是会出现在那辆车上，然后和一整车的人一起，遭受惨剧。

手机铃声突兀地响起，柏舟的手紧了一下，桑泱安抚地注视着她，将电话接起来。

她先是听那边说，然后笑了笑："没事。"

"对。"

"今天不去医院了。"

桑泱又说了几句，神色和语气始终很轻松。

等她挂了电话，柏舟问道："是姜苑打来的吗？"

桑泱道："不是，是许颂意，我不在，我们科室忙不过来，借了她去打杂。"

"哦。"

桑泱笑了起来："作为感谢和补偿，我答应请她吃饭。"

"哦。"柏舟想了一会儿，她提议道，"那我们在家里煮火锅吃吧，把姜苑也叫上。"

她只是随口一提，但桑泱却显出了些许惊讶。

"怎么了？"柏舟问道。

"你以前可不会主动说要请姜苑吃饭。"

她这样讲，柏舟才意识到好像是这样的，她和姜苑一见面就吵架，平时都是能不见就不见，根本不会主动说要一起吃饭。

但是那三年里，姜苑帮了她很多忙，也很关心她。

"偶尔请她来一次。"柏舟只能含糊地说。

桑泱就没再追问，只说："那我明天见了她就跟她说。"

大概是装饰工作快要做完了，那几个学生开始松懈下来，嬉笑打闹起来。

礼堂的门窗都关着，风都被挡在了外面，但是天窗上照入了一束温暖的阳光，投射在地板上，那束光泛着金色的光芒，光里飘动着微小的灰尘。

小礼堂变成了一个温暖安静的地方，安静到连那几个学生的奔跑和嬉笑都无法对这里产生一丝一毫的影响。

柏舟静静地说："我想把那束光画下来。"

那束光很特别，既稳定，又像是代表了某种生命力与希望，很好地安抚了柏舟心里的恐慌。

桑泱顺着她的目光，也看了会儿光，她不像柏舟那样纤细敏感，但也觉得这束光很治愈。

"那我们回去吧。"桑泱站了起来。

柏舟却没有动，她仰头看着桑泱："我不想动，我想在这里再待一会儿。"

这里是封闭的，没有风，唯一的缝隙，照入的还是希望。这里让人感觉很安全。

柏舟现在像一只努力把头缩进壳里的蜗牛，想把时间熬过去，想把桑泱也藏在她的壳里，然后一起把时间熬过去。

而事实上，除了熬，她似乎也想不到更好的办法。

"我们晚一点再走吧。"柏舟又说道。

桑泱只好坐回了原处。

她们在这里待了不知多久，其间柏舟接了几个电话，有画展策划人打来的，也有一些合作比较紧密的合作方打来关心她出了什么事的。

但每次挂了电话，柏舟都会告诉桑泱是朋友打来的。

"是帮我策划画展的朋友打来的。"

"是上次让我画他们家杂志插画的朋友打来的。"

桑泱知道柏舟的这个习惯，对柏舟来说，只要是认识的人，都是朋友。家门口的保安和她打过几次招呼，对她来说，也是朋友。

她第一次听到柏舟提到"朋友"这个词，是在她们认识不久后。

04

从那天礼堂初见后，柏舟就经常来找她，她们就这样一点点熟悉起来。

柏舟每次都是很高兴地跑来，有时是问她有没有时间去看她画的画，有时是想和她一起吃饭，有时只是随意地说些她遇见的开心的事。

但更多时候，她见不到桑泱，只能沮丧地离开。

她会给桑泱发短信告诉她自己来过了，往往是开心中透着丧气的语气："我来找你啦，你不在，好吧，我等你半小时。"

"好吧，你没回来，那我先走了，我要去画画了。明天我再来找你哦！"

有时候桑泱在忙碌的学习里，在课程间，甚至有一回在导师的目光下，都忍不住笑。

她觉得很神奇，为什么这个小孩可以天天这样仿佛完全不知道疲惫地来找她，她甚至有些羡慕，难道这就是十六七岁的小孩的活力吗？

最初一个月她们交流得并不多，因为柏舟对桑泱来说，只是一个陌生人。

直到有一次，柏舟来见她时，脸上没有笑容，甚至眼神还有些躲闪，不敢直视她。

桑泱觉得奇怪，便问："怎么了？"

柏舟毫不犹豫地把苦恼都说了出来："我朋友说，我那天晚上跟在你身后像跟踪狂，你不理我是因为你觉得我是……"她把那个字吞了回去，迟疑着换了一个温和些的表达，"坏人。"

桑泱这才想起，她已经连着一个多星期让这小孩空跑了。

"你真的觉得我是坏人吗？"柏舟又问，神色是毫无掩饰的伤心。

她像是一个透明的人，心思全都写在脸上，坦诚得不可思议，桑泱从来没有见过这样的人。

"我没有这样觉得。"桑泱说道，她确实没有这样想，她甚至觉得柏舟这样柔软的人，不被别人欺负就不错了，哪里当得了坏人。

柏舟立刻就高兴了，她大松了口气："我也觉得你肯定不会这样想，可是我朋友说得太笃定了。"

桑泱见她笑容明朗的模样，突然心软，找出了一张课表给她："你以后在我空闲的时候再来。"

柏舟愣了一下，随即迅速地翻找她的书包，找出了一张自己的课表和她交换，神色郑重。

柏舟小心地把桑泱的课表收起来，然后开心地说："我要告诉我朋友她想错了，这张课表就是证据。"

桑泱忍不住笑了笑。

后来她见了柏舟口中的朋友一次，是她的同学。

那次她有事去柏舟的画室，那位同学正好在，正和另一个同学说，

她约了平时很难见到的一位教授，要去请他指导一下她们的画。

柏舟在边上听，也很感兴趣，就提出她也想一起去。

桑泱明显地看到两个同学露出为难的神色，但柏舟没发现，她还兴冲冲地提出了好几个方案，最后是那位同学找了个借口拒绝了她。

她也没发现，还信以为真，真诚地说那下次我们再一起去。

桑泱觉得她这样很容易吃亏，便将那几个同学的心思剖析给她听："她们只是不想带你一起去。"

又想到她那天一口一个"我朋友"，桑泱委婉地提醒她："朋友是相互的，得别人也把你当朋友才是朋友。"

她记得柏舟当时露出了愕然的神色，随即便显得十分失落，桑泱反思自己是不是说得太过直白了，正想安慰她，却见柏舟十分沧桑地叹了口气："还好莫奈也是我的好朋友，我有莫奈陪我。"

桑泱觉得如果别人说这样的话，她可能会觉得那个人很装，但柏舟不会让她有这样的感觉，她甚至认为柏舟就是这样的人。

她像是被关在某个只能画画的地方许多年，突然被放出来，让她融入社会。她做得还不错，让自己和这个社会适应得很好，但许多时候又会显出一些微妙的格格不入。

她有时候看不懂别人的脸色，在这个所有人都慎重衡量人际关系的时代，她把每个认识的人都当作朋友，也都真诚地对待她们。

柏舟热爱画画，每天都做许多练习，几乎每件衣服上都沾了颜料，有些已经被洗淡了，有的是新沾上去的。

她画出一幅满意的画能高兴很久，会跑来开心地展示给她看，完全不嫌烦地向她仔细讲述她的构思。

托她的福，从小就没什么艺术细胞的桑泱已经能详细地说出绘画的各大艺术流派，欧洲绘画史，还有许多知名画家的生平事迹。

连他们院的教授都认识柏舟了，有一次，她听到有位教授笑眯眯地问坐在台阶上等她的柏舟："小朋友，你又画了什么好看的画要给姐姐看啊？"

于是看着眼前这个庆幸还有莫奈当她好朋友的小孩，桑泱不由问："那我是你的好朋友吗？"

问完她就后悔了，因为柏舟的心思浅显得很。

果然柏舟听完她的话，便是一愣，目光也闪烁起来，支支吾吾地说不出话，好半天才装作随意的样子，说："啊，你不能算好朋友吧，我觉得你和朋友还是有一定区别的。"

05

柏舟还在看那束光，不过太阳偏转后，那道光不再是从上往下直射，也没那么清晰了。

桑泱想起这些许多年前发生的事。

柏舟现在已经比十六七岁时稍微警惕了一些，不那么轻信别人了，至少别人再随便找借口敷衍她时，她能看出一点了。

但是喜欢把认识的人统称为"朋友"的习惯没有改，真诚对待每一个与她接触的人的习惯也没有改。

桑泱有时候会担心她会被人欺负，有时候又觉得，她的性格就是这样的，也很难改了。

突然小礼堂的门开了，那门应该有些年头了，发出吱呀的声音。

礼堂里的人都朝着门口望过去，门口站着一个高大的男人，他的影子长长地倒映在地板上，他站在门口环视了一圈。

桑泱正要起身，忽然发现柏舟的脸色变了，她望着门边那个人，唇角紧紧地抿起。

这一整天有太多令人疑惑的事。

桑泱抬手搭在柏舟肩上，问："怎么了？他有什么问题吗？"

柏舟正想说什么，那个男人朝她们走过来了。

他应该是来找那几个布置礼堂的学生的，向她们走来途中，朝那几个学生招了招手，学生们也朝他挥手。

很快他就站在了桑泱和柏舟的面前，笑着打招呼，伸出手："桑泱。"

桑泱和他握了握手："陆老师，你怎么到这儿来了？"

陆清用指尖指了一下那几个学生："学生会要在这里办一个活动，请我来给他们设计场地。"说罢，又哼笑一声，"叫什么陆老师啊，寒碜谁呢桑医生。"

他说着，看向柏舟，挑了下眉，面上笑意不减："小柏舟，你好啊。"

"学长。"柏舟礼貌地叫人。

陆清却上上下下地打量了她一会儿，点着头道："嗯，感觉气质成熟了许多。"

他和柏舟其实并不熟悉，不过是互相知道有这么一个人存在罢了。

但他显然非常开朗，也很健谈，笑容一直没消失过，俊朗的脸上容光焕发，像是这个世界上的每一件事、每一个人都能让他找到乐趣。

桑泱一直在留意柏舟的神色，但除了刚才看到陆清出现在门口那一瞬间柏舟面色有异样外，接下来便一直很平静。

陆清天南地北地胡侃了几句，直到一个女生喊他，才和她们说了回见。

"你觉不觉得陆学长很乐观？"柏舟问道。

她们走出了那间小礼堂，桑泱"嗯"了一声，"他不是一直这样吗？一天天傻乐，跟谁都玩得好。"

柏舟忍不住笑了笑，她和陆学长不是特别熟，在学校里见的也不多，毕竟学长本科毕业后就出国深造了。

但圈子小，里头的人稍有些风吹草动，都能传开了，柏舟也是听那位画展策划人说的，陆清回国后回到了母校任教。

"还挺适合他的，毕竟他这么话痨的人，有一堆学生陪他说话他肯定高兴。"策划人是这么讲的。

她们在小礼堂里坐了好久，天色已经不早了，太阳被云挡了起来，秋风裹上了凉意。

经过一个垃圾桶，桑泱把那半杯凉掉的奶茶扔了进去。

"姐姐，你觉得陆清热爱这个世界吗？"柏舟又问。

桑泱看了她一眼，大概是觉得她会问这样的问题很奇怪，想了一会儿才回答："我觉得他相当热爱这个世界，不过比你还是差了点。"

柏舟没想到会说到她身上，意外地"啊"了一声。

她们一起朝着校门口走去，还没到下课的时间，校园里行人不算多，操场上倒是有许多人，应该是在上体育课。

"那你觉得陆清有没有患抑郁症的预兆？"柏舟又问。

桑泱古怪地问："你为什么这么说？"

见到陆清的那一刻，柏舟想起那天，确切地说，对她而言是昨天晚上，她从桑泱的父母家里出来，看到的场面。

陆清从高层坠落，倒在血泊里，他的妈妈撕心裂肺地痛哭，想冲过去把儿子抱起来，却被人拦住。

柏舟昨晚没有太多的感受，因为她的心很迟钝，就像是冬眠了一样，不管快乐还是悲伤，都很难让她的情绪有波动。但今天不一样，今天就像是春暖花开，万物复苏，她的心活了过来。

"我就是问问，从你专业的角度来看，他像不像容易患上抑郁症的那类人？"柏舟像是要打破砂锅问到底，一直抓着这个问题不放。

桑泱无奈道："抑郁症得挂精神科，我是外科的，专业对不上。不过很明显，他事业做得不错，感情生活也很稳定，性格又开朗乐观，是那种既有追求，又有寄托的人生赢家，是最不容易患上抑郁症的那一类人。"

柏舟愣了一下，脑海中浮现昨夜看到的那个场景，满地的鲜血在夜色中近乎黑色，陆清倒在地上，现场一片狼藉。

柏舟又想到刚刚见到的那个整洁到衬衫上一丝褶皱都找不出来的青年，想到他笑容满面、口中说着轻松热络的话语。

要怎样的绝望才会让他选择用那样的方式结束自己的生命？

她们走出校门。

柏舟控制住了自己，没有回头去看图书馆顶楼的那个钟。

"我们回去吗？"桑泱站在车边问道。

柏舟说："嗯。"

她开车门，没有立即发动汽车，直到自己的心情平静下来，才踩下油门。

一路上她将心思都放在前方的路况上，将车开得前所未有地稳当。

连桑泱和她讲话时，她也专注地盯着前方，口中随意地应和着，敷衍得非常表面。

渐渐地，桑泱也就不再开口了，而是若有所思地望着窗外。

回到家里，柏舟听到挠门的声音才想起早上出门的时候忘记把豌豆放出来了。

她忙打开房间门，豌豆就坐在门边，仰头望着她，眼神居然有些哀怨。

"汪！"它冲着柏舟不满地叫了一声，绕过她跑去了桑泱那边。

桑泱安抚地揉了揉它的脖子："豆豆乖，自己去玩。"

豌豆赖在她身边，用脑袋蹭她的手背，过了好一会儿，才跑到其他地方疯玩起来。

深秋天黑得很快，从学校出来时，还是黄昏，回到家里，天已经接近黑透了，院子里的路灯在每天相同的时间点自动打开，将周围照出一片惨白的亮光。

"快到冬天了。"桑泱说道。

柏舟也这么觉得，她还记得这个冬天非常寒冷，雪下了厚厚一层，天空成日的阴霾，望不到一丝阳光，严寒仿佛没有尽头。

"我饿了。"柏舟说道。

也是时候准备晚饭了。

桑泱去了厨房。

柏舟从口袋里掏出手机，她深吸了口气，将屏幕按亮。

从屏幕亮起到看到上面显示的时间只有短短的不到一秒的工夫，柏舟却觉得无比的漫长，长到她听到了自己的心跳，大脑里出现了一段长长的空白，长到她的手不住地颤抖，几乎拿不稳手机。

17：49。

屏幕的光有些刺眼。

柏舟像是被施了定身术，她直直地看着屏幕，而后，像是被惊醒，她猛地将手机塞回口袋里，长长出了口气。

还有不到两个半小时。

"两个半小时。"柏舟轻轻地对自己说道，心却跟着这句话逐渐地收紧，让她感到呼吸都有些困难。

桑泱做了一顿简单的晚餐，但味道十分可口，土豆牛肉汤炖得香浓，喝一口仿佛能像驱散寒意一般驱散所有的担忧与愁闷。

于是柏舟有了片刻的安宁，但也仅此片刻而已，几乎是下一瞬，那漫无边际的恐惧便又卷土重来，并随着越来越靠近那个时间，柏舟越来越紧张。

"我想画光，你看着我画吧。"她把画室的门关上，让桑泱待在她身边。

桑泱没有拒绝，就待在柏舟看得到的地方，她记得柏舟说的，过了晚上八点多就好了。

时间像是被人用擀面杖碾扁、抻长，过得极为缓慢。

柏舟的画笔在纸上落下几笔，却全无章法，只能说是胡乱地涂抹。

桑泱把笔从她手里拿出来，放到一边，而后轻轻抚摸她的后背："别怕，我会陪着你。"桑泱的声音那样轻柔，像是蒲公英飘散在阳光下，温柔地飞舞。

"我不怕。"柏舟对她说道。

她想，如果发生了像上一个时空那么可怕的事，那么不论付出什么代价，她都要保护桑泱。

时间一分一秒地过去，过了不知多久，桑泱看了眼手机，温声道："小舟，八点十五分了。"

八点十五分了，什么都没发生。柏舟一下子站直了身，她的目光有呆滞，却有一团光逐渐地放大，随即在她眼中绽放，连带着她的唇角一起上扬。

"太好了！姐姐！"她喜不自胜，放下画笔，去抱了下桑泱。

她开心得像是不知道该怎么表达才好，原地跳了两下，又用力抱住桑泱，口中不住地说着："太好了，太好了！"

桑泱也被她的喜悦感染，抬手反抱住她，跟着轻轻吁了口气。

这处处反常的一天仿佛在柏舟兴奋的心情里就这样安全地毫无惊险地过去了。

回顾这一天，平静又寻常。

太阳在固定的时间升起、降落，马路上的车辆行驶在自己的车道上，树叶因秋风坠落，在地上积起厚厚的落叶。

每个人都生活在自己的轨迹上，毫无偏差。似乎除了柏舟，全世界都在安定有序地运行着。而柏舟的反常也终止于夜晚八点十五分。

房子的隔音效果很好，听不见外边的风声，但却可以看到路灯下院子里被卷得飞起来的枯叶。

柏舟和桑泱一起坐在墨绿色的沙发里。这间画室完全是柏舟的风格。她主攻油画，喜欢印象派，审美偏向西式，个人风格很鲜明。

于是她的朋友参观了她的画室以后，都会感叹装修的风格独特但又不会让人觉得猎奇，完美地和柏舟融为一体，然后认定，这一定是柏舟自己设计的。

但事实上，这间画室是桑泱布置的。

当初布置房子的时候，柏舟很担忧会在风格上和桑泱产生分歧。

因为桑泱的审美偏向中式，她的父亲是语文老师，母亲是出版社主编，相对于艺术，她接受的文学熏陶要更多些，和柏舟是完全不同的偏好。

柏舟做出了巨大的让步，向她承诺："如果我们有不一样的意见，我不和你吵架，我听你的。"

"不至于那么惨烈吧，我觉得我们还是可以达成一致意见的。"桑泱笑着说。

柏舟却不乐观，不过其实也没什么，毕竟是她们一起布置的房子，不管最后是什么样的，她都会很喜欢。

可桑泱却非常乐观，她想了会儿，说："不然你把你画室那部分的装潢交给我，我肯定可以给出一个让你满意的工作区域。"

柏舟将信将疑，但她觉得很有意思，就答应了。

之后桑泱把工作外的所有时间都用在画室的设计和装修上，和装修公司反复地沟通了许多遍，几乎每天都会去看进度，判断和她预想中的样子有没有偏差，有的话及时调整回来。

柏舟的期待值越来越高，她迫不及待地想要看到画室最终的样子。

等到那一天终于到来，她推开门，看到整个房间的模样时，那些期待就像变成了烟花在眼前五彩缤纷地绽放，绚烂无比。

桑泱说得一点也没错，整间画室完完全全就是她理想中的模样。

"你怎么做到的？"柏舟又惊喜又好奇。

桑泱想了一会儿："可能是因为你画的每一幅满意的作品都会拿来给我看。"

看了好几年，当然知道了柏舟的审美取向。

现在，她们就待在这间画室里。

桑泱在看窗外，看树叶打旋，看冷白的路灯下居然有一只飞蛾在寒风中绕着路灯转。

柏舟闭着眼睛，身体和精神都彻底地放松了下来，她现在的心情就像飘浮在云端，轻快得很。

"现在好了？"桑泱问道。

柏舟点点头，又有些不好意思。

因为无事发生，便显得她这一整日的紧张都很莫名其妙，也许还让她看起来很可笑。

可柏舟一点也不在意，因为桑泱不会笑话她，何况，只要桑泱好好的，别的也没什么要紧的。

真像一个梦，这一整天像个光怪陆离的梦。

而上一个时空发生的事，在尘埃落定、重归宁静后，也像一个遥远虚假的梦。

只有这一刻是真切踏实的。

桑泱没有再问柏舟究竟发生了什么事，为什么突然那样紧张忧虑，突然又平静下来，这中间明明什么事都没发生。

但桑泱又肯定，一定还有隐情，因为柏舟不是一惊一乍的性子，能让她这样情绪大起大落，一定是非常严重甚至可怕的事。

但桑泱不打算现在问，她不想破坏柏舟的好心情，她决定明天空下来的时候再和她坐下来好好谈一谈。

柏舟翻了个身，平躺在沙发上。

"你要不要继续画那束光？"桑泱问道。

"要！"柏舟马上站起来，走到画架前。

桑泱也跟着她，站在了她身边，看着她作画。

柏舟现在心情好，看什么都是金灿灿的。

拿起画笔，她回忆起那束光、那个空间，她感受到一种异样的祥和宁静，祥和到近乎圣洁。柏舟的脑海里有了一个新的构思，她在画布上比画了一下构图，正要落笔。

小茶几上的手机振动了一下。

振动的声音本来很微弱，但画室里没有别的动静，于是这点微弱的声音也格外明显。

她们动作一致地看了过去，屏幕亮起来，应该是收到了一条消息。

那是桑泱的手机。

柏舟怔了一下："要看看吗？"

桑泱也和她一样，有些迟疑地说："应该……只是垃圾短信吧。"

工作上有要紧事的话，医院都会打电话给她。

她们两个看向对方，一致决定不管它，重新把注意力转回到画上。

结果还没两秒，柏舟的手机响了。

拿着画笔的手一顿，柏舟产生一种今天是没法安心画画了的预感。

铃声还在锲而不舍地响。

桑泱看着柏舟皱得紧紧的眉头笑了笑，推了推她："去接起来。"

柏舟想等它自己停，可是打电话的人显然很有耐心，怎么都不挂。

她只能不情不愿地走过去，看了眼屏幕，显示着画展策划人的名字。

柏舟已经把画展忘到脑后了，这时看到策划人打电话来，也不怎么动容，只觉得他很讨厌。

"柏老师，你在忙吗？"策划人的声音相当轻快，可见今天柏舟缺席也没造成大的影响。

柏舟低气压地发出一声："嗯。"

她不高兴得这么表面，引得桑泱抿唇轻笑。

策划人却一点也没发觉，兴致勃勃道："柏老师，我在你家附近，你能出来一下吗？我把粉丝送的礼物给你带过来了。"

"五分钟后到你小区门口。"他又补了一句。

"好吧，知道了。"柏舟没精打采地说，然后挂掉了电话。

打扰到她作画，柏舟抱怨道："他怎么这个时候来啊？"

人家明明是好意来给她送东西的。

桑泱顺着她道："真是的，怎么可以这个时候来……要我陪你去吗？"

外面还挺冷的，柏舟道："不用，我自己去，很快就回来了。"

从家里到小区门口走过去差不多五分钟，柏舟虽然不乐意，但也怕去慢了让人等，很快就换了鞋出门。

外面真的很冷。

柏舟想起天气预报似乎说过，这几天冷空气来袭。

也许明天就入冬了。她一边走，一边漫不经心地想着。

路灯把她的身影拉得长长的，她走得很快，从一个路灯下到另一个路灯下。

她回头看一眼漆黑的夜空，没有星星，也没有月亮，云层很厚很厚。

走到门口，策划人已经等在那里了，看到她，推开车门下来，手里抱着几个包装精美的礼物盒子，全都塞到了柏舟手里，口中说着："柏舟老师，明天你可一定要到！"

柏舟嗯嗯地答应："好的好的。"

又冲他挥挥手，示意他快走。

他们接触了几个月，策划人哪能不知道她的性格，笑着说了再见。

柏舟抱着礼物盒子正要回去，看到路边那家烧鹅店门口排了几个人。这家烧鹅很好吃，她和桑泱都喜欢。

她们晚饭都没吃多少，过会儿也许会饿。

柏舟走了过去，决定带一份烧鹅回家，晚点煮面吃。

店员的动作很麻利，很快就轮到柏舟。

往回走时，柏舟又想起那句"既有追求，也有寄托"。

桑泱是她的寄托，桑泱很厉害，她身上有种温柔而坚定的力量，给了柏舟充足的安全感，让柏舟觉得，不管前方怎么样，都没关系，因为桑泱会始终在她身边支持她，不管怎么样，她都会陪着她。

可是柏舟又很清楚，桑泱并不是无所不能的，她也有很脆弱的时候。

柏舟永远记得那一天，桑泱在她面前失声痛哭，反复地说着那一句："我没有救下他，对不起、对不起……"

那是她第一次遭遇手术失败，她的病人在手术台上停止了呼吸。

每个医生都会遇到这样无能为力的事，因为医生只能治病，而不能起死回生。

可是桑泱在面对这样的事情时会自责。

每当有病人放弃治疗的希望离开医院，有病人最终还是没能跑过死神，桑泱都会很难过，那是她最需要柏舟的时候。

柏舟决定以后还要做得更好。

她打开家门，一边换鞋，一边说："我回来了。"

桑泱没有回答。

柏舟怔了一下，她把东西都堆在玄关的柜子上，快步走到画室，画室的灯开着，桑泱不在。

"我回来了！"柏舟又喊了一遍，依然没人，她跑上楼，桑泱也不在。

整栋房子都没有桑泱的踪影。

桑泱不见了。

桑泱不见了！

仿佛有人拿着一面锣对准柏舟的耳边用力敲击，她感到耳朵里嗡嗡作响，鼓膜疯狂地振动，让她的大脑里也充斥杂乱的嗡鸣。

她抬手扶住楼梯栏杆。

白天的恐慌在尘埃落定后加倍地卷土重来，这栋空荡荡的房子，仿佛在告诉她，她太天真了，事情还没结束。

桑泱到哪里去了？柏舟努力地想要平静下来，她反复地深呼吸，平息剧烈跳动的心脏。

抬手看了眼时间。

20：40。

她又打开通话记录，看到策划人的来电是 20：23，她和桑泱说了几句话，又换了鞋，最多一分钟。

她待在外边的时间只有十五分钟左右。

只有短短的十五分钟，桑泱怎么会不见。

柏舟茫然地看着表，恐惧在她心里扩大，她的脑海冒出了一个词。

消失。

凭空消失。

"汪！"豌豆从一个房间跑出来，看到柏舟站在楼梯口，冲着她叫了一声，然后歪了脑袋，好奇地看着她。

柏舟瞬间清醒过来，她得找到桑泱。

手机铃声突兀地响起。

柏舟从口袋里拿出手机，桑泱两个字显示在屏幕上，柏舟心跳鼓噪，迅速接起来。

"小舟。"桑泱的声音传了过来，"你回家了吗？"

平静温和，和平常没有任何区别。

柏舟却像是浑身都脱了力，她靠着扶手滑坐在楼梯上："嗯。"

桑泱向她说明去向："发生了很严重的车祸，很多人受伤，医院忙不过来，我得去帮忙。晚上可能会回来得很晚，也可能不回来，你早点睡，不要等我。"

柏舟听到"车祸"两个字，缓缓地弯下了身，将脸埋在自己的臂弯里："你在开车吗？那你专心看路，别太赶，要注意安全。"

"我在颂意车上，她路过接上了我。"桑泱说道，"但我也不能跟你多说了，快到了。"

她们家去医院只有十来分钟的车程，当初选择租住在这里的原因之一，就是离桑泱的工作地点近。

"好，到了给我发条信息。"

柏舟埋首在臂弯里，深深地吸了口气，往肺里灌满了空气，胸腔在极度的恐惧中平息下来后感到闷闷的钝疼。

柴犬走了过来，蹭了蹭柏舟曲着的膝盖，轻轻舔着她的手背。

狗对人的情绪有很敏锐的感知力，豌豆感受到柏舟此刻情绪的动荡。

柏舟抬起头，平日里干净明亮的眼眸此刻脆弱而无力。

"我好害怕她又出事，我好怕失而复得的最后是另一场更无力的绝望。"她对着豌豆虚弱地笑了笑。

豌豆吐着舌头，整个身子都挨着柏舟的小腿，仰头看她，眼神清澈柔软。

柏舟看了它一会儿，伸手抱住它的脖子，揉了揉它脑袋上的皮毛："谢谢你找到那幅画让我回来，以后我都会和你和平共处，不嫌弃你跟我抢泱泱了。"

豌豆听不懂它在说什么，但感受得到她的情绪没那么低落了，于是呜呜了两声，从她怀里挣出来，跑到别的地方去玩了。

柏舟看着它跑远，又低头看了看手里攥得紧紧的手机。手机坚硬的边角硌得她的手心有点疼，她的心情蓦地放松下来，觉得自己太好笑了。

如果是平时，桑泱不见了，她第一反应肯定是打电话问问她去哪儿了，但刚刚，可能因为"时光倒流"这件科学无法解释的事，还可能是因为总担心会回到上个时空的既定走向里，她居然以为桑泱凭空消失了。

真是自己吓自己。

柏舟心有余悸，脸色还没缓过来，仍是病态的苍白，但眼睛重新灵动了起来。

她走到门口，没拆那些礼物，而是拎起装在外卖盒子里的烧鹅看了看，决定炖个汤。

一场手术时间长的话十几个小时也很常见，太辛苦了，她炖个汤给桑泱送去，把烧鹅也带上。

突变
第四章·Sudden

"我把这些话写下来，把这幅画藏起来，连同另一个时空的悲剧一并收好。或许有一日，我会拿出来，像是讲一个故事一般说给你听，又或许让让那一段时空作为我们故事中作废的支线，让它永远埋没，都好。最后，我们永不分离。

2020 年 11 月 29 日"

　　桑泱坐在许颂意的车上。

　　见她放下手机，许颂意才回头看了看她，又望向前方，口中闲聊着："跟小舟说过了？"

　　"嗯。"桑泱看向窗外，路旁的灯光似水流般照入车子里，又如潮水般退去，给她脸上打上一道流动的光线。

　　"怎么了？怎么心事重重的？"许颂意又问。

　　桑泱在想刚才柏舟在电话里的声音，明明就在耳边，可听起来却像是格外的遥远，又或许是她太过敏感了。

　　桑泱抬眼，看了看许颂意，淡淡地笑了笑："没怎么。"又想起刚刚医院打来的电话，"今晚恐怕得忙到天亮了。"

　　"嗯。这么严重的车祸，我猜肯定忙不过来，也多半会让你回医院，一接到通知就给你发了微信，正好顺路捎上你。"

　　前方就是医院正门，门口有两辆车正排队过关卡，保安亭站了个保安，正在维持车辆进出的秩序。

等车一停下，两个人口中虽还说话，神色却已变得端正，一推开车门，便朝着急诊飞快地跑了过去，迅速加入救人的行列中。

柏舟收到桑泱到医院的消息时，正在洗炖汤用的食材。

她手上沾着水，随手抽了张厨房用纸捏了两下，弄干了指尖的水滴，点开手机屏幕。

"我到医院了。"桑泱的微信十分简短。

到医院就好，柏舟接着洗那几块排骨与配菜，然后看了看时间，决定先放一会儿，晚一个小时再去炖，然后等到两三点，给桑泱送去，运气好的话，那个时间她也许正好下班。

柏舟经常接送桑泱，偶尔也担心她加班挨饿，会给她送吃的，已经送出经验来了。

她洗干净手，捏着手机走出厨房，想了想，给桑泱发了条微信："下班记得告诉我。"

然后就看到豌豆趴在厨房门口，谴责地望着她，显然以为她背着它在偷吃什么好东西。

眼看都九点了，还有三个小时这一天就结束了。

柏舟心情放松，给豌豆开了个罐头。豌豆一闻到罐头的香味，立即讨好地摇起了尾巴，柏舟高高举起罐头逗了豌豆一会儿，才在豌豆呜呜的焦急叫声里，把罐头拨进它的碗里。

豌豆津津有味地享用美食，柏舟走去了画室，正想继续画那道光，却看到了她上午放起来的那幅画。

她走过去，拿了起来，一边看，一边走到沙发边坐下。

早上发现这幅画跟她一起回来时，柏舟觉得很恐怖，现在她依然对这幅画怀着几分警惕。

但是看了一会儿，她想起小时候画这幅画时，她对画的构思。

那时宇宙算是一个新时代的概念，许多孩子在家长老师的带领下接触这方面的知识，黑洞在当时最普遍的理解是未知和吞噬。

她当时听老师解释了黑洞关于时空扭曲的那部分概念后，脑海中便冒出了一个广阔无边的旋涡，旋涡飞速旋转，仿佛能搅碎一切，然而一旦进入它，另一端或许就意味着新生。

毕竟但凡是人，总有些懊悔的事吧。扭曲时间、穿梭时空能够让时光倒流，让懊悔的人生得到弥补。

于是这幅画的用色偏向璀璨光明。

柏舟拆开了画框，将画取了出来。

取出来后，就是一张薄薄的画纸了，柏舟把画背着放到桌上，拿起一支笔，思索了会儿，在画的背面写起了字。

她写写停停，眼睛里泛起了些许笑意。

因为她的存在，因为她穿梭时空，两个时空之间有了一个交点。而她现在写的，是另一个时空的柏舟想对桑泱说的话。

她算是用简短的话将上一个时空发生的事做了一个记录，画了一个句号，放下笔，她把画重新装回画框里，然后将画框放进了立柜中，永久地藏起来。

02

救护车的鸣笛声响彻黑夜，听得人心惊肉跳。

还未等车停稳，桑泱和几个医护人员就一起冲了上去，将病人从车上抬下来。

血腥味浓重，伤员还有意识，痛苦的呻吟与他身上血肉模糊的伤处使得人头皮发麻。

但医护人员们早看惯了生死病痛，他们保持着最专业的清醒，一接到伤员便马不停蹄地迅速往手术室转移，随车医生飞快地说着伤员状况。

他们争分夺秒，和死神抢人。

"这个病人还算幸运，你们没看到那辆公交车上，太惨了。"

等病人情况稳定，一个医生唏嘘着说。

"人间惨剧，我当了这么多年医生，都没见过更惨的情况。"

桑泱伸手，护士将一把手术刀递到她手里。

她没有说话，不时地看仪器上显示的体征数据。按照随车医生的说法，这位病人的状况确实是不幸中的大幸，伤处虽然严重，但都可恢复。

桑泱听他们议论这场车祸，心情莫名地烦躁。

等到手术结束，一名护士跑过来，看到桑泱，忙道："桑医生，李医生请您过去一趟。"

"怎么了？"桑泱一边摘口罩一边问。

"那边病人伤口大出血，现在暂时稳住了，那个情况你先前遇到过……"她们一边走，护士一边把状况描述了一遍。

桑泱神色严肃，她步子迈得很大。

走到楼层另一端，却看到过道角落一个男人蹲在地上，神色呆滞地念叨着什么。

医院是个很特别的地方，既有着出生的喜悦，又笼罩着死亡的阴沉，希望令人雀跃，病痛与死亡令人绝望，中间还能牵扯出无数人性的阴暗与光辉。

在医院看到什么样的人都不必奇怪，这里本来就是汇合了人间百态的大染缸。

许多医护人员看得多了，都已经见怪不怪了。

走近些，桑泱便听清了他细碎嘀咕的话语。

"为什么不救她，为什么不先救她，明明还有希望，明明她还活着……"

他抬起头，目光正好与桑泱的眼睛对上。

他的目光空洞，让人看着有种毛骨悚然的畏惧，仿佛那空洞的眼底隐藏着某种汹涌剧烈的情绪，又像是被囚禁的凶兽狂躁地撞击着笼子，而那笼子岌岌可危。

桑泱被他盯着，自心底有种被困兽盯上的发寒。

"他什么情况？"她一面走，一面压低声音问。

小护士皱了下眉，但语气间没怎么当一回事："是那场车祸的伤者家属，没得救了……他们感情挺深吧，他一开始还闹，现在就变成这副样子了。"

平时医生还会安慰家属几句，可今天医院这么忙，连桑泱这样请假的都被喊回来加班，急需救治的伤者占据了他们全部的精力，刚经历丧妻之痛的家属自然就没人顾得上去安慰。

桑泱听明白情况，心中顿时充满了酸涩，这样的事落谁头上谁都受不了。

可她也没工夫去管那家属，她得去救人。

手术室就在眼前，桑泱伸手推门，进去前，转头对小护士正色地叮嘱："他状态不对劲，你现在就去找个人看着他。"

小护士有些茫然地站住，状态不对劲是什么意思？

医院对"医闹"格外敏感，小护士亲眼见过几起，更是害怕，她听桑医生这么说，有些拿不准桑医生说的"状态不对"，是指家属状态不对劲需要人照顾，还是家属状态不对劲也许会伤人。

但不论哪一种，小护士都转身往回走，外科这边忙着，但别的科室也许有人有空，可以提一嘴，或者干脆让保安来陪那位家属。

他老婆没了，后事总得料理。

小护士这么想着，走到那条过道，猛地站住脚步，整条走廊空荡荡的，没有人，也没有声音。

家里十分静谧，灯光因安静显出一种冷调的阴沉，豌豆趴在厨房门口，厨房里柏舟正在忙碌。

香味在空气中弥漫，引得人食指大动。

柏舟将外卖盒子打开，把重新热过的烧鹅装进一个保温盒里，装的时候，偷吃了一块。

这家最令人难忘的就是鲜嫩肉质间鲜美的汁水，还有调得恰到好处的蘸酱。柏舟吃了一块，忍不住又偷吃一块，然后才将保温盒封起来，防止食物冷得太快，还在外边缠了几层保鲜膜。

骨头汤也炖好了，排骨炖得骨肉脱离，伴随着莲藕的清香。柏舟尝了咸淡，觉得正好，满意地装进保温饭盒里，又找了袋子把这两样都放一起，放入餐具，便要出门去医院。

她走到门口，穿上大衣时，原本趴在厨房门口睡得直打呼噜的豌豆突然醒过来，对着她大叫起来。

"嘘！"柏舟示意它噤声，"乖一点。"

豌豆站了起来，跑过来，又冲着她叫。

"你都快一岁了，要学会独立，怎么能这么粘人。"柏舟一边开门，一边漫不经心地念叨。

余光瞥见豌豆似乎还要冲上来，柏舟眼疾手快地从门缝里溜出去，关上了门。

"呜……"豌豆望着那扇门，在原地焦躁地走了几步，最后它趴下，下巴枕在它的两只前爪上。

柏舟上了车，把保温盒都放在副驾驶座上。

深夜两点多，路上已没什么车辆，但她依然将车开得很小心。

十几分钟的路程很快走完。

柏舟到了医院门口，站在深秋凌晨凛冽寒意里的保安穿着厚厚的军大衣，领口扣得严严实实。他认得她，冲她笑着点了点头，算是打招呼，柏舟也冲他笑了笑。

将车停到停车位上，柏舟没有急着下车，而是看了看手机，没有桑泱的信息。

说明她还在忙。

柏舟便合上眼来休息。

她其实一点也不困，但闭着眼睛，在这样温暖又密闭的空间里想想事情，也挺好的。

下周就要和桑泱一起去旅行了，柏舟唇角扬起。

现在是 11 月 30 日，已经算是第二天了。

今天的画展可以去一趟，再不去策划人恐怕就要爆发了。

她漫无边际地想着，睁开眼睛又看了眼时间。

快三点了，还没好吗？

柏舟一向知道桑泱的工作很辛苦，可依然忍不住感叹。

一直等到快四点，手机屏幕亮了起来。

"我下班了，好累，就不回家了，在值班室凑合一晚好了。"桑泱的信息显示在屏幕上。

柏舟的脸上立即有了笑意，她拿起袋子，下了车，一边走一边回复："我在医院啦，我给你带了好吃的哦，我现在拿过去给你。"

她大步地走，寒风吹在脸上也不觉得冷。

"不是让你早点睡吗？"桑泱回复得很快。

柏舟看着手机屏幕，笑了笑。她走得更快了些，想到桑泱能在一晚上的辛苦后喝到她煲的热乎乎的汤，心情就不由自主地上扬。

桑泱刚出手术室，她刚脱了手术服就给柏舟回了信息。

"桑医生，回家吗？"一个医生拍了下她的肩。

"不回，都这个点了，你们先走吧。"

桑泱给柏舟打电话："我现在去值班室等你。"

柏舟也告诉她："我在等电梯了。"

电梯到了，柏舟走进去，按下楼层。

桑泱的声音断断续续的，柏舟看了眼屏幕，信号有点弱。

她皱了下眉，暂且挂了电话，把手机放进口袋。

走廊里没有人，脚步声在长长的空旷的过道里带起一阵回声，越发显得夜色宁静。

再走一个拐角，前面就是值班室。

桑泱加快了步子。突然，拐角后蹿出一个人，是那个家属。

他手里拿着一把刀，目光凶狠地盯着桑泱，他口齿间仿佛粘连着什么东西，口中发出的声音含糊不清，带着股阴森的气息。

桑泱往后退，脑海中飞快地思索着自救的办法，这条走廊没有设置值班室，也没有人，呼救也没用。

"你别冲动，你冷静点。"她用镇定的语气，试图稳住他。

他一步步朝她逼近，桑泱被逼到墙边，摸到墙上的报警器，她用身体遮挡着，按了下去。

保安赶上来只需要三四分钟。

桑泱想到柏舟很快就要过来了，顿时便慌了。

她试图拖延时间，拖到保安上来："我们以前没有见过，你妻子的伤也不是我治的，你是不是弄错什么了？"

男人歪了歪头，露出扭曲的笑，猛地将手里的刀朝桑泱捅去，桑泱惊险地避开，男人一击不成，眼神更加疯狂，口中咬牙切齿地挤出两个字："去死！"

他话音没落，就扑了上前，男女力量悬殊，桑泱根本没有挣扎的余地，那把刀被高高举起，下一秒就要扎进桑泱的身体，电光石火间，背后却突然冲出一个人，拼尽了全部力气把他撞开。

"快跑！"柏舟喊道，但没等她喊出第二句，一阵冰冷的剧痛席卷而来，让她整个人定在了原地。

柏舟低头，看到那把刀捅进了她的胸腹间。

好疼。

怎么会有这样的疼法，就像是她整个人被从中劈开了一般。

柏舟的眼神发直，她抬手，用尽了力气，抓着凶徒的手，喉咙里艰难而急促地发出一声："快……跑……"

一切只发生在几秒之间，桑泱根本反应不过来。

她只觉得天旋地转般的绝望。

"小舟……"

　　兴许是人到了绝境爆发出来的力量，凶徒被柏舟抓着，一时居然没挣脱开，保安终于赶到，把他制服。

　　"快救她，快救她。"桑泱几乎是爬过去的，她抱住柏舟，柏舟胸口已经被鲜血浸湿。

　　她眼睛里光很微弱，瞳孔那一点微微地移动，落在桑泱的脸上，她想说什么，却已经没有力气了。

　　她看着桑泱，看着她哭成了泪人，看着她对她做各种急救措施，试图挽救她的生命，柏舟突然间感到一阵难以言喻的悲伤。

　　好可惜，她炖了好久的汤，刚刚洒掉了。

　　不过还好，她来了，她保护了她。她真难以想象，如果她没来，桑泱会遭遇什么。

　　分明该庆幸的，可柏舟心里却充满了遗憾与不舍。

　　她试图再看看桑泱，黑暗不容分说地侵袭，她再留恋也没有用了。

　　第一个时空。

　　2017 年 11 月 29 日，是柏舟举行第一次个人画展的日子。

　　柏舟从小就想当个优秀的画家，个人画展的举办对她梦想的实现是很重要的一步，她每天都很紧张很焦虑。

　　桑泱为了让她放松一些，定下了下周去旅行的计划，并且每天晚上跟她讨论旅程怎么安排，在哪里住宿，去哪条小巷找饱受赞誉的当地美食，哪里的风景很好看可以拍张照。

　　柏舟虽然是个审美相当超前的文艺工作者，但她拍照的技术也真是相当的一言难尽。

　　不过可能是叛逆作祟，她越不擅长做什么，就越喜欢做什么，柏舟对拍照的热情一直很高，家里的架子上摆满了她买的相机和镜头。

　　"我们站在那面墙中间，从那个角度拍肯定很好看。"柏舟兴致勃勃地讲。

桑泱认真地听,偶尔还会搭上几句,有时是夸她,有时会说"不行吧,我觉得这样拍不好看",然后柏舟就会着急地说"一定好看,不信我到时候拍给你看"。

"这样子吗?那我等着看。"桑泱有时会满足柏舟那小小的好胜心。

柏舟于是便眉开眼笑,继续和桑泱说那家甜品店。

桑泱会专注地听着,然后确定柏舟的焦虑缓解,精神没那么紧绷了,才会去忙自己的事情了。

那天早上,桑泱再一次问道:"确定不用陪你吗?"

柏舟紧张了好几个月,临到画展正式开幕这一天,她反倒平静了下来:"我可以的,你也要好好上班。"

桑泱想了想,见柏舟确实打定主意了,才笑了笑,说:"好。"

阳光照在秋日的小院里,给半黄半绿的草坪洒上了一层浅金色的光辉。

桑泱细致地帮她检查了她的衣着,然后摸了摸她的脑袋:"祝小画家画展成功。"

柏舟点头:"一定会成功的!"

她说完想起什么,高兴地说:"我已经订好餐厅啦,等下午结束,我们去庆功吧。"

"嗯。"桑泱答应。

她们在门口分开,柏舟去取车,桑泱走另一个方向,许颂意在小区门外等她。

天气好得令人惊叹,柏舟的心情也轻快得像天空中那一缕缕飘逸的云。

她走到车边,回头望了眼,望到桑泱逐渐走远的背影。

桑泱的背影很漂亮,她的体型十分优美,脊背永远是挺拔的,修长的颈犹如天鹅。有时候柏舟会觉得桑泱像是竹子,但许多时候,柏舟又觉得用竹子这样过于坚毅的物体比喻桑泱并不合适,并不是说桑泱不坚韧，而是她太温柔了，也许是在传统文人家庭长大，桑泱的性格里有一部分十分温润。

柏舟不由自主地喊了一声："姐姐！"

桑泱的步子慢下来，她回头，柏舟脸上挂着大大的笑容，冲她使劲了挥手。

桑泱莞尔，像是觉得柏舟这样子傻乎乎的，她笑着摇了摇头，也抬了下手。

她们就这样分别。

这一天，柏舟果真过得很顺利。

前期准备做得极为充分，画展上的流程都在计划之中，没有出错。

对柏舟来说，最难的事，大概就是和人打交道了，但这一天她和许多认识的、不认识的人说话，全部都顺顺利利的。

直到下午五点，柏舟接到桑泱的电话，医院临时出了些事，她必须要加班。

"对不起小舟。"桑泱歉然道，"姐姐今天有点事。"

柏舟当然很失落，但她知道桑泱的工作就是经常会有这样的突发事件。

"没关系，你专心工作吧，不用担心我，刚好策划那边也要开庆功会，我和他们一起，很热闹的。"

桑泱那边有人在着急地叫着"桑医生"，她匆匆答应一声，便挂了电话。

庆功会的地点是一早就订好的，柏舟跟他们一起去玩。都是年轻人，自然是怎么疯怎么来，这一晚上确实如柏舟说的那样，玩得相当热闹。

七点四十几分时，桑泱总算忙得差不多了，只剩下些零碎的事，桑泱找了正好在他们科室帮忙的许颂意，请她帮忙善后。

许颂意抬手看了眼表，爽快地答应了下来："回头请柏小舟给我签个名行不行？我有一朋友特别喜欢她的画。"

"没问题。"桑泱赶时间，连声答应了，匆匆换下白大褂，便朝外走。

医院门口堵得厉害，出租车完全开不进来。

桑泱有些焦急地站在夜色里，她打开地图查了一下，发现这里到柏舟开庆功会的地方不远，公交车也只需要十几分钟。

又恰好，那辆公车停在了站台上。

桑泱没再多想，忙小跑过去上了车。

公交车有独立的公交车道，堵得不那么厉害，很快就畅通地开了出去。

车上人不算多，一眼望去，座位空了不少。桑泱走到最后靠窗的位置坐了下来。

她先拿出手机，给柏舟发了信息。

"我加完班了，现在过来，你们在哪个包间？"

她捏着手机，轻轻舒了口气，心里有种轻快又庆幸的放松，还好能赶上。

不管怎么说，这样特别的日子，她还是希望能为她庆祝一下的。

柏舟几乎秒回。

"我现在就下楼等你！"

桑泱突然涌起一阵遗憾，可惜太仓促了，时间宽裕的话，至少应该带一束花给小舟的。

公交车正驶到一个路口，路口亮着绿灯，司机踩下了油门。

"师傅，天黑，您开慢……"有个乘客是谨慎性子，她见车速过快，提醒了一句，然而话都没说完，便化作了一声尖叫。

公交车撞在了前方一辆私家车上，而灾难并未就此结束，侧面一辆货车急速驶来。

那晚，柏舟没有等到桑泱，只等到一个交警打来的电话。

四个月后，她接到母校的邀请，邀请她作为优秀校友，给那届大一的学弟学妹们开一个关于如何在美术这条路上走得更远的小讲座。

　　她本来是要拒绝的，桑泱离开后，她万分自责，如果不是因为她，桑泱也不会出事，她连如何让自己的人生继续下去，都感到万分艰难，又何谈去教别人？

　　但最后她还是答应了，因为联系她的是她以前的辅导员，不知道桑泱已经不在了，笑着问候道："桑泱有空也可以一起来嘛，趁这个机会故地重游，不是挺好吗？"

　　柏舟就被说服了，她在某一天，独自回了母校。

　　不过，她还是拒绝了讲座的邀请，她知道自己的状态胜任不了这份工作。

　　她只是去故地重游，去看看她和桑泱一起去过的地方。

　　四个月，正是人们开始遗忘那个过世的人的时候。

　　柏舟却没办法遗忘，她一走进校门，就发现自己根本无法面对这一切。她几乎想调头就走，可最后她还是逼着自己一步一步地走进去。

　　记忆变得格外地清晰，过往历历在目，此刻却全化成了扎向她心口的刀。

　　她走到涂鸦墙前，看到那段自己七年前留下的文字。

　　"如果七年后，我们仍是最好的朋友，我会回到这里，我们永远都不分开。2011 年 3 月 21 日。"

　　其实已经忘了。

　　毕竟都过了七年，毕竟这些年她们都过得很好，怎么会记得这七年前因一次小小矛盾后写下的赌气般的话语。

　　如果不是这次凑巧看到了，这段文字大概就停留在了七年前。

　　柏舟拿出笔，笔尖触到墙时，她的手颤抖得几乎写不下字，可她的神色又是那样冷静，冷静得透出一股麻木。

　　她深吸了口气，左手用力地握了一下右手手腕，接着把笔对准墙面，一个字一个字地往下写。

　　"我们仍是最好的朋友，我们永远都不分开。2018 年 3 月 21 日。"

桑泱画下句号。

"我们仍是最好的朋友，我们永远都不分开。2018年3月21日。"

墙面上留下了桑泱的字迹，与另一个时空的柏舟在同年同月同日心有灵犀地写下了相同的话。

她们隔着时空，在相同的时间相同的地点凝视相同的话语。

桑泱抬手抚摸最上方的那一行字，这么多年，字迹淡了许多，她轻轻抚摸着，墙壁是冰凉的，有凹凸不平的颗粒，蹭在指腹有些粗糙。

她感到一阵透不过气来的疼闷，挨着墙，弯下腰，调整着自己的呼吸。

过了好一会儿，那一阵像是把心脏用利刃切开来的痛意才算缓过来，她站直身，有人打了电话来。

她接了起来，等着那边说完，答道："我过来了。"

今天是那起持刀杀人案第一次开庭的日子。

法庭里到了不少人，还有当地媒体赶来了解案情。

"医闹"是近几年的社会热点，这起案子残忍血腥，受到了社会的诸多关注。

桑泱到的时候，桑父桑母在门口等她。

他们一起进去，坐在旁听席前排。

庭审对于跟被害者亲近的人来说，是又一次尖锐的伤害。

在公诉人和被告与被告律师的交锋中，案发当日的情形会事无巨细地在他们口中重现，被害者是怎么中刀的，是怎么出现的，刀捅进哪个部位，是当场死亡，还是抢救无效全部一一讲述出来。

桑泱作为案件相关人员，被要求作为证人上庭，将那天的情形陈述出来。

被告叫丁辉，他现在倒是清醒了，竭尽全力地想要为自己脱罪。

但他杀人是既定事实，他只能反复说明："我当时神志不清，我老婆是在医院里死的，比她伤得重的都救过来了，为什么偏偏她没救过来，为什么我老婆先进医院，你们却不先救她？我是一时愤怒，做了错事，但医院也有责任，医生没有尽到治病救人的责任，我是被逼的，我和我老婆感情很好，她死了我就疯了，我接受不了……"

旁听席传来窃窃私语。

法官高喊："肃静"。

公诉人转向站在证人席上的桑泱："被告的妻子是你救治的吗？"

"不是。"

"你与被告的妻子有过接触吗？"

"没有。"

旁听席再度响起议论，这次比前一次更响。

"她就是医治我老婆那个医生！"丁辉在被告席上大喊，他双手按在桌子上，身体前倾，双目圆瞪，眼角赤红的，整个人呈现出凶狠的亡命之徒的气势，法警立即按住他，但他已经呈现狂躁失控状态，在庭上大喊大叫。

法官不得不宣布休庭。

桑母皱紧了眉："要是律师用精神病的借口辩护怎么办？你看他那个样子，跟疯了似的，我听说精神病不用坐牢。"

桑泱的双唇抿成一条线。

过几天还会继续开庭，具体需要斟酌的只有量刑问题，丁辉为自己做的辩护毫无说服力，更像是谎话连篇，他的律师本来就被公诉人逼得开不了口，被他一搅和更加焦头烂额。

桑泱把父母送回家，桑母担心她，拉着她的手说："这段时间就住家里吧，不要回去了，你在家里住，妈给你做饭，你也能省点事。"

"我也闲着，做饭费不了什么时间——我先回去了。"桑泱想着豌豆还在家，便拒绝了。

豌豆这几个月也精神萎靡，经常在屋子里跑来跑去，有时又一直待在门边看着门，像是在等谁回来。

桑泱看着时间给它的碗里添了狗粮，自己没什么胃口，就把这顿饭省了。

她上了楼，觉得很累，就先去洗了个澡，然后上了床，想睡一觉，却怎么都睡不着。意识清醒得像被打了兴奋剂强行地吊着，任凭她再怎么累，都无法得到片刻的安眠。

桑泱于是放弃，她坐起来，打开电视。

影像出现在屏幕上，似乎是一个新闻，女主播的声音清晰利落，一下子将满室孤冷凄清都挤开，整个房子里适当地活跃了起来。

桑泱看着屏幕，明明每一帧画面都映入了她的眼帘，可她的大脑和视觉神经之间的联系像是被切断了，丝毫不知电视里在播什么。

她不由自主地伸手抚摸身旁的位置，那里是冰冷的，没有一丝温度，那里是空的，本该躺在她身边的人不在了。

屏幕图像变动，房里的光影一闪一闪地变幻。

桑泱出神地想着什么。

"那场车祸已经过去快四个月了，惨烈的场景却仍历历在目，这期节目，我们请来了交警大队的廖队长，请他给我们说一说车祸的详细情况。"

"车祸"两个字钻进桑泱耳中，她定了定神，看向屏幕，一个身着警服的中年男人坐在舞台正中心的沙发上。

"车祸的起因，在于公交车的失控。"中年男人长着一张刚毅的"国"字脸，一开口没和观众打招呼，也没和主持人寒暄，径直就进了正题。

"当晚八点十分，该辆公交车在靠近东信大道和北鞍路的交界处时突然加速，撞上了一辆躲避不及的私家车……"

桑泱被那个时间吸引了。

八点十分。

她记得那天小舟一整天都很不安，问她怎么了也不肯说，直到晚上八点多，她突然就放松了下来。

桑泱盯着电视屏幕，没来由地想，这场车祸也发生在八点多，小舟的异常和车祸有关吗？

这种猜测是很没道理的，一方面柏舟没提过车祸；另一方面车祸是晚上发生的事，小舟怎么可能从早上就开始为它焦虑。

小舟又不会未卜先知，算到未来会发生的事，她如果有这个本事，那天晚上也不会……

桑泱的思绪像是被踩了急刹车，心头一阵尖锐的痛楚。

电视里再说什么，她便再也听不进去，她始终都没有习惯柏舟的离世，可现实中又有无数的声音都在提醒她柏舟确实不在了。

桑泱捂住脸，泪水从指缝里渗出。

"小舟……"她哽咽着。

05

春天已经到来很久了，院子里半黄半绿的草都像是换上了绿衣，焕然一新。

去年深夜的寒风被留在了那个夜晚，而今即便是凌晨最冷的时候，夜风也似带着一股格外温柔的关怀，不忍心冻到这人间。

桑泱睡不着，她躺了很久都睡不着。

她下了床，洗了脸，走到楼下的画室。

她这段时间睡不着的时候，经常会来这里，这里是柏舟最喜欢的地方，也是她待的时间最长的地方。

桑泱穿着白色睡裙，站在画架前，她木然的神色，在看到柏舟的作品时才有些许回暖，干涩的眼眸中也蕴含了柔和的光。

画架上那幅画已经画完了，桑泱站在边上看了好一会儿，突然，她意识到，不能把这幅画就这样放着。

柏舟对自己的画看得很重，满意的作品都会收起来，不会这样随意地放在外头的。

家里有装裱的工具和画框，得把它挂起来。

桑泱打开柜子，翻到一个新的画框，正要拿出来，便看到边上那幅宇宙主题的画。

是那幅柏舟不让她碰的画。

桑泱动作一顿，她盯着那幅画看了一会儿，松开拿着新画框的那只手，移到了那幅画上。

她把画从柜子里拿了出来。

柏舟画过很多画，她满意的作品，桑泱都看过，因为柏舟在画完的第一时间就会捧到她面前，和她分享创作出好作品的愉悦。

家里的画摆得到处都是，多到不得不拿纸箱装起来。

柏舟在画室里又有个丢三落四的毛病，如果没有桑泱时常帮她整理着，画室恐怕早就画材画纸丢得满地、无处落脚了。

她的画室，桑泱一向是随便进的，她的作品更是从不藏着。正因如此，这幅她极度紧张、不许碰的画，才会让桑泱印象深刻。

她将画框从柜子里拿出来，先是站着将整幅画端详了一遍，没看出什么奇特的地方，只能瞧出一些遮掩得很好的稚嫩。

是小舟小时候的作品，多半是学习画画不久，像大部分孩子会掩饰自己的稚嫩，喜欢模仿大人的模样一般，小舟在画画时也有这样的孩子气，她看过许多她刚学画时的作品，无一不在掩饰她笔法上的稚嫩，学习着名家的笔触，强装出娴熟自在的笔法。

其实就像海边细沙堆砌成的沙堡，只有个骨架，连桑泱这样没有系统学习过绘画鉴赏的人，都看得出来。

可她却觉得这样"装腔作势"的小舟也格外的可爱。

她拿着这幅画，容色漫上了几分怀念，这点怀念还未在她心里铺平，她便又猛然意识到这个人已经不在了，于是刚酝酿出来的那点温情便又变成了锋利的冰锥，反扎向自己。

桑泱深吸了口气，竭力平静下来，不去想其他，只看这幅画。

最后仍是一无所获。

这是一幅很普通的画，风格中已经窥见些柏舟后来成熟作品的雏形，题材是宇宙，用色偏向绚丽，没有任何古怪。

可如果真的只是一幅平常的画，小舟为什么不许她碰？

桑泱将垂下的一缕发丝撩到耳后，往房间正中走了几步，走到灯光更为明亮的地方。

她反复地观察这幅画，试图从画的内容里找到些隐喻。

宇宙、黑洞，都是很宽泛的概念，能找到很多隐喻，但是都没什么能支撑的证明。

最让桑泱在意的是画中占幅很大的黑洞，黑洞的颜色很深，像是能吸收一切的光。

桑泱盯着它，她抬手碰了碰，是颜料干燥后有些微坚硬的质地。

她在这幅画前站了一整夜，直到外头天光大亮，玻璃窗上蒙上一层薄薄的水汽，室内的灯光被外头照进来的自然光所隐没。

桑泱的身子因长时间的站立而有些僵硬，小腿也酸疼了起来，她无意识地走到沙发边坐下，目光依然在那幅画上，想起那一天柏舟一整天的反常。

小舟一整天都很紧张，不让她离开她的视线，到晚上，她越来越不安，焦躁到连画笔都抓不稳，需要她不停地安抚，才能稍微好一些。

直到八点十五分，那个时间点就像一把刀斩断了柏舟的紧张焦躁，她一下子就好了，虽然还有些激动，但情绪平缓下来，恢复了她平时的样子。

桑泱回忆着，柏舟的每一个表情变化都像是刻在她的心上一般清晰。

她发现了，那一天真正古怪的地方就在于，什么都没发生。

什么都没发生，小舟便很焦虑、很紧张，什么都没发生，她又放松下来。就仿佛危险都在无形之中，而熬过了那个时间点，危险便过去了。

她盯着黑洞，心里隐隐地抓到了些什么，似乎找到了这两者间的联系，但又仿佛始终隔着一层模糊的雾，说不上来。

桑泱想得入神，甚至有几分她自己都不知道的执迷与疯魔，突然，客厅传来嗒嗒的脚步声。

桑泱转头，就看到豌豆跑了进来，她的目光还有些迷离，仍旧沉浸在方才的思绪中。

豌豆走到她面前，朝着她叫了一声，桑泱才发现天亮了，外头太阳也出来了，照在草坪上，照进窗子里。

桑泱一夜没睡，思维有些迟钝。

得喂豌豆了。她这样想着，撑着扶手站起来，却觉一阵天旋地转，她顿时失了力，跌坐回去，抬眼就看到画架上那幅画。

一阵剧烈的悲痛猛然间袭上心头，像飓风一般肆虐，侵入到她骨髓的每一处。

她想这些还有意义吗？小舟已经不在了，她即便想明白，又有什么用。

就像是被抽光了力气，桑泱全身都瘫软下来，连坐着都觉得勉强。

豌豆凑上前，舔了舔她的手背。

桑泱抬手摸它，柔软的皮毛从她手心划过，她却只觉得悲伤。

过了好一会儿，桑泱才缓过来些。

"我们去吃饭。"她低声对豌豆说道，声音哑得厉害。

豌豆贴着她的腿走，这是它害怕的表现，于是桑泱喂完它，又抱着它揉了好久，好好地安抚它。看着豌豆低头，大口地吃狗粮。

桑泱又不可避免地想起是因为小舟喜欢，她们才会带着这只小狗回家。

因为小舟那段时间心血来潮觉得豌豆的绿色很漂亮，她们才会给小狗取名叫豌豆。

于是又是一阵透不过气的难受。

她站起身，却又不知道该做什么。

这几个月，她经常陷入这样不知该做什么的境地，工作时还好，一件件事都是按部就班的，只要去完成就可以了，可一旦闲下来，她便会站在原地，不知不觉地出神。

门铃突然响了。

桑泱稍微地回了回神，走过去看监控，是姜苑站在外边。

桑泱开了门。

姜苑穿着米色的风衣，提着一篮水果站在门外，看到门打开，她微微退了半步，对着桑泱笑了笑，抬起手里的果篮给她看："代表大家来看看你。"

桑泱也跟着笑了一下，侧身让姜苑进来，在鞋柜处蹲下身，拿出一双新的拖鞋，放在姜苑脚边。

姜苑换了鞋，她先是有些拘谨地环视了一圈，然后回头看向桑泱，问："你还好吗？"

桑泱垂下眼眸，缓缓地点了下头，然后又说："里边坐一下吧。"

家里有些日子没收拾了，但也不脏，姜苑在沙发上坐下，桑泱去端水了。

"饮料，水，你要什么，自己选，不用客气。"桑泱在她对面坐下。

姜苑随手拿了罐饮料，没好气道："我跟你客气什么。"又将桑泱的脸色细看了一遍，想说什么，又觉得不好开口，忍了忍，但还是没忍住，"你多长时间没好好睡一觉了？你看看你的气色，你这样去上班，病人都不放心让你看病，你自己就是病入膏肓的样子。"

桑泱端起水杯，修长的指尖在光滑的陶瓷杯壁上缓慢地摩挲。

"过两天就好了。"她不太在意地说，目光只在姜苑身上停留了短暂的片刻，便移开了。

但总不能就这样干坐着，姜苑绞尽脑汁地想了一圈，才问："庭审怎么样？什么时候宣判？"

"休庭了。"桑泱说道，她站起来问，"要不要吃点水果？"

她说着，不等姜苑回答便朝着厨房走去，边走边说："我去给你削点水果。"

一进入厨房，走到姜苑看不见的地方，桑泱便靠着墙壁弯下了身，心口沉闷得像是被狠狠挤压过，连呼吸都变得困难。

桑泱过了好一会儿才勉强直起身，拿了水果切盘，她几次差点切到手，好不容易才将盘放满。她端着盘子出去，却看到姜苑不在客厅里。

"姜苑。"她叫了声，便听画室里传出声音："我在这儿。"

桑泱把果盘放在客厅的茶几上走了过去。

姜苑站在画架前看那幅画。

桑泱的心没来由地一紧，她勉强笑了笑，问："这画怎么了？"

姜苑的目光仍紧紧黏着那幅画，语气里却有几分疑惑："这画是柏舟小时候画的吧？我有个朋友很喜欢柏舟的画，去了她的画展，特意把这幅画拍下来给我看，说从这幅她小时候的作品里，就能看出她在绘画方面的天分极高。"

姜苑一面说，一面细细地又看了一遍，笑了笑："我没艺术细胞，我看不出来。"

她说得随意，桑泱却发觉了其中的一处异样，她飞快问道："你说，这幅画在画展上？"

姜苑"啊"了一声，声音弱了下去："怎么了？"

桑泱缓缓地摇了摇头，随即，她像是想起了什么，同姜苑说道："我就不招待你了，我们周一医院见。"

"啊？"姜苑还没反应过来，但见桑泱神色严肃，她立即意识到是出了什么严重的事，也不再停留，朝着门口去。

到了门口，姜苑仍是有些不放心，又说了一遍："有什么需要帮忙的你记得跟我说。"

桑泱简短道："好。"

06

姜苑一走，桑泱就去了储物室把画都搬了出来。

画展上的画都收了回来，用白布袋严谨地包好，放进纸箱里，还做了干燥处理。

桑泱把纸箱一个一个地打开，将里边的画都从布袋里拿出来。

她一幅一幅地找，将那几个纸箱都拆开了，一直找到最后一箱，才在倒数第二幅找到了那幅作品。

那幅一模一样的宇宙图。

桑泱小心地将那幅画拿到眼前，目光飞快地扫视一圈，站起身，走去画室。

画室的画架上摆放的那幅画，和她手里的一模一样。

桑泱的手微微发颤，她走到画架前，将手里的这幅放到画架边上，将它和画架上那幅放在一起比对。

一模一样，连最细微的差别都没有，简直就是镜子里外的两幅。

哪怕再高明的模仿者，都模仿不出两幅这么像的画。

一股诡异感蔓延开来，桑泱抓着画框的手用力得指尖发白，她联系起昨夜想了一晚上的事，脑海中那个猜测越来越清晰。

为什么明明什么都没发生，小舟却那么紧张？为什么什么都没发生，只是到了某个时间点，小舟就放松下来？

画里的黑洞是什么意思？

为什么有两幅一模一样的画？

桑泱的心跳越来越快，明明是有几分诡异恐怖的事，可她非但不害怕，甚至让那颗死了四个月的心，隐隐有了复苏的迹象。

她再度比对了两幅画，仍是一模一样。桑泱把手里的画框拆下，将里头的画取出来，正反面都细致地观察，又将画框的边边角角都查看过一遍，没发现什么端倪。

她把这幅放到一边，将画架上那幅取下，按刚才的方式将画框拆开，取出里边的画，刚一翻到背面，桑泱只觉得那跳动剧烈的心仿佛猛然间静止了。

她看到了上面的字，是柏舟的笔迹。

"Hello, hello, 是泱泱吗？我是小舟，是来自三年后的小舟。"

只看到这一句，桑泱的手就控制不住地颤抖，眼泪不自觉地往下掉，脸上一片湿冷，她胡乱地抹了下泪，一面看，一面坐到了一旁的椅子上。

"三年的时间，不长也不短，这个世界没有很大的变化，但是我们的人生天翻地覆。你不在了，只剩下我一个人，我过得不太好。

"三年里，我印象最深的是夜晚很冷，墓园台阶旁的花开得太过伶仃，豌豆真粘人。好像整个世界都把你忘记了，第一年时，偶尔还会有人提起你，慢慢地，这些偶尔的提起也没有了。

"我也不知道这样的生活，尽头在哪里。但是！一个重大的转折出现了！你猜怎么样？豌豆翻出了这幅画。它是一把钥匙，让我回到了三年前的现在，我们平安地度过了那个可怕的'死亡时间点'。

"我真的感到很幸运，前所未有的幸运，我这一生笃信科学，热爱艺术，从不寄望于缥缈的神佛，但这一刻，我真感谢一切的神明，感谢让我回到过去，阻止了那件事。

"现在你去医院了，就像我的志向是成为一名画家，你的理想是成为一名悬壶济世的医生，现在你去实践你的理想了，而我的画笔就在我手边，我们都好幸运。

"刚刚又看到了这幅放在立柜上的画。画的是宇宙，宇宙真是个宏大的命题，也是最浪漫的命题。我想起有个人说过：在广袤的空间和无限的时间中，能与你共享同一颗行星、同一段时光，是我的荣幸。而我们不止共享了一段时光，当共享截断后，我穿梭时空，回到过去，与你再度相见，我们是不是世界上最幸运的人？我们理当做宇宙中的一对微尘。

"我把这些话写下来，把这幅画藏起来，连同另一个时空的悲剧一并收好。或许有一日，我会拿出来，像是讲一个故事一般说给你听，又或许就让那一段时空作为我们故事中作废的支线，让它永远埋没，都好。最后，希望我们永远不会分开。2020 年 11 月 29 日。"

桑泱将这份柏舟留下的小小"记录"看完了，她满脸是泪，捏着画的手因用力而发白。

突然她像意识到什么，慌忙松开了手，唯恐把画弄坏了，将它放到桌上。

眼泪失控地下坠，桑泱咬紧了牙关，想要控制住自己的情绪，想要让自己冷静下来，但都失败了。

她想起小舟满身是血地倒在她怀中，她疼得说不出话，望向她的眼神中满是不舍与哀伤。

桑泱竭力地控制自己的情绪，哭是没有用的，她得回去，她得去找她，就像小舟回到过去找她一样，她也得找到她。

可是道理都明白，堆积在心中的悲苦哀痛却像是泄洪一般失了控。

但痛苦之后，桑泱也振作了起来，因为未来不再是毫无希望的空白了。

控制住情绪后，她去洗了脸，洗了手，回来重新将那幅画拿起来，这次，她更加小心了。她将柏舟留下的那篇话又看了一遍。

她推断出，她在三年前死了，根据柏舟提到的"死亡时间点"，再想到那晚，小舟是八点多后放松下来的，而那个时间点，据她所知，发生的唯一一件与死亡相关的事，就是那场车祸。

桑泱搬了台笔记本过来，从网上搜出了车祸相关的新闻，她发现那辆无人生还的公交车恰好从他们医院门口经过。

桑泱猜测，她在那晚很可能上了这辆车。

她必须回去，但是，小舟那一整天都寸步不离地将她锁在眼前，最后却仍是发生了悲剧，这样看来也许单单只避过一次死亡原因是不够的。

她得多搜集些信息。

难道那场车祸是关键？如果没有车祸，就不会有人在车祸中死亡，自然也不会有死者家属在医院里行凶。

桑泱将新闻的信息都记了下来，而后目光又落在了画上。

现在光是看到画，桑泱的眼眶便开始酸涩，她缓缓地放慢呼吸，冷静下来。

2020 年 11 月 29 日。桑泱看着这个柏舟最后落下的时间。应该是她"穿越"回来的那一天，写这个时间，也是出于一种类似纪念的想法吧。

她揣测着。

小舟反常的那天，也是 11 月 29 日。"穿越"回去的时间是固定的吗？还是说跨度是三年？

她回去，会回到哪一天？是回到三年前，还是回到固定的 11 月 29 日？

这些都是不去试就无法揭晓答案的事。

但对于桑泱来说，最难的恰好是怎么使用这幅画。

根据柏舟的说法，画是钥匙，但这把钥匙的使用方式是什么？

桑泱被难住了。再怎么看，这都只是一幅画，一张纸——一张纸要怎么让它发挥时光机的作用？

她陷入了困境。

迷雾

第 五 章 · *Perplexity*

她总觉得，小舟在等她，等她回去改变她们的命运。

她们是世上最有缘分的人，她们应当能改变彼此的命运，她们理当都能活到白发苍苍。

01

时间一分一秒地流逝，桑泱毫无头绪。

她把画放回画框里，将地上散落的那一堆画都重新包好，放回到纸箱中。站起时她眼前一黑，一阵晕眩，险些摔倒。好不容易稳住身，桑泱才想起她已经很长时间没有睡觉、没有进食了。

她站起身，拿着那幅画上了楼，她在床上躺下来，将画安顿在身边，然后闭上了眼。

这次，也许是有了希望，有了寄托，她很快便睡着了。

身体在极度的疲惫后进入睡眠，大脑也停止了工作。桑泱睡得很熟，睡了不知多久，她做了一个梦。

梦的对象自然是柏舟。

梦里的柏舟年轻许多，是她还在大学里的模样，那天恰好是圣诞节，是她们认识后的第一次圣诞节，约好了要一起过的。柏舟早早就订了一家餐厅。

她们都是普通的学生，餐厅自然不会太贵，和她们现在去的那些更为高档的餐厅相比，只能算是廉价的了。

梦里环境怎么样，餐点美不美味，桑泱都不记得了，她记得的只有柏舟开心的笑容，她拿出一个包装得很精致的礼物，放到她手边。

桑泱十分好奇里边是什么，便问道："我能拆它吗？"

柏舟点了点头。桑泱拆开，是台手机。她们那时还认识不久，送手机太贵重了。

她愣了一下，想着要找什么理由推辞，就听柏舟认真地说："我看到你的手机摔坏了，就送你一台新的。"

她这样真诚，倒让桑泱不知道该怎么拒绝了。柏舟拿起桌上的礼盒，是桑泱送她的圣诞礼物，是一条围巾，她亲手织的。准备礼物时，也想过不如去商店买一份，但是想了想，又觉得柏舟肯定更喜欢她亲手制作的，就花了一个多礼拜织了这条围巾。

她确实很喜欢，拿到的时候，眼睛骤然明亮，迫不及待就试戴了一下，然后小心翼翼地叠好，放回到盒子里，笑眯眯地向她道谢，说她很喜欢。

可是和她送的礼物相比，一条手织的围巾实在太寒酸了。

桑泱那天没说什么，和柏舟一起过了一个愉快的圣诞节，但她惦记着这件事，想着要怎么再回柏舟一份贵重些的礼物。

结果，还没等她行动，柏舟先来了，她又送了她一条手链。

"上次圣诞节送你的礼物不好。这是我自己设计，自己去店里做出来的，是亲手做的，送给你。"柏舟的笑容有些羞涩，却仍是她真挚的模样。

桑泱突然意识到，对柏舟来说衡量一件礼物贵不贵重，不在于价值，而在于用心程度。

她觉得自己不够用心，于是又补了一份更有心意的。

"你为什么对我这么好？"桑泱问她。

柏舟认真地回答："因为你是我最好的朋友啊。"

她那时候还十分笨拙，只会说这样直白又简单的话，但听在桑泱耳中，却十分动听。

梦境到这里就结束了，桑泱醒了。她看到枕边的画，拿过来抱在怀中。

长时间不眠不休后得到的一场睡眠，就像往大旱中干涸龟裂的土地上骤然降下一场甘霖，表面上是湿润的，然而水流却无法立即渗透进土壤深处，土壤内里，还是干涸的。

桑泱从床上起来时，整个人舒缓了许多，但身体深处像是被挖空了，感到一阵由内而外的迟缓疲惫。

她去洗了个澡，从浴室出来时，清醒了很多，然后去厨房给自己下了一碗面。

冰箱里没剩多少食材了，面清汤寡水的，素得很。

不知在哪个角落玩的豌豆闻到了食物的味道，立即跑了过来，待在厨房门口。

因为柴犬掉毛严重的缘故，厨房是它的禁地，从小就限制它进入，它长大以后，也就知道家里哪儿都能去，只有这个地方不能去了。

于是它待在门口焦急地走动，一边走一边朝着里边看，生怕这顿饭把它落下了。

桑泱听到动静，转头看到心急的小柴犬，不由地露出些许笑意。

她关了火，没急着将面盛出来，而是出去给豌豆的食盆里添上狗粮，又加了一个它最喜欢的牛肉罐头。

看着豌豆心急火燎地埋头进食，桑泱摸了摸它毛茸茸的脑袋。

豌豆不护食，进食时也能随便摸，即便把它吃得正欢的食物端走，它也不会生气，最多只是可怜巴巴地呜上两声。

这时被摸了两下，它下意识地在桑泱的手撤开时跟过来，用脑袋在她手心敷衍地蹭了蹭，就像完成了任务一般，然后赶紧继续享用它的食物。

桑泱笑意更深，怜爱染上眼眸。

自从柏舟离开，她已经很长时间没有这样放松地真心地笑过了。

她望着小豌豆，在心里轻轻地说：谢谢你那三年里陪着她，也谢谢你找到那幅画。

只这一小会儿，锅里的面就有些坨了。

桑泱洗了手，将它们盛出来，其实感觉不到饥饿，夹了好几筷子都尝不出味道，不知是咸是淡，但她还是强迫自己把一整碗面都装进了肚子。

身体吸收了食物和热量，水分终于逐渐渗入那块干涸龟裂的土地，让整块土地都湿润了起来。

桑泱整个人都舒服了许多，她收拾了碗筷，又将那幅画拿到了眼前。

她已经不像刚看到柏舟留下的那篇字时那么激动了，她将自己平静成了一潭波澜不惊的死水，不论水底如何暗潮汹涌，至少表面都稳住了，镇定了。

桑泱思索了一会儿，试探地拿起画，走到窗边。这个时间，太阳正好能照进窗户。桑泱将画放在阳光下，慢慢地变换角度。

她盯着画面，期待画面经过阳光照耀便显露出什么。

但是，没有。画中那一片浩渺美丽的宇宙纹丝不动。

于是，桑泱知道光照不是揭开秘密的途径。

她把画放回画架上，在画室里来回地踱步，走了不知道多少圈，她发现虽然知道这幅画是让她和柏舟重聚的钥匙，但她几乎寸步难行。

因为画是画在纸上的，而纸是最容易损坏的，除了这样被阳光一照，她即便想出类似影视剧里看到的那些往纸上倒水、往纸上刷酸的办法，或者干脆用别的物理手段，她都不敢往画上试，因为一旦试错，画也就毁了。

至于另一幅一模一样、出现在画展上展出的那幅宇宙图，按照逻辑，这两幅应该是同一幅，确切地说，这两幅画分别是同一幅画三年前的状态和三年后的状态。

但桑泱不敢肯定这个时空的这幅也有能穿越时空的作用。

也就是说，她很可能只有一次机会，试错了，就没有了。

这个发现，让桑泱凝重起来。

如果不能试，那她要怎么找到使用这把"钥匙"的办法。

柏舟当时是怎么发现这幅画的奥秘的？

桑泱在画室里踱来踱去，她试图在脑海中构建出柏舟看到这幅画的情景，设想她会怎么做，可是她知道的细节太少了，完全没法还原出当时的情景。

她拿着"钥匙"，却发现这把"钥匙"太过脆弱与神秘，与"钥匙"配套的"锁孔"也无处可寻，她被困在了原地，无能为力。

接下去的一整个周末，桑泱都在研究那幅画，她的重点还是落在画里那个占了不少面积的黑洞上。

经过众多的科幻电影、科幻小说的科普，黑洞具有强大引力使空间折叠，能够让人穿越时空的概念已经不是什么新鲜事了。

不知是桑泱看得久了，还是心理作用，一到夜晚，在灯光的映照下，黑洞便会显得格外幽深，犹如一团浓墨中间坠入了一滴水，涟漪一圈一圈地漾开。

再细看，又没有了，只是一幅平平常常的画，让人以为那不过是幻觉。

桑泱束手无策，连遛狗时也都在想着这件事。

仍是毫无头绪。她获得的条件太少，只有柏舟留下的那篇话，还有她一整日的反常，不论桑泱怎么回忆，都想不起任何有用的细节。

天已经黑透了，桑泱坐在路边的长椅上，豌豆系着牵引绳在后边的草坪上开开心心地奔跑玩耍，从草丛里叼出一颗石头，啃着玩。

路边每间隔一段距离便亮起一盏路灯，路灯是圆形的，散发出冷白的光。

路上有许多行人，或是独自快步行走，或是一家人慢悠悠地散步。

桑泱抬头看夜空，空中有明亮的月亮，还有零星几颗若隐若现的星星，星空寂寥，桑泱想到了那幅画。

这些天看了太多回，几乎每分每秒都注视着，那幅画上角角落落每个细节几乎都深深刻在她的脑海里。

她在想象中将画上的宇宙铺平在夜空中，不由自主地又去想究竟怎样才能通过这幅画回到过去。

有几个路过的女孩看到豌豆，停了下来，靠在一起嬉笑着冲豌豆发出"喔喔"的声音，想逗它过来。豌豆停止啃石头，警惕地躲到桑泱身边，不想和陌生人玩。

桑泱察觉它跑过来，转头看了眼，看到那几个凑在一起、仍旧望着豌豆、很想和柴犬玩的女孩，朝她们歉然地笑了笑。

女孩们理解了主人的意思，只好恋恋不舍地离开。

豌豆大概是玩够了，到了桑泱身边后便没再跑开，乖乖地仰头看她。

桑泱与它的目光对视上，柴犬的眼睛漆黑明亮，倒映着路边的一点灯光，它吐着舌头，有些傻乎乎的，但又真心实意地依赖着桑泱。

桑泱不可避免地又想起柏舟。

柏舟也是这样，有着干干净净的眼神，会对着她腼腆地笑，会经常送她上下班，会在她生病时照顾她。

她看起来天真稚气，可许许多多的事都让桑泱觉得，是她依赖柏舟更多。

没有想起柏舟，只是坐着出神的时候，她还能保持镇静理智，甚至还在潜意识里安慰自己，她总能回到过去，和柏舟团聚的。

可一想起她，心就像被虫蚁噬咬，密密麻麻地疼。

豌豆将前爪搭在她的腿上，桑泱抚摸它的脊背，轻轻地与它说："你在哪里翻出那幅画的？小舟肯定很生气，她不喜欢有人乱动她的画。那她是不是把画拿过去了？然后呢？发生了什么？应该是小舟无意中做的，会是什么呢……"

豌豆自然不会回答她，桑泱也没有指望它能告诉她，只是很轻很轻地低语着。

03

第二天是周一，起床的闹铃响起，桑泱睁开眼睛，好一阵恍惚，产生了一种强烈的割裂感。

她呆坐了很久才起床，下楼时又去看了那幅画。

到了医院，同事一如平日笑着和桑泱打招呼，走到科室，已经遇到好几个同事了，有的在查房，有的是在吃早饭，低声聊着天，谈论周末去了哪里玩。

见桑泱进来，他们都朝她笑了笑，桑泱留意到有几个同事神色依旧欢快，还留着刚才聊天的热忱，有一两个一看到她，便收敛了笑意，看着她目光中显露担忧。

"桑医生，我们在讲那部电影呢，拍得是好，你这周末去看了吗？没去的话一定要去，真的好看，不看就亏了。"一名男医生兴冲冲地说道。

恰好许颂意过来串门，进来听到这一句，转头看向了桑泱，其他人见此，也跟着看向桑泱，而后有几个同事后知后觉地想起桑泱大概是没什么心情去看电影的，柏舟那案子才庭审。

"瞎说什么呢？"许颂意横了那男医生一眼，"还不去查房？"

一时间，氛围尴尬了起来，众人纷纷起身出去，一名女同事经过桑泱时轻轻拍了拍她的肩作为安慰。

桑泱也没有什么特别的感受。

她记得起初大家都很小心地不提小舟，渐渐地，这件事就被遗忘了，只有几个关系特别好的同事还记得，还会处处留意着。到现在，四个月过去，基本没人再将这件事放在心上了，再过几个月，说不定他们连柏舟是谁都不记得了。

这是情理之中的事，桑泱并不是觉得非得人人都记得小舟才行。

"桑泱。"许颂意还在办公室里，她小心翼翼地唤了声，观察着桑泱的神色。

桑泱看向她，许颂意像是不知道怎么开口才好，好一会儿才勉强笑了笑，轻声慢语道："小舟那么关心你，她肯定不想看到你每天这么伤心的。"

安慰人无非就几种说辞，前路还长，要往前看，还会遇到更好的，又或是振作起来，别让亡者不安心。

许颂意说得没什么不对，桑泱却因为她提到柏舟，越发地难过。

一整天忙碌后，下班时突然下起了雨，花坛里的花被雨打落在水泥地上，几片花瓣顺着积水往低洼处流淌，空气里弥漫着雨水和泥土的气息。

桑泱下了楼才发现下雨了，她没带伞，见这雨实在太大，便决定上楼再待一会儿。

路过服务台时，一个中年女人正在对前台激动地说着什么。

桑泱没怎么在意，因为每天都有这样的场景。但经过时，她听到中年女人在说："他开的那辆车出车祸了，药用不上了，留着就是浪费钱，退给你们，你们继续卖，又没什么损失，凭什么不能退？"

桑泱的脚步慢了下来，她听到"车祸"两个字，有些敏感。

"阿姨，不是我们故意不给你退，是医院规定门诊开的药是不能退的。你想，如果能退，万一有人开了药拿走，然后调包换了假药回来，医院再开给其他病人，不是害人吗？"服务台大概解释了很久，偏偏那中年女人不仅不听反而更加咄咄逼人，服务台的护士也有点不耐烦了。

桑泱一听，就觉得不好。

果然中年女人逮住这句话不依不饶："你是说我掉包了假药骗人？你看我穷就会来骗钱？我是命苦啊，老公活着是个病秧子，但好歹还会开公交车，还能赚几个钱，现在人没了，药开多了没用，来退，还要诬赖我骗钱，你们就是……"

桑泱的注意力被"公交车"三个字吸引了，服务台周围已经站了不少围观的人，桑泱站在人群里，看向服务台上丢着的几盒药。

药原本是装在袋子里的，大概扔的时候有些用力，袋口散开了，有几盒掉了出来，桑泱看到了药名，判断出病人患的什么病。

中年女人喋喋不休，但最终还是被劝走了。等人散了，桑泱走到服务台，问："刚刚那位阿姨是哪位病人的家属？"

护士还有点生气，跟她吐槽了好一会儿，才说："是之前那起特大车祸的公交车司机的家属，车祸发生后公交车爆炸了，司机不就没了吗，可他之前在我们这里开了不少药，她想退了。"

桑泱听着，思索了片刻，又问："那位司机是哪天来看诊的知道吗？"

"知道，是去年 11 月 29 日上午来的。她刚才为了证明就是在我们医院开的药，给我看了开药单，我看了日期，还想时间都这么久了才想起来退。"护士一说起来，就忍不住撇嘴。

"上午几点？"桑泱又问。

护士听她问得这么细，倒是有些疑惑，神色也凝滞了，但还是回答："九点十来分吧？记不清了。"

外头雨已经小了，许多人不想再等，便冲进雨里小跑起来。

桑泱没有跑，她走在雨中，到了停车场，上了车后，没立即发动，而是陷入了沉思。

这未免太凑巧了。

那位司机在车祸当日来过医院就诊。这算是他们在车祸前就有了交集。

但真的要说有什么凑巧，有什么古怪，又说不上来，毕竟来医院的人多了，生病来看医生很正常。

桑泱思来想去都只能将这件事归结为巧合。

但巧合，总是让人不安心的。

回到家，桑泱拿着笔记本电脑将车祸的新闻重新搜出来看。

这场车祸十分惨烈，社会大众都极为关注，所以有关部门在公布调查结果时也格外详细。

桑泱找出通告来看，通告将车祸过程写得非常清楚。

起因是公交车司机在经过路口时踩了油门，突然加速，撞到了前方正常速度经过的私家车，公交车司机立刻踩下刹车，但侧面恰好有一辆货车开出来，货车司机为了多赚点钱，不仅疲劳驾驶，车上运载的货物也超重了。

紧要关头，等货车司机反应过来想踩刹车的时候，货车已经狠狠地撞在了公交车身上，造成了一系列"连环撞"。

这样看下来，整起车祸的源头是公交车司机路口的那一下突然加速。

桑泱找到路口的监控视频，发现视频里公交车就像是突然发了疯，直直地朝着前方的私家车撞过去。

这个视频她这几天看过好几次，虽然觉得公交车突然加速很奇怪，但警方调查结果显示，公交车司机和那辆私家车上的司机与乘客从无交集，连双方的亲朋好友都查了，都是干干净净的，从根源上排除了人际矛盾的可能。

包括货车司机也是。货车司机是从外地来送货的，连到这座城市来的次数都不多，更不用说认识车祸的其他受害人了。

不管从哪个角度看，这都只是一场简单的交通事故，只不过造成的后果太过惨烈，有关部门才会调查得如此细致。

桑泱原本并无怀疑，毕竟警察都发出通告了，而且整场车祸的调查过程都十分公开透明，被众多网友交口夸赞。

但现在，桑泱却有些不太确定起来。

外头的雨越下越大了，哗哗地打在玻璃上，玻璃上的水珠映着室内的灯光，折射出璀璨的光芒。

画室几乎被桑泱当了书房，她抬头，视线越过电脑屏幕的上方，便看到画架上的画，她依然对这幅画一筹莫展，现在又多了对那司机的怀疑。

所以在那个路口，司机为什么突然猛踩油门？

桑泱心一紧，会不会是司机故意的？警方只查了三个司机之间的人际关系，万一公交车司机不是和那辆被他撞上的私家车里的人有仇，而是和公交车上的某位乘客龃龉极深呢？

这念头一冒出来，桑泱便感到一阵森冷的寒意，仿佛一股冷气自地底钻出来一般。

但她很快便扑灭了这个猜想。

司机自己也丧命了，为了报复车上的某个人而搭上自己的性命，这代价未免太大了。

桑泱轻轻吐出口气，紧绷的身体微微放松下来，只觉得自己真是越来越疑神疑鬼了。

但还没等她彻底放松，一个设想便犹如闪电划破漆黑的天际一般在她脑海中冒出来。

如果，公交车司机本来就不想活了呢？

如果他本来就不想活了，自然就不会在乎车上的人会怎么样、撞上那辆私家车后又会造成什么后果。

院子里路灯的那些许光芒在黑得伸手不见五指的雨夜显得格外脆弱，玻璃窗的隔音很好，听不见外头的雨声，却能看到玻璃上急迫汹涌的水帘。

画室门开着，外头客厅的灯关了，黑黢黢的，幽深寂静。

桑泱感到浑身冰冷，手指仿佛都被冻僵了，她动了动手指，关节僵硬。

这设想实在太过黑暗了。

那场车祸里死伤者加起来有二十多人，公交车最后爆炸了，车里的人最后被抬出来时都烧得看不清面目。

陷入生活压力，或是工作焦虑，再或是对自己的迷茫里挣扎不出，最后被绝望吞噬选择自我了断的人很多，但是，能阴暗狠心到让那么多人陪葬的恐怕屈指可数。

桑泱觉得自己真是太疑神疑鬼了。

她在键盘上输了几个字，搜出了一篇关于公交司机家庭背景的报道。

记者采访了公交司机的家人，下午下班时在服务台嚷嚷着要退药的那位阿姨也在其中，她是公交司机的妻子。

"我们家生活条件不好，我们老方工作特别拼命。孩子大了嘛，要娶媳妇要买房，我们也老了，得攒养老的钱，不拼命不行。老方很辛苦，白天开公交车，晚上还要再打份零工，半夜回家时经常腰都直不起来。"

记者注视下的阿姨显得通情达理得多，一边讲一边掉眼泪，哭诉家庭不易。

不过没说几句，阿姨就抹了把泪，双眉一横，显出几分泼辣来："你看，家里穷得叮当响，要我赔钱，我肯定赔不出来，何况老方也死了，也算是赔命了，想让我再赔钱是不可能的，就算来闹我也是这句话，赔钱不可能！"

桑泱听明白了，应该是其他死者家属或者伤者，认为公交车司机该承担这场车祸的责任，应该要给他们赔钱。

记者问："公交车司机是一份对专注力和体力要求都很高的职业，许多车祸都是因为司机疲劳驾驶造成的。方师傅晚上要打工，夜里估计也睡不了多少时间，白天再去开车，岂不是对自己、对乘客都不负责？"

阿姨的神色有一瞬间的僵硬，随即她便用自己的泼辣蛮横将这点不自然遮掩了过去，拔高嗓音嚷道："我们老方辛苦是辛苦，但对工作绝对是很负责的，你有什么证据证明他不负责？他开了十几年公交车了，从没有出过问题，你凭什么说他不负责？你们记者说话是要讲道理的！"

她瞪着镜头逼问，颇有几分气势凌人。

记者的声音轻了下去，但好歹算是稳住了语气，没露怯："根据警方调查，方师傅疲劳驾驶，精神恍惚，才在过路口时踩了油门。"

那位阿姨还在嚷嚷，但后面已经没什么有价值的信息了。

原来是疲劳驾驶。桑泱关掉了视频。

这个结果让她方才冒出来的那点毛骨悚然消了下去。

桑泱在画室待到半夜，她离开时，在画架前站了良久。

其实很焦虑，因为想念，因为逐渐冒出来的恐惧，恐惧万一她怎么都找不到使用这幅画的办法，那该怎么办？

她总觉得，小舟在等她，等她回去改变她们的命运。

她们是世上最有缘分的人，他们应当能改变彼此的命运，她们理当都能活到白发苍苍。

"小舟，你别急，我会找到办法的，你看我也在努力，我多掌握些信息，回来后就能有更多的把握。"桑泱看着那幅画，在心里说着，期望柏舟能听到她的心声。

或许是因为越发焦灼越发担忧焦虑，桑泱夜晚又梦到了柏舟。

她有时会梦见她们漫长过往中的某一段，从前想来平凡无奇而如今却万分珍贵的记忆，有时则是天马行空的幻想。

今晚的梦里，她们像是处在一个不知名的空间，周围都是白色的，没有其他人，也没有别的景物。柏舟站在她身前，笑容腼腆，过了好一会儿才说："姐姐，你要照顾好自己，要注意休息，要好好吃饭，回家后要记得关好门，豌豆别忘了喂，还有桑阿姨的生日快到了，你忙的话，也别忘了打电话……"

她唠叨得不像二十出头的年轻人，倒像是个啰啰唆唆的小老太太。桑泱像是一个旁观者，看着另一个自己，等她叮嘱完了，然后柔声道："我知道，我会照顾好自己，你也是，要等我来找你。"

柏舟便认真地点头，一点也不慌张，也不焦急，全心全意地相信着她。

然后，桑泱便醒了。睁开眼，外头天才蒙蒙亮，雨倒是停了，不过应该也刚停不久，玻璃上还残留着水珠。

离起床还有一个多小时，桑泱再闭上眼，却怎么都睡不着了。

她的思绪不由得飞远，想起小舟叫她"姐姐"的样子。

其实她也不是一开始就叫她"姐姐"的。

刚开始那将近半年的时间，她们从认识到慢慢熟悉，相处的时间越来越多，不止是柏舟天天来找桑洪，桑洪有了时间，也会主动去美院找她。

待在一起的时间一多，桑洪发现，柏舟从来不叫她，既不叫名字，也不叫学姐，有事要说的时候，就拉拉她的衣袖，又或者发出个类似"唔""嗯"之类的语气词，引起她的注意也就是了。

桑洪发现了这件事后，一开始还会逗她："我比你大这么多岁，你怎么连声姐姐都不叫？"

次数多了，桑洪也就不逗她了，毕竟她并不在意小舟怎么称呼她，小舟喜欢怎么样就怎么样，都好。

直到某个周末的上午，桑洪没有课，但有一篇论文要写，便待在柏舟的画室里，她们一个写论文，一个画画，在一个空间里，但互不干涉，桑洪喜欢这样的感觉。

小舟画完了一幅画，便跑到她身边来待着，她并不吵闹，只是自己翻着一本画册。

那天天气很好，背后窗子里照进来的阳光晒得人懒洋洋的，小舟很快就困了，趴在桌子上睡觉。

桑洪写完后，见已经过了正午，便将她推醒，准备和她一起去吃些东西。

柏舟睡得很沉，她睁开眼睛，目光迷离，脸庞枕在臂弯里，水汽蒙眬的眼睛缓缓地眨了两下。

"醒一醒，带你去吃东西。"桑洪缓缓地说道。

柏舟清醒了过来，她弯起了唇角，将脸埋进臂弯里，然后又从手

臂间悄悄露出一只眼睛，眼睛里满是笑意。

"姐姐。"她突然叫了她一声。

桑泱惊讶，随即便笑着摸了摸她软软的头发："小舟好乖啊。"

柏舟笑意更深，她坐直了身，头发乱蓬蓬的，自己抬起双手抚平。

她们一起走出画室，周末的校园格外慵懒，学生们的步调也比平时舒缓得多。

她们走在去餐厅的路上，看到路边好多牵着手的情侣，他们慢悠悠地走，和柏舟她们擦肩而过。

有两个并肩走的女孩，显然关系很好，其中一个大概是想到了什么有趣的事，拍了拍身边的女生，想说话，结果还没开口就先笑了出来，身边那女生开始还等着，听到笑声便凑过去追问："什么事啊，也说给我听听。"

那笑个不停的女孩凑到她耳边，不知道说了什么，说完就飞快地跑开，眉眼间都是得逞的笑意，神采明媚地看着那个听了她的话愣在原地的女生。

女生迟钝了三秒才回过神，仿佛恼了，脸颊都红得厉害，可她眼中分明是带着笑的，跑过去追打。

二人笑闹着跑远了。

桑泱和柏舟正看着她们，忍不住也跟着笑起来。

05

到了起床的时间，桑泱下床洗漱。

因为这段回忆，她一整天的心情都平静了许多，也更为笃定，她一定可以找到办法回到过去。

中午在食堂遇见许颂意，桑泱把她拉到一边，问："你知道方晟是谁的病人吗？"

许颂意呆愣了片刻，才笑了一下，问："谁是方晟？"

桑泱拿出手机，把那个公交车司机的照片给她看：“他，有没有印象？”

她昨天留意了散在服务台上的药，是治疗心脏方面的药，挺贵的，而且不走医保，也难怪那阿姨想退。

心脏方面的疾病，恰好是许颂意他们科室的。

许颂意只看了一眼，面上便露出恍然的神色，她抬头看向桑泱：“有，他是我的老病人了，我不太记得住名字，不过一看到脸我就知道了——怎么了？”

居然是她的病人，那倒是凑巧了。

她们盛了饭，坐到角落的餐桌上，桑泱斟酌了片刻，才问：“那你还记得这名病人的精神状态吗？”

“精神状态？”许颂意回忆了好一会儿，才慢慢地说道，“他很长时间没来复诊了，打电话给他家人说是已经过世了。”

一般人也许会关注一场惨烈的车祸，但很难记住车祸里丧生的人叫什么名字。

许颂意的语气里染上些许惋惜，她看了眼桑泱的神色，回忆着道：“精神状态还行吧，他做过心脏搭桥手术，术后恢复不太理想。一般这个年纪的人压力大，又生了这种难以根治的毛病，都不会太乐观，但心态也没有很差，他复诊都挺准时的，也没自暴自弃，算是病人里挺配合的那一类了。”

对医生来说，最棘手的就是病人自己丧失信心，不肯坚持用药及时复诊。

桑泱点了点头，方晟配合治疗，说明求生意志颇强。

看来车祸确实只是一场意外。

“怎么突然问起他了？”许颂意问道。

桑泱舀着碗里的饭，对着许颂意笑了一下，垂下眼帘，随口道：“没什么，昨天在大厅看到他的家属了。”

“他家属啊……”许颂意显然和那位阿姨打过交道，露出一言难尽

的表情。

她们在餐桌上有一句没一句地聊起了别的，直到离开食堂走到外面的那条路上时，许颂意突然又说："方晟的家属是真挺凶的，那次我打电话去问他为什么没来复诊，他老婆语气特别不好地说，'别打来了，出车祸死掉了'。"

看来刚才那句"打电话给他家人说是已经过世了"还是经过美化修饰的。

桑泱缓缓地走着，却不知道说什么，便笑了笑。

许颂意朝她看了好几眼，语气微微地迟疑起来，似乎说出来的每个字都是经过仔细斟酌的："所以方晟有什么问题？你怎么突然问起他？"

桑泱挑了下眉，不明白她为什么这么问。

许颂意深吸了口气，笑了一下："我就随便问问，你肯定不会因为在大厅见到病人家属就打听这个病人的，你不是那么八卦的人。"

那倒是真的，桑泱向来对与自己无关的人与事都没什么好奇心。而柏舟则相反，她很有探究精神，有时遇见新鲜事，她总很乐意去探究个明白。

早上还下过一场小雨，地上半干半湿的。桑泱看到路边绿化都已经枝叶繁茂了，想起小舟离世时还是深秋，一下时间都到春日了。

"桑泱。"耳边许颂意叫了她一声。

桑泱回过神："怎么了？"

她们走进建筑里，这个时间电梯是最忙的，她们干脆就走了楼梯。

"我刚才问你，怎么突然打听方晟？"许颂意微微笑着。

"就是那场特大车祸，你记得吗？他是在那时丧生的。"桑泱说道。

许颂意露出恍然的神色，点了点头，她的楼层到了，桑泱对她笑了一下，算是道别。

她沿楼梯朝上走，感觉有些累，手不时地挨一下扶手，走到拐角处，背后响起不算急促的脚步声，渐行渐远地离开了楼梯间。

目前看来，司机没什么问题，只是一个生活有重担、身上生了病却仍积极治疗，也辛勤工作的中年男人。

桑泱心想，是她疑神疑鬼了。

06

晚上加班，她回到家已经八点多了。

豌豆饿坏了，趴在家门口，怏怏不乐地看着门，门一开，它就立即蹿上前，一边叫一边往桑泱身上扑。

桑泱鞋都没换，赶紧往里边走，找到狗粮，倒到碗里。

看到豌豆狼吞虎咽地埋头苦吃，桑泱这才直起身，走回门口，换了鞋，然后上了楼，洗了个热水澡。

湿热的水汽弥漫在浴室里，从水中出来时，肌肤被烫得微微发红，浑身冒着热气。

桑泱觉得舒服多了，她没有上床，依然是回到楼下，给进完食等在门口焦急地一边挠门，一边回头看她的豌豆系上牵引绳，带它去外边遛了半小时。

半小时的运动量对于柴犬来说，都没热好身，但桑泱没有更多的时间了，哄着豌豆往回走，豌豆虽然没有闹，但明显是不高兴的，脑袋垂得低低的。

桑泱走了几步，看到它这委屈的模样，只好带着它又多玩了半小时。

豌豆这才开心，尾巴摇得飞快。

回到家后，桑泱把豌豆白天打翻的东西都收拾起来，用吸尘器将地上的狗毛清理干净，又将地面拖了一遍。

养狗是这样的，宠物带来的是陪伴与快乐，但同时又会将家里弄得脏兮兮的。

桑泱打扫了半个多小时，才把家里都清理干净。

豌豆啃着玩具到处跑，好几次把她刚收拾的地方又弄乱了，桑泱只能重新收拾。

这样一番忙碌，时间已经过了十一点，她还没吃饭，却毫无胃口。

她推开画室的门，打开灯，看到正中画架上的那幅画，那幅她研究了大半个星期，却毫无头绪的画，那是小舟回来的唯一希望。

桑泱关上门，走进去。

孤独是无时无刻不在的，即便在喧闹的医院里，即便在人群中，都像有一面无形透明的墙将她隔离开来。

她在画前坐下，在这寂然无声的黑夜里，生出一阵烦躁。

人的情绪真是十分起伏不定，昨晚她还怀着希望，觉得哪怕找上一辈子，她都要找出那个回去的办法。

可现在这念头便松动起来，因为有太多的不确定，因为她还什么都不知道，不知道这幅画会带她回到哪里，是回到那个早晨，还是回到三年前？如果是固定的三年，那她的时间并不多了。

她甚至在想，会不会这幅画只能用一次？小舟用过了，就作废了？她试图攥紧的希望其实只是镜中花水中月，都是虚无缥缈的。

她求一辈子都求不到她心心念念的重逢。

桑泱心绪紊乱，她闭上了眼，调节着呼吸，试图让自己冷静下来，不要去想这些负面的可能。

但一合上眼帘，出现在她脑海中的便是柏舟那天早晨怔怔地望着她，哭得上气不接下气的样子，眼泪说什么都停不下来，又哭又笑的。

桑泱想起柏舟挂着眼泪对她笑的样子，不由地也跟着想笑，但笑意还未展开，便想到了现在。

如果她回去，看到活生生的小舟在她面前，一定也会这样控制不住情绪。

过了好几分钟，她才静下心。

她把画从画架上拿起来，她这两天还查了一些油画的资料，包括怎么看懂一幅画的深层含义，但到目前为止都没什么用。

画看得久了，黑洞仿佛幽深起来，边缘在视觉上变得虚化。桑泱眨了下眼睛，这种不知是幻觉还是真实的变化有过好几次，每次都让她心头一紧。

捏着画框边缘的手往下滑了一点。

指尖突然尖锐的一疼。

桑泱注意力在画上，迟缓了几秒，大脑才反应过来，她松开手，拿到眼前一看，指尖被扎了一下，没破皮。

她观察的一直都是画，倒是没怎么留意这个画框。

桑泱将画框翻转过来，仔细地找了找，才看到画框内侧边缘有一枚小小的钉子，银色的钉尖露在外头，钉子和画框交接处有一层暗红色的漆，比其他地方的漆的颜色要深一点。

这画框制作得十分粗糙，有几个地方都脱漆了。

桑泱猜想这应该是小舟小时候买的，买不了太好的画框，只能用这样粗制滥造的凑合。

她没放在心上，翻到正面继续琢磨。

但慢慢地，桑泱迟疑起来，那枚钉子十分隐蔽，她拿着这幅画这么多次都没有发现，如果不留神，会不会扎到手？就像她刚才那样。

桑泱翻回背面，目光落在钉子与画框交接的那个部分，如果这层暗红色的物质不是漆呢？仔细地看，似乎也像血迹。

她先低头嗅了嗅，没有什么气味，又用指尖去碰，那部分面积很少，只一点点。

桑泱不敢想当然，但她隐约觉得，她或许找到了问题的关键。

她将画摆到一边，即便此时心慌且急，放下画时，她还是格外小心，唯恐损坏一点。

她到外面，从放杂物的抽屉里找到一把陶瓷伸缩刀，看了看刀刃，然后回到画室，抽了一张干净光滑的白纸垫在底下，她用纤薄锋利的刀刃将钉子上那层分不清是血还是漆的物质刮下来，只有很少的一点，但应该足够了。

她好好地包起来，然后翻开通讯录，找到一名中途转专业做了法医的同学。

那位同学正好深夜加班，桑泱和她说好了以后，立即出门，马不停蹄地去了对方的工作地点。

"什么事这么着急？"同学站在门口等她。

凌晨赶过来，肯定是很重要的事，她没多寒暄，直接领着桑泱往里走，快到实验室时，转身伸出手说："东西给我吧。"

"多谢。"桑泱把纸包交到她手里。

她不知道自己脸色既苍白憔悴又带着隐隐的希望振奋，嘴唇白得毫无血色，看上去就像疯魔了一般。

同学在门口停下来，看了看她的气色。

圈子就那么大，她当然听说了柏舟的事，可有心宽慰，又找不到合适的话，最终说了一句："别着急，是不是血迹验起来很快，你在外边等几分钟就好。"

桑泱点了下头："好。"

如她所言，确实很快，即便桑泱等得度秒如年，也没多难捱。很快，同学就走了出来，径直告诉她："是血。"

是血。

桑泱神色凝滞，随即微微地有了笑意。

"桑泱。"同学叫了她一声。

桑泱看向她，目光聚焦到她身上。

"那个司机没什么问题，就是疲劳驾驶，他胃里都是空的，我看他可能前一天晚上就没合过眼……车祸都是意外，后面的那个家属在医院行凶更加是飞来横祸。"

飞来横祸的事，谁能说得准？几乎就是破解不了的死局，落到了谁头上，除了骂句倒霉，又能怎么办？

她说完却见桑泱魂不守舍的，便担忧地叫了她一声。

桑泱几乎没听她说了什么，一回神，便道："麻烦你了，我还有事，我先走了。"

她匆匆回到家。那幅画还在桌上放着。

桑泱慢慢走过去，心跳剧烈。

那晚，小舟看到这幅画被豌豆拖出来，她会捡起来，然后第一反应一定是物归原位。

这只是一幅普通的画，她自然不会知道它的奥秘，直到不小心被画框上的钉子扎破了手。

扎破了手，然后呢？血很可能落在了某个地方，画上、画的边缘之类的。

然后误打误撞，柏舟就回溯了时光。

桑泱这样揣测着。

她想着，将手指对准钉尖，用力按下去。

痛意尖锐，桑泱疼得皱下眉，指腹上血涌了出来。

她又生犹豫，这只是她的推测，万一，猜错了呢？

但在摸到真相边缘时，人就是会产生一种强烈的直觉。

桑泱一手拿着画，一手将手指上的血滴到黑洞上。

几乎是瞬间，血滴消失了，就像是被画吸食。桑泱屏住了呼吸，画上的宇宙骤然苏醒，黑洞如同一个飞速旋转的旋涡朝她扑面而来，伴随着星河万千，一并朝她涌来。

桑泱突然失去了知觉。

循环
第六章 · *Loop*

2017 年的 11 月 29 日。

她回到了这一天，和小舟上次回去的日期是一样的。

01

就像是从最深层的梦境中醒来，明知是梦，她却怎么都睁不开眼睛。

桑泱感觉自己好像在一辆没有车篷的车子上，车子飞驰在一条细窄的隧道中，隧道长得没有尽头，飞速行驶带起的气流声贴着耳边如最湍急处的瀑布朝下倾泻，还有无数不知从何而来的呢喃声如噪音一般灌满了耳朵，耳膜痛得仿佛下一秒就要被撕裂了！

"呼——"桑泱从床上弹坐起来，用力喘息了一声，就像是一个在水底即将溺死的人被扯着头发拉出水面一般拼命地呼吸新鲜空气。

她大口地呼吸，大脑有一秒钟的僵硬，像是停止了思考，但下一秒，她马上清醒过来，想起自己失去意识前在做什么。

她睁大眼睛看着周围，这里是卧室。

桑泱立即走去另一间卧室看，她轻轻地打开门，柏舟正躺在床上睡得正熟。浓密纤长的睫毛乖巧贴着下眼皮，脸因熟睡有些泛红，呼吸平缓，一只手从被子里伸出一半，抓着被子的边沿。

桑泱屏住了呼吸，她微微张口，嘴角不断上扬，笑容难以抑制地绽开，而双唇因巨大的惊喜而颤抖，眼底湿润，眼泪在顷刻间滚落。

"姐姐……"耳边传来柏舟迷糊的声音。

但下一秒，她马上坐了起来，一手搭在桑泱的背上，紧张而担忧地望着她："你怎么了？发生了什么事？"

桑泱抱住了她，她的双臂用力缩紧，靠在柏舟的肩上，轻轻摇头："没事。"

柏舟一醒来就看到桑泱在哭，她被抱得紧紧的，完全不知道发生了什么事。她既担心又茫然，轻轻地拍桑泱的背。

"小舟。"桑泱的声音好像平静些了，却仍然没有松手。

柏舟的动作一顿，接着继续拍拍她："我在听。"

桑泱却没有出声了。柏舟感觉到她的身体在颤抖，她听到桑泱的呼吸就在耳畔，她的呼吸很缓慢，是刻意放慢的，是在调节激动的情绪。

柏舟抿了抿唇，她想问到底怎么了，她很担心是不是发生了什么很糟糕的事。她着急起来，便听桑泱笑了一声。

柏舟一愣，看到桑泱通红的眼睛，她脸上有浓重的泪痕，可唇角却翘着，带着笑意的眼睛凝视着她。

柏舟被弄糊涂了，难道不是发生了很糟糕的事吗？

闹铃声突兀地响起，柏舟伸手从床头捞过手机关掉声音。

是早上起床的闹钟。

"今天是几号？"桑泱问道。

她的嗓音有些微嘶哑。

"11月29号。"柏舟回答。她露出疑惑的神色，不懂为什么桑泱连日期都记不得了，今天可是一个很重要的日子，她们这几天几乎都是掰着指头过的，就为了等今天。

"今天画展开幕啊，你忘记了吗？"柏舟越发疑惑，明明昨晚还讲了的。

画展。

是 2017 年的 11 月 29 日。

她回到了这一天，和小舟上次回去的日期是一样的。

所以那幅画是能够让人回到这固定的一天吗？或者还有别的什么她没发现的干扰因素？

桑泱还无法肯定，她平复了激动的心绪，对柏舟说："你先去洗漱，过会儿，我有事告诉你。"

柏舟一脸茫然，问："不能现在说吗？"

桑泱一想，觉得也行，便让她起来去画室。

"过来啊。"桑泱说道。

柏舟立即"哦"了一声，手脚麻利地跑到她身边。

这显然是没有经历过那三年离别的小舟，她没有经历过失去朋友的痛苦，也没有在许多个清晨带着豌豆徒步到墓园，在桑泱的墓碑前或是静默或是讲着得不到任何回应的话。

她要更简单更开朗也更无忧无虑，跟在桑泱身边同她一起走下楼，口中嘟哝着："什么事啊？你今天好奇怪，你一定要告诉我是怎么回事，我很担心……"

桑泱停了下来，柏舟看了眼面前的门，更加疑惑了："画室？画室怎么了吗？"

桑泱先给她做了预警："我等下要告诉你一件非常离奇、非常背离我们常识和认知的事情，你先做好心理准备。"

她神色郑重，柏舟也跟着严肃起来，但只持续了不到几秒钟，她便破功笑了出来："你尽管说，我接受能力很强的。"

她显然还没意识到桑泱口中的"离奇"，究竟有多离奇。

桑泱没再说话，柏舟对上她的眼神，笑意下意识地收敛了，桑泱的目光太认真了，她向来是舒缓的、从容的，很少这样郑重而肃然。

她正想再追问一句，桑泱便推开了画室的门。柏舟的话没说出来，跟着她走了进去。她昨夜刚使用过这里，画材还摊得到处都是，没来得及收拾。

桑泱的态度让柏舟莫名地提心吊胆，这个几乎天天都要待上好久的地方仿佛染上了一层古怪的色彩，柏舟环视了一圈，没发现有什么反常。

桑泱走过去，将桌上那幅扣着放的画拿了起来。

柏舟走到她身边，愣住了，下意识地将画从桑泱手中接了过来。

桑泱没有开口，微微地侧过身，正对着柏舟。

柏舟盯着画看了一会儿，万般确定地说：“这幅画应该在展窗里。”

展品是她和策划都确认过好多次的，展窗布置也确定过许多回，这画绝对不应该出现在这里。

“我打电话问问，现在应该已经有人在展馆了。”她一边说，一边想要上楼拿手机，她语气已经有些慌乱了。

如果没有刚才桑泱的反常，她多半只会觉得是不是记忆出了问题，但现在，她却感到一阵毛骨悚然。

她刚要转身，就被桑泱握住了手腕，桑泱的手冰冷，使得柏舟打了个冷战。

“拆开它。”桑泱说道，“拆开画框。”

柏舟没有挣扎，也没有问更多的问题，七年的默契让她顺从地拆开了画框。取出里边的画时，她看到画的背后有字。

只扫了一眼，没看具体内容，她便判断出，这是自己的字迹。

她从来没有在画的背后写字的习惯，这幅画在画完后不久就被收了起来，后来在她学习了怎么保存画作的知识后又做了细致的处理，收进了密封的纸箱里，直到筹备画展，它才重见天日。

她根本没有在上面写过字。

恐惧的阴影几乎覆盖了她整颗心，她望向桑泱。

桑泱始终正色的目光却在这时柔和了下来，连语气也跟着放缓：“小舟。”她停顿片刻，才说，“你先看看这段话。”

柏舟越发意识到事情的严重性和反常，她低头看了起来。

桑泱站在她身边，望着她紧绷的侧脸。

她能理解小舟在第一次时光回溯后选择隐瞒。

保护对方，早已是她们的一种本能。何况，对于第一次时光回溯的小舟来说，她要做的事情很简单，只要不让她上那辆公交车就可以了，这么简单的事，没必要将那些可怕又悲痛的事告诉她，让她也跟着沉重、跟着陷入痛苦。

桑泱几乎能一丝不差地还原柏舟那时的想法，还原她挣扎之后的选择，决定不再提，因为在那时的柏舟心里，她们获得了新生。

这种感觉有多好呢，就像是心在失去了任何感受力后突然复苏了，能闻到花的香味，能收获展望未来的勇气，人生不再是仓促的、悲苦的、麻木的、黑暗的，它又重新变得五彩缤纷，变得阳光灿烂，变得开阔宽广，像是充满了糖果的甜。

柏舟的神色越来越迷惑，也越来越惊恐。

桑泱想，如果第一次时光回溯的是她，她多半也会选择隐瞒，但现在情况已经不一样了，这不是她不上那辆公交车就能解决的事，她甚至不敢确定，阻止了那场车祸，是否就能彻底了解真相。

她们必须一起去面对。

"泱泱……"柏舟的声音有些干涩，她捏着画，抬头看向她，目光晦涩，"我没有写过这些，还有三年是什么意思，只剩下我一个人是什么意思，还有这幅画是一把钥匙让我回到三年前是什么意思？里面提到的'死亡时间点'又是什么？"

柏舟一下子把疑惑全部倒了出来。

桑泱等她说完，才替她解答道："在原本的时空里……"

柏舟听到这几个字，便绷紧了神色，她已经意识到刚刚在门外，桑泱给她做心理建设的那句"离奇的事"有多离奇了。

桑泱也特意将语速放缓了，留意着柏舟的神色，以便在她听不懂的地方给她解释。

"我在今晚会乘坐一辆公交车，公交车会在一个路口发生连环车祸，车上的人全部死亡，包括我。"

柏舟颤了一下，手抖得厉害。

这一句话，几乎已经给她刚刚所有的问题都解释了，三年是什么意思，剩下她一个人是什么意思，画为什么是"钥匙"，"死亡时间点"又是什么，都解答明白了。

柏舟飞快端详了桑泱一番，是在确定那场车祸有没有给她留下后遗症。

这个人有多信任她呢，她讲了一件离奇得像是一个纯粹捏造出来恶作剧的事，她没有任何怀疑，只担心她曾遭受过的伤害。

"我没事，回溯时光的时候不会带上伤口。"她安抚地望着柏舟，然后给她看手指，"这里本来被钉子戳了个口子的，你看，一点痕迹都没有了。"

柏舟细细地看了好几遍，确定没有伤口，才抿了抿唇，望着桑泱，问："然后呢？"

桑泱便接着往下说："这些都是我推测出来的，因为你通过这幅画从三年后回到今天时，没有将上一个时空发生的事告诉我，你让我不要去上班，你也没去画展，你大概是想看着我，我们一起把晚上那个'死亡时间点'挨过去。"

"那我们挨过去了吗？"柏舟问道，她聚精会神地听。

桑泱点了点头："嗯。"

柏舟的神色有一瞬间的放松，但下一秒，她就意识到事情没有那么简单，如果这么容易就度过了危机，这幅画就不会在这里。

桑泱一见她的神色，就知道她已经猜到后面又发生了别的事。

"晚上八点多，我接到了医院的电话，车祸还是发生了，伤者众多，医院忙不过来，让我回去帮忙。我回去了。然后在抢救结束后，一个死者的家属不能接受妻子的死，他认为是医院没有尽到治病救人的责任，是我失职没把他的妻子救回来，于是在冲动之下，他持刀进了医院，当时你正好来找我，你为了缠住他，让我逃跑，被他……"

桑泱低下了头，她怎么也说不出后面的话，即便回到了现在，回

到了一切都还来得及的时候，她还是无法再去回忆那天的情形。

柏舟一开始听时还很紧张，听到最后却反而放松了下来，她轻轻地拍了拍桑泱："没关系的，我本来就应该保护你，如果还是像前一回一样什么都做不了的话，我可能就要被自己气死了，我会恨死我自己的。"

从看到这幅画开始，直到此刻，她才有了一些笑意，还能放松地、轻柔地安慰桑泱，她试图减弱桑泱的悲伤："而且你看，你已经回来了，我也没有死，相当于没有任何损失。"

"可是很疼。"桑泱没办法当做什么都没发生过。

柏舟却显得很轻松："还好吧，你安然无恙的话，那就是值得的。"

相较而言，她相信，在那个桑泱上了那辆公交车的时空里，接到车祸噩耗的柏舟，一定是更加痛苦的。

但她也明白，亲眼看着她死亡的桑泱会有多崩溃，她轻声安慰："别难过了，你现在不是来救我了吗？"

她是这样的生机勃勃，没有一丝阴霾，让桑泱想起那一天里，不经意间便会静默、便会出神的柏舟，经过三年孤独、自责的柏舟。

她更希望小舟能不经历任何悲伤，她的心不要有丝毫阴霾，她可以一直这样快乐。

她轻轻地推了推柏舟，柏舟担忧地望着她："你好一点了吗？"

桑泱点了点头。

柏舟将画细致地装回画框里，然后带着桑泱去沙发那边坐下。

"我们讨论一下要怎么办。"她冷静地说。

桑泱被她的情绪影响，也跟着镇静下来，她思索了片刻，说："我觉得，是那场车祸，第一次，我是在那场车祸里丧生的，第二次的'医闹'也来源于那场车祸。它是根源，我们要阻止它。"

柏舟也觉得有道理，她问："车祸是意外事故，还是人为的？"

"意外事故，公交车司机疲劳驾驶是起因。"

"也是。"柏舟沉思道，"如果是人为的话，那个家属会有更强烈痛恨的对象。"

就未必会在医院行凶了，不过这么情绪化的人，即便不在医院，大概也会持刀去找那个导致了车祸的人。

柏舟又说："公交车司机疲劳驾驶是起源的话，我们只需要让他今天不要开车就行了。"

"对。"桑泱也是这么想的，"让他不要开车，或者让公交车避开那个车祸的时间点，早一点或晚一点经过那个路口，都不会导致车祸。"

最保险的还是让那个司机今天就不要碰车子了。

思路很清晰，执行起来似乎也不算困难。

柏舟笑了一下："办法还挺多的。"

确实，让那个司机今天不开车，只要想办法将他困住就好了。

她们想了一会儿，柏舟说："有办法了，我和公交公司联系，租借一辆公交车，指名要他来开，然后就找个借口闲置车辆，他应该不会在意，就当放一天假了。"

这个办法是可行的，譬如一些学校要带学生去很近的地方参加活动，就会向公交公司租车，她们如果提高费用来指定司机的话，正常来说，公交公司是会愿意的。

桑泱不由地笑："好。"

手机还在楼上，她起身上楼，柏舟也跟着她。

从网上查了那班车属于哪家公交公司，又查到号码，桑泱拨号过去，无人接听。

她们对视了一眼，桑泱先挂断了，看了眼时间，才七点多："可能客服没那么早上班。"

"嗯。"柏舟赞同，她乖巧地笑了一下，"那你先去洗漱吧，我去做早饭，不能饿着肚子。"

桑泱想说我去，柏舟却很坚定："我来，你要多休息。"

桑泱还想说什么，但被柏舟推进了浴室。

浴室的门一关上，柏舟的双肩便微微塌了下来，她垂在身侧的手

在发颤，她并不像表现出来的那样放松乐观。

她听完桑泱的讲述时，心中就布满了恐惧，"死亡时间点"变成未知的了，或许有，或许没有，或许阻止了前两个时空里导致了死亡的车祸，她们就安全了，或许还有别的危险在等她们。

"我们一定会没事的。"她默念着这句话，念了好几遍，心才稍微平静了些。

她一定要镇定，不能拖后腿，她们一定会安然无恙的。

柏舟走到厨房，她打开冰箱，思索了会儿，选择做三明治，然后热了牛奶。

桑泱洗漱完过来帮忙将东西端到餐桌上，豌豆不知道从哪个角落跑出来，跟在桑泱身边。

早餐后，柏舟给画展那边打了电话，说她今天不过去了，桑泱也请了假，许颂意打电话过来时，桑泱才想起把她忘了，忙和她道了歉，告诉她请假的事。

她们用这些琐碎的事填满时间，没有一分钟是空闲的，因为一空下来，那种对未知的恐惧便会像藤蔓一般缠绕上来。

八点半后，客服电话打通了，听说要用车，客服十分熟稔地说："好的，您用车的时段、地点与路线，麻烦说一下。"

柏舟说："今天一整天。"地点就定在她们小区，至于路线则随意说了一个。

客服记录下来："好的，我马上为您安排，车辆一个小时内会到指定地点，您看行吗？"

"行，但我要指定司机，我要那个叫方晟的司机来开。"

电话那端有片刻安静，似乎是很少遇到指定司机的情况："好的，我来看看他的排班。"

通话是外放的，桑泱没有发出声音，她们对视了一眼，眼中都有几分紧张。

过了一分钟左右，客服回来了，她说："抱歉，恐怕不行，方晟今

天请假了。"

二人的心都沉了下去。

柏舟抿了下唇，连忙追问："请假了一整天？"

客服回答："是的。"

"您能不能替我打电话问问他能不能来上班，或者你把他……"柏舟险些要说把他的号码给我，被桑泱握了一下手，桑泱朝她摇了摇头。

"好吧，那就先不要车了。"柏舟挂了电话。

"公交公司不会允许司机私底下自己接单的，租客不能和司机直接联络。"桑泱说道。

柏舟也想到了，而且她们这样非要这个司机不可，连人家请假都要叫回来，客服说不定会怀疑她们并不是真心要租车，而是和方晟有什么私人恩怨。

"怎么办？"柏舟的双眉紧锁着，声音也低了下去，仿佛自语一般，十分忧虑，但很快，她便换上了积极乐观的神色，对桑泱说，"没事，还有一天时间呢，办法很多的，我们再想想就是了。"

她们坐在一起，豌豆就趴在边上，悠闲地啃着它的小熊玩具。

"你说得对，命运安排这幅画出现，总不会是为了看我们奔波解闷的，一定存在破解的办法。"桑泱温声道，她说话很慢，声音却有一种柔软的力量。

柏舟看向她，瞬间就明白了，桑泱知道她的恐惧她的担忧，她的强作镇定在她面前一点用也没有。

柏舟突然有些鼻酸，她点了点头。

桑泱已经想出了另一个方案，她安慰地摸了摸柏舟的头："好了，我们去医院。"

方晟会在今天早上去医院复查，根据那天问大厅服务台得到的消息，那些药是九点十几分开的，她们现在过去时间还来得及。

车上，柏舟思索着道："他明明请了全天的假，为什么晚上又开车了？"片刻，她自己想出了一种可能，说道："会不会是早上看完医生，复查结果很好，所以比较高兴，觉得不该耽误时间赚钱，才销假回去的？"

她说的这种可能非常符合逻辑。

但桑泱摇了摇头："也可能复查结果并不好，所以觉得时间紧迫，要多挣些钱，又或者结果不好不坏，和以往一样，但出了医院，也不知道去干吗，干脆销假回去，都有可能。"

也是。

这条路偶尔会堵车，今天堵得格外久，桑泱看了眼时间，有些紧迫，她想了想，给许颂意打了个电话。

电话接得很快。

许颂意以为她请假是陪柏舟去画展的，一开口便调侃："怎么有时间给我打电话？"

过了这么长时间，画展久远得仿佛是上辈子的事，桑泱微微晃了下神，才说："你是不是有个叫方晟的病人？"

前方堵得严严实实的，没有移动的迹象。

电话那端一静，过了好几秒，许颂意才说："你怎么知道？"她笑了笑，"我刚看了一下，他正在诊室外排队呢，下一个就轮到他了。"

"你能不能替我拖住他，我很快就到医院，我有些事想找他。"桑泱又道。

许颂意问："什么事？"她顿了顿，马上又问，"你和他认识吗？"

这倒是把桑泱问住了，实话肯定不能说，幸好她们熟得很，桑泱敷衍着："你帮我拖一下他，我晚点再告诉你。"

许颂意便没再问了。

过了好一会儿，前方的车辆才开始移动，开出几米，又停下，等了一分多钟，又动，接着又停。

这种停停走走，加起来都挪不了几米的节奏格外使人心烦。

柏舟深吸了口气，平缓着自己的情绪，她想着刚刚桑泱说的话，随口问："那个'医闹'的人，为什么只针对你？一台手术应该不止一个医生吧？"

"我没有参与他妻子的救治。"桑泱说道。

柏舟一愣，目光从前方移开，转头看向桑泱："他认错人了吗？"

这也太荒唐了。

"这就是最令人费解的地方，他坚持说我就是主治医生，我就是害死他妻子的人，不论警方怎么讲，他都始终这么认为，警方认为他是故意的，为的就是混淆视听，或者干脆就是在制造自己精神失常的假象，想要脱罪。"

"可……"柏舟刚起了个话头，后面突兀地响起了一声尖锐的喇叭声，是前方的车子挪动了，后面的车辆看她不动按喇叭催促。

柏舟只得先驱动车辆，缓缓地顺着车流移动。

"没有调查过吗？"柏舟又问。

"查过。"

查过依然得不到解释，也就是没有查到结果。柏舟的双眉紧紧地皱起来。

她皱眉时，倒是有些沉稳的模样了。

桑泱却不愿意看到她这样的沉稳，会让她想起那个只和她相处了一天的柏舟，那个柏舟的眼眸十分沉静，那个柏舟为了救她，不顾自己的安危。

都是同一人，以前无忧无虑专注画画的柏舟，历经三年痛苦生怕再一次失去她的柏舟，还有眼前这个即便自己很害怕却仍表现得镇定、想要当她的主心骨的柏舟，都是同一个人。

"等下我们拦住方晟，就找个理由让他帮个忙，嗯，我可以说画展缺人手，请他帮忙去维持秩序。"柏舟出声道。

桑泱看向她。

柏舟神色认真，前方路终于通了，医院就在眼前，柏舟的语速也加快了："现在骗子这么多，我们直接找他，他说不定会怀疑，一般有点警惕心的人，都会觉得莫名其妙找上门的人是骗子的。我们想办法让他主动找我们。不然我装成刚看完诊的病人，一边打电话一边从他身边走过，特别财大气粗地跟电话那端讲价钱都好商量，能找到人就行了，随便什么人，反正稍微机灵点就成——我的办法好不好？"

请了假还赶回去销假，经济状况多少有些紧巴巴的，这么说的话也许会有吸引力。

她转头看向桑泱。

桑泱刚冒出的那点伤感被她这样生动的语言演练驱散了。

确实都是同一个柏舟，始终都是她，乐观的、坚韧的、生机勃勃的。

桑泱摇了摇头："恐怕不行，他应该不是特别机灵的那类人，要求得改一改。"

柏舟很认真地听完她的意见，开动起脑筋："那就改成'有点力气就行'，他应该有力气吧？"

"可以。"桑泱说道。

02

她们已经进了医院，找到停车位，一面走，一面讨论着完善细节。

柏舟心想，一定要成功，说什么都得阻止那场车祸。说不定上个时空里她们最终还是失败了，就是因为她太自私了，只是救了桑泱，而在明知道会有那么多人丧生的情况下，还对那场车祸视而不见。

她在心里这样想着。

耳边传来桑泱的声音："我们尽力而为。"

她又发现了她的忐忑与忧虑，柏舟点点头，勉强笑了笑，坚定地告诉桑泱："我知道的，我什么都不怕的。"

她是认真的。虽然她看起来瘦弱，日常只拿着画笔，大概去工地搬砖都没人肯要她，她也不是勇敢的人，也不通透，但是这次，她真的什么都豁得出去。

医院一整天都会很忙，这个时间大厅里就挤满了人了。

桑泱和柏舟商量好了，打了个电话给许颂意，告诉她不必再拖了。

然后将医保卡之类的看病必须的物品都给柏舟备上，她们等在电梯口。

方晟要去药房取药，她们在去药房最近的那条路等他。

桑泱见过方晟的照片，等了一会儿便在人群里将人认了出来，柏舟深吸了一口气，做好心理准备，跟了上去。

桑泱在不远处看着那边的动静。

她看到柏舟拿出手机，不由得便笑了一下，要小舟装出财大气粗的样子恐怕有点难。

但在这么短的时间里，能想出来的最直接的办法就是这个了。

失败了也不要紧，距离晚上的"死亡时间点"还有十一个小时，她们还有很多机会。

再不济，干脆在晚上八点时将那辆公交车拦下来，制造点动静，拖延上五六分钟，应该也能成功。

只是那样就太仓促了，万一不成功就真的来不及了，所以还是早点解决，早点安心。

她看到柏舟紧锁着眉头对着手机说着话，手机是拨了号的，拨的是她的号。

她们商量了一个金额，不能太高，高了浮夸，但又得对方晟有吸引力，便定在了一千元。

"啊？找不到人？怎么会找不到人？太仓促？那怎么办？必须有个人在现场维护秩序啊！"听筒里，柏舟已经尽力显出气势来了，可她的声音天生就是软软的，没什么财大气粗的感觉，倒误打误撞有几分真心实意的着急恼怒。

"这种，有力气，能站一天就行了，不用要求太高的，一千可以，一千应该有人来吧。"

柏舟的声音传过来，桑泱看到她站在方晟的身后，他们正在药房前排队。

方晟还没动静，桑泱听到柏舟说："一千，不能再多了，不然就超预算了。"

她的语气已经有些急了，因为队伍前面的人越来越少，下一个就轮到他了。桑泱也跟着着急，握着手机的手不自觉地用力。

"小舟，语速稍微慢一点。"她提醒道，"可以收尾了。"

再讲下去，就刻意了。

柏舟依言把语速放慢："你亲戚？你亲戚也……"

她的话音戛然而止，桑泱看到方晟回了头，听筒里传出方晟的声音，远远的，有一些模糊。

"你这边是什么工作，要找什么样的人？"

桑泱松了口气，她知道，成功了，车祸不会发生了。

但桑泱的乐观并没有持续得太久。

她突然想起上一个空间，在画室里，在她告诉她已经八点十五分时，小舟明显地放松下来。

那时的小舟大概就像她现在一样，觉得危险过去了，她们安全了。

桑泱集中了注意力，望着那边，只怕发生什么意外。

方晟开口询问，便说明他刚刚就一直支着耳朵在听，听到电话那头的人似乎提议让他的亲戚来接这份工作，他忍不住了。

方晟刚复检完，没什么大碍，只是多配了点药，他已经打算销假上班了，毕竟家里到处都需要花钱，压力很大，能不缺勤还是不要缺勤了。

这时却听到排在他身后的人在找短工。

他开始只是闲着无聊，随便听听打发时间，但很快就被吸引了。

这份短工的价格很吸引人，而且听起来也不是什么艰难的活计，更要紧的是，说话的人是一个很年轻的小姑娘，声音也绵软得很，语气里带着股焦急，生起气来也没什么气势。

现在的骗子太多了，方晟有些动心，但没急着开口，一直听到最后，才出声打断。

柏舟睁大了眼睛，露出被吓到的样子，没急着开口。窗口前取药的人走了，里边的人见方晟磨蹭着，便叫了声："后边的人，快一点。"

方晟连忙说："我来，你看我能不能应聘？"

柏舟和桑泱分析过，既然方晟会因为担心这是一个骗局而观望，而她面对这个突然冒出来的人，没道理立即就接纳，她的第一反应也应该是害怕与怀疑。

她迟疑不定地望着他，手机依然放在耳边，似乎被他这突然的插话吓到了。

方晟见此，即便还存有疑虑，也都打消了，他更担心这小姑娘会因为他是陌生人，而不给他机会，他迅速说道："我有力气，我当公交车司机的，精神专注度很高，你要找维持秩序的人，找我最好了，我很靠谱的，现在就可以跟你去，你聘用我吧。"

柏舟还是没有放松警惕，她迟疑了片刻，方晟都有些急了，她才说："那我得看看你的身份证。"

方晟略微刻板的面容放松了些，他连声说："好，没问题。"

窗口的人等得不耐烦了："你们有话到边上说，不要影响别人取药。"

后边队伍里的人也发出不满的抱怨。

方晟只得仓促地丢下句："你等我一下，我取药很快。"三两步跨到窗口前。

他一转身，柏舟脸上的迟疑谨慎便都消失了，她压低了声音对着手机说："成了。"

桑泱站在不远处，视线穿越人群，看到柏舟说话时，目光依旧警惕地盯着方晟的背影，防止他突然转身。

"好。"桑泱说，然后她便看到柏舟弯起眼睛笑了笑："我刚刚是不是超级厉害的？"

"是，小舟超级厉害。"桑泱笑着说道。

柏舟朝这边看了过来，她们视线对上，柏舟的笑意里添了几分轻松与羞涩。

停顿了片刻,她垂下手,通话没有挂断,便于桑泱通过对话与动静知晓进展。

柏舟换上了平静又带了点不确定的神色,等着方晟取完药,她也到窗口,用桑泱给她开到的取药单,取了一瓶眼药水,这是非处方药,普通药店也能买到。

方晟没仔细留意她取了什么药,主动把身份证递给了她,柏舟接过来,仔细地看了一遍,又将眼前这人和身份证上的一寸照对比,然后还给他,说:"那我先跟你说清楚,我们雇佣时长是一天,到晚上八点半,如果你中途离开,不会给你报酬的。"

方晟听到这里,犹豫了一下,柏舟认真地看着他:"你最好还是考虑清楚吧。"

"行。"他答应了。

柏舟的唇角微微翘了一下,很快便恢复了平静,道:"我现在带你过去,剩下的我们车上说。"

桑泱不和他们同行。

方晟来医院许多次,说不定碰见过桑泱,假若认出她是这里的医生,兴许会节外生枝。

桑泱用柏舟给她的号码和画展那边联系,请他们安排出一个岗位,这样等柏舟带着方晟到那边,也不会被戳穿,相当于柏舟确实雇用了方晟一整天的时间。

她们刚才的时间太仓促,只来得及大致分析了一下柏舟该怎么吸引方晟的注意,让他对她口中的工作产生兴趣,但没来得及讨论接下来该怎么办。

明明过去四个月桑泱都是一个人过的,在和柏舟重逢、共同待了几个小时后,此刻才分开行动了一会儿,桑泱便感到一阵不安。

桑泱深吸了口气,她们还没有完全安全,她现在肯定是不能回去上班的。桑泱走出医院,思索着接下来可能会发生的事。

她搭出租车到了柏舟的画展外，就近找了一家奶茶店。

柏舟给她发了消息。

"都安排好了，我还向场馆多借了两个保安悄悄盯住他。"

她安排得很妥当，桑泱想了好一会儿，也没想出有什么需要补充的。

她望向窗外，有几个女生走进那间建筑风格相当后现代主义的场馆里，她想起前两个时空，她都没有参加小舟的画展，这次她可以去看看。

她低头回复："我在场馆外的奶茶店里，有状况随时叫我。"

柏舟迅速回复："收到。"附带一个猫猫敬礼的表情包。

这个可爱的猫猫让桑泱揪得紧紧的心舒缓了下来。

她点了杯热奶茶，双手贴着杯壁，奶茶的温度透过纸杯传递到她手心。

桑泱等到将近中午，才走过去。

即便被方晟撞见，也只会当她是普通参观者。

画展是凭票入门的，桑泱自然有票，柏舟给了她很多张电子票，让她赠送给朋友同事。

走到门口时，桑泱将电子码放到自动扫码器前。

场馆的设计由柏舟和一名专门做场馆设计的朋友一起完成，风格十分鲜明。

里边参观的人很多，但格外安静，也有几幅画前有人在讨论，但都压低了声，注意着不影响到其他人。

桑泱走到里边，看到第一幅画，她便愣了一下，下意识地转头看了另外几幅，而后笑意便漫上了她的眼眸。

这几幅画，她都见过，其中一幅她还见证了创作出来的全过程。

柏舟创作的画太多了，她似乎有着永不枯竭的灵感，创作欲极强，

又喜欢拿给桑泱看。

所以，每看到一幅眼熟的画，桑泱都能想得起来，柏舟是在什么样的情况下将画拿给她看的。

桑泱一幅一幅地看，走到陈列主展品的展区，她看到那里是一幅尺寸格外大的画，是一幅她的肖像画。

柏舟偏向现实冰冷的风格在这幅画上显得梦幻而温柔，她的画笔犹如一道轻柔注视的视线，在与画上的人目光交汇，相视而笑。

柏舟正好看到桑泱，她眼睛一亮，缓缓地走过去，低声告诉她："方晟在另一个出口，我刚去看过。"

边上的人们即便保持着参观礼仪，没有发出动静，但看到柏舟，还是忍不住偷偷看她。

柏舟说完话，见桑泱依然在看这幅画。

这幅画的右下角有一个标签，写着画的名字。

《当年》。

她画的是十六岁的桑泱，确切地说是桑泱向她描述的十六岁。

画面的背景是一间普通的教室，画法上做了缩小与虚化处理，桑泱坐在第二排，柏舟画了一抹夕阳，照在桑泱白色蓝领的校服上，橙黄的光浓烈而温柔地在她衣服上晕染开来，她转头望来，神色宁静恬淡，似乎是看到了什么使她格外愉悦的事物，她的唇角微微弯起一些，将笑而未笑。

"是那天，带豌豆回家的那天，你还记得吗？我听你讲你十六岁时的样子，就画了它。"

柏舟向桑泱解释着，将她带到隔壁一个小休息室。

"没有给你看，是因为担心你觉得我傻，我准备找个时间送给你的。"虽然被桑泱觉得傻也不是一次两次了，似乎也没什么，但她还是有些不好意思。

桑泱听着她的解释，轻轻地点了点头，笑着说："我很喜欢。"

过了一会儿，策划人来休息室找柏舟，桑泱笑着拍了拍柏舟的肩，示意她快去忙。

外边传来说话的声音，听不真切，伴随着远去的脚步声，休息室里恢复了安静。

桑泱坐下来，缓缓地舒了口气，她微微低了头，过了片刻，又笑着摇了摇头。

柏舟一出去，就先去确定了方晟还在那里。

他换上了场馆提供的保安制服，站得相当直，不远处还有两个与他同样穿着的保安，看似在站岗，其实是在盯着他。

柏舟安下心，跟着策划人去见重要的客人。

仿佛是要和上午的心惊胆战形成对比，这一天接下来的时间都十分平静，直到闭馆，都没出任何意外，画展进行得极为顺利，比原先设想的成功得多。

方晟也老老实实地站在安排给他的岗位上，相当尽心尽力，没出任何纰漏。

闭馆之后，策划人和工作人员嚷嚷着要提前庆功。

庆功地点是早就定好的，也早就预定了的，柏舟前两天还向桑泱提过。

他们邀请柏舟与桑泱一起去，柏舟自然拒绝了，时间还早着，距离晚上八点半还有两个小时。

其实现在放方晟回去，他多半也不会去销假了，不过为了保险起见，柏舟还是没放他走，用场馆晚上也需要有人看着的理由，干脆和他一起站在外头。

方晟这一天看下来也知道这场画展的主人是谁了，没想到这个看上去年纪轻轻的小姑娘这么厉害。

他忍不住和柏舟搭话，柏舟也没有摆出高傲的姿态，认真听着，他问什么，她就答什么，将时间分分秒秒地耗过去。

说话的同时，柏舟摆弄着手机，不时看一眼时间，但她发现越是盯着时间，时间似乎流逝得越慢，便将手机塞进兜里，克制着自己不

去碰。

方晟的话还挺多的，对这样一个萍水相逢、以后多半也不会有交集的小姑娘，他把家里的困难、自己的病都抱怨了一遍，说着生活好难，只会折磨他们这样想要踏踏实实过日子的普通人。

深秋季节，一到夜里凉意就嗖嗖地朝着衣服里钻，冻得人打哆嗦。

方晟唉声叹气的，他被风吹得冰冷的面孔在夜色中更苍老两分，两鬓的白发在白色的灯光下愈加显眼。

柏舟心软了一下，想起桑泱说过，车祸的起因就是这个人疲劳驾驶，最后害得那么多人一起丧命。

她便劝道："是很辛苦，生活一点也不容易，但生命是最珍贵的，你身体又不好，要劳逸结合，不要疲劳驾驶。"

她认真说话的时候，那双纯粹干净到有几分天真的眼眸格外真诚。

方晟倒是笑了一下："我开的是公交车，命可不是我一个人的，我再穷也知道'责任'两个字怎么写，我怎么会疲劳驾驶？害人害己。"

柏舟愣了一下，她脑袋里有些混乱，稍稍冷静片刻，又问："你还要打别的工，晚上够睡吗？"

方晟以为她是因为听说他晚上打工才会劝他不要疲劳驾驶，连忙向她解释："我们是分早晚班的，我不用早起时才去做别的工作，比如昨晚，我就睡了起码七个小时，而且中午也有午休。你这个小姑娘忒操心了，你放心好了，我绝对为乘客的安全负责。"

柏舟彻底愣住了，是他在说谎骗人，还是他真的没有疲劳驾驶？

正当她犹疑不定时，方晟"哎"了一声："八点半了，能走了吗？"

柏舟回过神，点点头："可以。"

她将钱转给了他。

方晟确定了金额，长吁了口气："这工作舒服啊。"又说，"你有我的联系方式，下次要是还需要人也找我吧。"

柏舟哪里顾得上这些，她胡乱地答应，和他分道扬镳，走去了停车场。

04

桑泱在车里，柏舟一上车，便被车里温暖的气息包围，她打了个冷噤，不知是因为深秋寒冷的夜，还是方晟的话。

桑泱将一杯刚买的热可可递到柏舟手中。柏舟无意识地接过来，双手捧着。

热意源源不断地从手心蔓延开来，使得柏舟僵硬的身体也有了些许软化。

"泱泱！"她叫了一声。

桑泱已经发现她的脸色不对，关切地望着她："怎么了？"

"方晟说，他对乘客的安全负责，绝对不会疲劳驾驶。"

她将话一说出来，桑泱的神色也跟着凝滞。

她们面面相觑，想的都是既然他没有疲劳驾驶，那么那场车祸的源头是什么？

是他说谎了，还是另有隐情？

桑泱在找寻时光回溯的办法时，针对那场车祸做足了了解，新闻、视频，她看了不知多少次。"确实是公交车突然加速撞了别的车。"桑泱喃喃道，她看到路口的监控视频，不会有错的。

那么是方晟在说谎吗？柏舟不敢确定。

桑泱会怀疑车祸有问题，是因为第一个时空她的死亡和第二个时空柏舟的死都和这场车祸有着直接或间接的联系。

她把一个普通公民能查到的相关信息都查了，结果连源头都有可能是错的。

"要知道他说的是不是实话很容易，只要和他的同事旁敲侧击一下就知道了。"桑泱缓缓地道。

要确定方晟是不是说谎没什么难的，难的是，如果方晟没有撒谎，那么关于那场车祸的一切痕迹都因为时光回溯消失了，她们想查也没处查了。

桑泱与柏舟对视一眼，都发现了这个最棘手的问题。

她们没有再讨论，因为已经讨论不出有用的东西了。

回到家，豌豆几乎要把门都挠破了，它饿得嗷嗷叫。

柏舟拍拍它的脑袋，给它喂了吃的，然后望向桑泱："你先去洗澡吧，我带豌豆出去遛一会儿。"

柴犬是非常有主见非常叛逆的犬种，贴心时让人感动，拆家时毫不手软，得保证它有足够的运动量才行。

桑泱上了楼，她拿出手机，看了下同城新闻，没有车祸的消息。

从八点开始，她每隔几分钟就会注意一下新闻推送，生怕即便她们做到这样的地步，车祸还是发生。

如果是那样，恐怕只有命运不可更改这一个说法能解释了。

幸好没有，幸好她们成功了。

桑泱洗完澡，坐在沙发上回复一些白天没来得及回复的消息。

柏舟回来后问道："你还在担心吗？"

当然是会担心的，桑泱没有说话。

柏舟想了一会儿，才开口说道："不要担心了，我觉得我们已经很棒了，至少我们阻止了一场车祸，救了好多人的生命。"

她说得很对，桑泱一直揪得紧紧的心得以有片刻喘息。

但与此同时，她又发现了现在的柏舟和上一个时空的柏舟的差别。

经过三年死别的柏舟根本无暇去管车祸发不发生，她只想看好桑泱，只希望桑泱平安，至于其他人，也许她也考虑过，却也顾不上了。现在的柏舟不一样了。

柏舟的思维比较扩散，她突然问："你还记得今年什么时候下第一场雪吗？"

桑泱回忆了好一会儿，才从各种记忆点的联想里搜寻到答案："12月13日，还有将近半个月。"

"比往年要早哦。"柏舟思索道，她又问，"雪大吗？"

"积得很厚，过了两三天才化掉。"桑泱顺着她的话语回忆起来，

不过再怎么努力回想，对那场雪的记忆都仿佛浮光掠影。

"太好了，我想堆雪人，我们到时候带豌豆去空旷一些的地方玩吧。"柏舟瞬间来了兴致。

她一向都挺喜欢雪的，每回一下雪，都会跑出去玩很久，今年有了豌豆，大概更想出去玩了。

"还有一星期后，我们要去旅行的。"柏舟又说。

桑泱怔了一下，柏舟皱眉道："你是不是忘掉了？"

还真是忘了这件事，桑泱笑容无奈。

"那你现在不能忘了！我们计划了好久的。"柏舟抗议道。

桑泱笑着说："不会忘的。"

她们互道了晚安后回到了各自的房间，凌晨的寒意被阻挡在房子外。

没有车祸，没有救治，更没有那泛着森冷寒意的利刃。

也没有人伤亡，所有在那场车祸里丧生的人们都能够回家与家人团聚。

暗 流
第七章 · Undercurrent

那个女生死于车祸，而她在第一个时空也死于车祸，这是巧合吗？

桑泱浑身都僵硬起来，她仿佛摸到了一些黑暗的边缘，而那里只是边缘，却已散发出阴森可怖的气息，令人心底发寒。

01

桑泱睡了十分香甜的一觉，等她睁开眼睛，天亮透了，又是一个晴朗的秋日。

她们安全地度过了第一天，没有发生任何危险的事。

这是一件振奋人心的事，至少她们跨出了稳稳的第一步。

这天，柏舟去向方晟的同事们打听了，她问了好几个人，说法和方晟讲的没多大出入，同事们基本都觉得方晟是个认真负责的好人，虽然家庭比较拮据，但对工作却是一丝不苟，从不敷衍。

桑泱去了医院。

晚上回来时，她们两个一起去遛狗，在路上讨论着。

桑泱回忆了一番，她想起来，方晟疲劳驾驶这件事，不是从官方通告里发布的，而是在采访方晟的妻子时记者讲的，当时妻子并没有纠正，默认了记者的说法，并把方晟描述成工作劳碌，四处奔波，为家庭和子女艰辛得像一头从未停下来休息过的牛。

再然后就是那位当法医的同学。

她把这些告诉柏舟。

"会不会是记者采访稿准备得不严谨，而方晟的妻子想要引起公众同情，所以干脆就顺着记者讲了，就当都是生活所迫？否则肯定很多人骂他们家的，别的死者伤者也许还会向他们家要求赔偿。她这么说，既显得方晟可怜劳碌，又说明了他们家穷，赔不起钱，让有的人赶紧打消这样的念头。"柏舟这般分析着。

她说得有道理，也都讲得通，但究竟是不是这样，她们也无从印证。

至于那位同学，她们讨论了一会儿，觉得她讲的多半也是道听途说的小道消息，如果是确切信息，是验尸验出来的，警方在通告时没道理不讲。

和前者一样，这也只是一个得不到印证的猜测。

但不论怎么说，第二天也安全地度过了。

第三天，柏舟画展的最后一天，她去画展上待了一天，桑泱则照常上班，不过晚上加了一会儿班，到家时已经快十一点了。

柏舟困得躺在客厅的沙发上睡着了，她不知睡了多久，没有开灯，电视倒是开着，画面的光在黑暗中一闪一闪的。

今天有些降温，她身上盖了块毯子，毯子一半在她身上，一半垂到地上，豌豆钻到毯子底下，也和柏舟一样熟睡。

桑泱回来时，豌豆先醒来，它睁开眼睛，一骨碌地爬起来，朝着桑泱走过来，桑泱弯身摸了摸它，豌豆开心地露出"柴犬笑"。

然后柏舟也醒了，她坐起来，睡意蒙眬地揉了揉眼睛，桑泱让她快去房间睡。

第三天，她们也安全地度过了。

接下来是第四天，第五天，第六天，第七天，都没有发生任何意外。

生活恢复到平静的按部就班中，平静到甚至令人怀疑上一个时空发生的事是否是真实存在的。

但那幅画还在，它是从上个时空带来的，它的存在证明着一切都是真实的，而非臆想的虚无幻想。

柏舟拿着画研究了好几天，都没发现这画有什么玄机。

她问了桑泱，这幅画要怎么使用，桑泱回答了她，然后柏舟便发散了思维。

"它是让人回到 11 月 29 日固定的那一天吗？"

"现在看，是这样的。"桑泱回答。

"那你回来以后，上个时空还存在吗？"柏舟又问。

桑泱想了许久，才说出自己的推测："不在了吧，每次时光回溯都是回到最初的时间线上，原来那个时空自然也就消失了。"

柏舟听着，她点了点头，将画框拿在手里，又凝视了一会儿，脑海中突然冒出一个念头。

她望向桑泱："你是怎么确定，你看到的那个柏舟是时光回溯的起始？说不定在第一个时空里的你是从未来回去的，但就像我第一次回溯时光时隐瞒了这件事，那个你，也选择了隐瞒。我们现在所处的不是第三个时空，而是第 n 个。"

她这么一说，桑泱一阵毛骨悚然，她将画从柏舟手中取出，锁进了柜子里，然后望着她，道："不许你再看这幅画了。"

她看多了，想得也越来越多。

至于她刚刚提出的这个猜想，也是得不到印证的。

而这一整个星期，她们都安然无恙，连旅行也顺顺当当的，她们终于一起去了那家甜品店，也一起拍了许许多多的照片。

门一打开，豌豆就兴奋地冲了出来。

"你们回来了，豆豆听见声音就往门口跑了。"桑妈妈跟在豌豆身后迎出来，见柏舟手里拎着大包小包的东西，赶紧接过来，口中不停念叨着，"又买这么多东西，早说了家里什么都有，什么都不缺。"

豌豆热情地不断往桑泱身上扑，三人进了屋子，桑泱一边安抚豌豆，一边说："旅行时买的，都是些小东西。"

桑妈妈去把东西都放了起来，又把家里的吃的全搬出来，摆到两个孩子面前，不断招呼她们吃。

柏舟正在推豌豆的脑袋。

豌豆吐着舌头，亲亲热热地非要往她们身上蹭，仿佛几天不见，就有那么多的想念。

"豆豆可想你们了。"桑妈妈说道，"每天都在门边等着你们回来接它。"

她们去旅行，不好带着豌豆一起，只好把它送到了桑泱的父母家。

要不是看到了客厅地上那几个被啃得乱七八糟的玩具，还有豌豆身上明显胖了不少的肉，柏舟险些就信了。

"爸呢？又出去了？"桑泱和妈妈闲聊着。

"去老周家了，说是借什么书，晚上会回来的。你们吃完饭再走吧，我给你们做甲鱼汤，好好补补，我看小舟又瘦了。"桑妈妈很喜欢柏舟，每次柏舟来家里，总忍不住对她好好关心一番。

这次也不例外，她一边说，一边拉着柏舟的手左看右看，怎么看都觉得她瘦了。

柏舟一听，就皱起眉来，向桑妈妈轻轻地抱怨："我没有瘦，我胖了好多，肚子上都有小肚腩了。"

她一面说，一面隔着衣服捏了捏自己的肚子，向桑妈妈展示她所言非虚。

"哪有。"桑妈妈伸手捏了捏，只捏到衣服，更加不满了，加倍地唠叨起来，还提高声音，增强了不少气势。

柏舟被说得只好点头，到最后甚至动摇起来，等桑妈妈去准备晚饭时，悄悄地问桑泱："我真的瘦了吗？"

桑泱忍了笑，认真地点头："是啊，让你不好好吃饭。"

到了别的城市旅行，五花八门的食物就格外勾引食欲，这几天柏舟一路品尝各种小吃，就没碰过几顿正餐，瘦了也正常。

柏舟听桑泱也这么说，晚餐时当真多盛了一碗米饭。

等她们晚上回到家，柏舟长长地吁了口气，和同样兴奋的豌豆在家里玩闹起来。

桑泱去厨房把从父母家里带来的食物放起来，又把冰箱里放坏的食物处理了，里里外外收拾了一下。刚收拾完，就见柏舟和豌豆一起把客厅又弄乱了。

房子真是特别能体现人气的地方，只离开了几天，刚推开家门时，就有种冷清感，不过被柏舟和豌豆这么上蹿下跳地玩闹了一会儿，那点冷清顷刻间就被驱散得干干净净，仅一人一狗就营造出了沸反盈天的热闹来。

桑泱把地上的绳结玩具捡起来，将坏掉的扔进垃圾桶，好的放进纸盒里，然后又去了画室。

丢掉用空的颜料，再往颜料架上补上新的。检查了画纸够不够用，然后将地上乱丢的废稿都扔进垃圾桶里。

整理到那张墨绿色的沙发边时，她的动作停住了，神色有些恍惚起来。

豌豆跑上跑下地玩闹。

小舟也不再愁眉不展，会开心地笑，会一边嫌弃豌豆一边又和它欢腾地玩。

这些都一度使她产生一种错觉，那些发生在另一个时空的事只是一个可怕的噩梦。

尤其是出门旅行了一趟，回来后这种割裂感更加强烈。

明天开始，她要回去继续上班，小舟前几天接了一个大项目，也要投入到作画中去。

已经第十一天了，生活彻彻底底恢复了往日的模样，没有任何异常。

桑泱在墨绿色的沙发上坐下，轻轻抚摸扶手，柔软的布料在她手心滑过，她想起另一个时空的柏舟，在她生命的最后一个夜晚从紧张不安到放松微笑。

桑泱的手指缓缓收拢，心中渐渐漫上不安。

仿佛被什么在暗处紧紧盯着一般，不知什么时候，就会被突如其来的危险吞没。

她关上画室的门。豌豆趴在自己窝里睡觉，听到动静，抬头看了一眼，看到是她，又趴了回去，身后尾巴缓缓摇动了两下，算是打了招呼。

路过柏舟的房间，房门开着，里头灯光明亮。桑泱看到她已经洗漱完了，正坐在床上，看一本旅行时买的画集。

听到外面的脚步声，柏舟抬起头，看到她，笑了起来："进来呀，我们聊会儿天吧。"

桑泱本来想和她商量一下自己的担忧的，可看到她脸上的笑意，那股担忧便不由自主地被按到了心底，没有踪影的事，即使商量也商量不出什么结果来，何必让小舟跟着担心。

她走进去，坐到床边。柏舟把手里的画册往边上一丢，问："还有五天吗？"

她问得没头没尾，桑泱又心事重重，一时没反应过来："什么？"

"下雪。"

桑泱恍然："是啊，还有五天。"她抬头，看柏舟明亮的眼睛，温声说道："那天要上班，不能陪你玩雪，不过很快会下第二场，第二场下得更厚，到时候我们带豌豆去郊外玩，好不好？"

柏舟很喜欢雪，她们前阵子就商量过要怎么度过雪天了，但是此时听到桑泱的安排，她却未见得多欢喜，反而皱紧了眉："我会每天送你上班的，晚上也会去接你。"

桑泱怔了一下，柏舟轻轻叹了口气："要是能一直看住你就好了。"

桑泱明白过来，原来小舟和她一样，也在担忧未知的危险，只是她们都没有说出来而已。

柏舟说完后，她们又同时安静了下来，因为看住对方也没用，比如突如其来的车祸，比如毫无防备的"医闹"，都是预料之外的事，连防备都不知该从何防备。

最后还是桑泱先笑了，摸了摸她的头，说："睡觉吧，晚安。"

她在画室里想那些事的时候，其实有些孤独，因为那些事情，她亲身经历，但柏舟没有，所以，也许柏舟没法体会她的提心吊胆。

这时发觉原来她也时刻挂念着这件事，那种孤独感便荡然无存了。

不管怎么说，又安全地度过了一天。

之后每天柏舟都会接送桑泱上下班，晚上在医院的停车场接到桑泱时，她都会问有没有发生反常的事，得到的答案都是否定。她就会长长地松一口气，然后和桑泱一起回家。

桑泱发现了，柏舟很忧虑，但她大部分时间都在好好地生活工作，画室里弥漫着颜料的气味，画笔又丢得到处都是，她每天都会做好晚饭接桑泱回家。

晚饭往往非常丰盛，全都是精心准备的。

有时候她忙晚了，忘了做饭，接回桑泱后，桑泱还能看到她系着围裙在厨房里一边手忙脚乱地将食材放进锅里，一边还不忘扭头跟她道歉："我忙忘了，你先吃点别的垫垫肚子，这边很快就好了。"

晚饭后带着豌豆出门散步几乎是每天的保留活动，那是柏舟热情最高涨的时候，她会带上玩具，和豌豆在草坪上玩，有时也和桑泱坐在路边，看看天空中寥寥无几的星星。

她喜欢河流，喜欢山川，热爱星空，热爱清风与明月，仰望夜空时常常入迷。桑泱望向她专注的侧脸，产生了一种奇妙的感觉。

她觉得自己走在一条暗无天日的道路上，路上有许多陷阱，陷阱里是深不见底的深渊。陷阱也许就在她面前，又也许在很远的地方，她不知道什么时候就踏入陷阱摔得粉身碎骨，她本该感到害怕，但柏舟像一只小小的萤火虫，明明那样弱小，和她一样在黑暗里毫无办法，却努力地发出光芒，温暖她，替她照亮身前的路，毫不犹豫地跟随她，即便是有去无回的深渊，她都会毫无怨言地陪她去。

一只暖暖的手贴上了她的脸颊，柏舟不知什么时候不再看夜空了，而是专注地凝视她。

"你的脸好冷哦。"她轻声说道，把自己的围巾摘下来给桑泱围上，"下次我自己来遛豌豆就好了，你不要跟着出来了。"

围巾一摘下来，她的脖子就空落落的灌进了风，桑泱忙要还给她，柏舟把领子竖起来，拉链拉到顶端。

"后天就要下雪了，我在院子里堆一个雪人好不好？等你下班就能看到。"柏舟问道，她的语气轻快，充满了期待。

桑泱知道，柏舟是想在这样压抑的生活里，尽自己所能地让她能过得快乐点。

她点了点头，也跟着笑了笑："好。"

04

不过没等到下雪，一场聚会倒是先来了。

入了冬，医院也格外忙碌，到处都是得了流感的病人，姜苑被这样的氛围弄得要窒息，嚷嚷着再没有娱乐活动，她就要郁闷死了。

其他人也这么认为，于是一拍即合，第二天就临时组了顿聚餐。

他们聚餐的习惯是从大学就开始的。毕业后，大部分同学都留在了本市，于是每年都保持着一两次的频率，感情一直维系得不错。

地点还是定在医学院附近的一家酒楼，这么多年了，酒楼翻新过几次，菜品的味道却从没变过，实惠又好吃。

因为姜苑想看狗，桑泱和酒楼的老板沟通了下，确定允许带宠物，便给豌豆穿上了厚厚的衣服，围上围巾，打扮得漂漂亮亮的，带它一起去。

她们到的时候，其他人都到得差不多了。

包间里开了很足的暖气，大家都把帽子围巾摘了下来。

豌豆一进去，就受到了热烈的欢迎，它怕生，一见这阵仗有些无所适从地藏到了桑泱身后。

柏舟去把她们的围巾放起来，回来就看见姜苑蹲在地上，一边拍手逗豌豆过去，一边说："这小狗怎么又腼腆又胆小，害怕了就往你身后躲。"

其他人都笑了起来。

"上菜吧。"一个同学对进来的服务员比画了一下。

姜苑摸了豌豆两把，表示手感很好，她也考虑养只宠物，问柏舟养狗要注意些什么。

柏舟详细地跟她讲了要怎么喂食，怎么培养好的习惯，怎么训练一些简单的口令。周围的同学也有不少想养宠物的，都被她吸引，转头听她讲。

桑泱倒了两杯热水，一杯自己贴着手心，一杯放到她手边，和其他人一样，听她认真细致地讲述。

"太麻烦了，这得花多少工夫。"一个男生听得连连摇头。

另一个人也赞同他："哪有时间养那么细致，不如养猫好了，养猫就轻松得多了。"

"不不不，还是狗狗可爱。"

"猫可爱。"

讲着讲着，突然就变成了"猫可爱，还是狗可爱"的争论。

柏舟还在状况外，反应不过来的样子，不是在说要怎么养狗吗？

服务员送了凉菜进来，姜苑正在看菜单，招呼服务员到边上，添了几个菜，都是柏舟喜欢的，一起聚的次数多了，彼此的口味多少都了解，大家都会格外照顾柏舟一些。

养猫养狗的话题过去了，他们又聊起了别的，一个女生想起什么似的，眉飞色舞地隔着好几个人的距离喊柏舟："忘了说了，我有个朋友是你的粉丝，托我给你带话，你听好了。"

柏舟立刻看了过去。

她清了清嗓子，模仿出另一个女生的声音，一板一眼地说："画展办得太棒啦，每幅画都是我的心头好，舟舟要加油，期待下一场画展！"

柏舟眼睛一亮："你帮我谢谢她吧，需要的话，我可以给她签名。"

氛围一下子热烈了起来，好几个同学起哄，说以后不能叫小画家了，要叫大画家。他们都是善意的，毕竟柏舟的努力他们都看在眼里，现在她成功了，大家都很为她高兴。

"她肯定要，她还跟我抱怨，说第一天你去得太晚了，身边还带了个中年男人，她都没找到机会和你搭话，不过她拍到了你的照片，高兴了很久。"那个女生一边说，一边掏出手机，打开那张照片给柏舟看。

柏舟凑过去看，发现是从侧面偷拍的她，还拍到了站在她边上的方晟，应该是那天上午，她刚带着方晟走进去，还没找到人给方晟安排工作的时候。

柏舟叹息了一声，把手机还给她，故作深沉道："照片没有本人好看。"

其他人也起哄着要看，照片就被传阅了一圈，正聊得热火朝天时，包间的门又开了。

桑泱下意识地转了头，便看到周妍急匆匆地走了进来。

立即有人发现了她，嚷嚷着要罚酒："迟到的人要罚三杯！"

周妍脱下了围巾，坐到许颂意边上的那个空位上，也不多说，拿起酒杯爽快地喝了下去。

酒的度数不高，但她喝得很快，脸上很快便有了些许潮红。

喝完，她把酒杯往桌上一放，扶额抱怨了起来："一加完班我就赶过来了。可烦死我了，都加一礼拜班了。"

大家一听是加班，纷纷表示理解，也有八卦的，问她："怎么？又有案子了？"

周妍横了那人一眼："早上在环城河里发现了一具尸体，泡烂了，解剖的时候……"

她还没说完，就被众人打断了："好了好了，别说了，还要不要吃饭了。"

周妍笑着耸了耸肩。

桑泱从这个人进来开始，就有些失神。

柏舟想起桑泱告诉过她，上一个时空一个做法医的同学帮她鉴定出钉子上的物质是血，还告诉她方晟疲劳驾驶。

像是有一层无形的薄膜隔开她们和其他人的欢笑，两个人心情都低沉下来。

桑泱对柏舟笑了笑，示意她没事。

那边姜苑问："最近有没有什么有意思的案子？"

桌上的菜上得差不多了，热乎乎的，房间里暖气也足，不看窗外摇曳的树影，几乎感觉不到冬天的痕迹。

他们还叫了不少酒，酒量差的喝度数很低的清酒，酒量好的随意。清酒放在器皿里烫过，一杯喝下去浑身都暖融融的。

周妍思索了会儿："最近案子还挺多的，有意思的……"她沉吟了会儿，拍了下手，"有一个。"

所有人都看向她。

真实的案件本来就容易引起人的兴趣，何况还有一个有意思的前提。

"前几天有一个被拐卖的孩子被找到了，通知她姐姐来认亲，公安局里人很多，姐姐一眼就从人群里把她认出来了。"周妍绘声绘色地说。

姜苑兴致勃勃地追问："然后呢？"

"没有然后了，就这件事，很有意思。"

大家都发出嘘声："这有什么有意思的？把家里人认出来不是很正常的事吗？"

周妍轻轻地说："如果那个被拐卖的孩子丢失时才三岁，找回来时已经是二十三岁呢。"

刚刚还发出嘘声的人都静了下来，想象了一下三岁和二十三岁的差异，才发觉这件事果然还挺有意思的。

"这都能认出来，太神奇了。"有人感慨道。

"姐妹之间本来就和普通人不一样。"许颂意不以为意地说道，"血脉相连，哪怕二十年不见，人群里一眼认出来也没什么奇怪的。"

立马就有人接话："哦，对，我们家那边也有个类似的事……"

话题便又转到"亲人之间的血缘有多奇妙"上，柏舟和桑泱没有类似的感悟，但听大家头头是道地说起来，又觉得似乎是蛮有趣的。

周妍漫不经心地听着，她从一开始喝了三杯酒后就没吃什么东西，倒是又喝了几杯酒，许颂意坐在她边上，夹了些菜到她碗里。

"不要了，吃不下。"她摇摇头，示意许颂意别给她添菜了，然后她就看到了乖乖待在桑泱身边、睁大了眼睛听众人讲越来越离谱的血缘异事的柏舟。

"那个小孩。"周妍觉得她也挺有意思的，叫了她一声。

她因为工作忙，聚餐来得不多，和柏舟还不是特别熟悉。

柏舟听到有人叫她，就看了过来，见是这个法医，她下意识地生出防备。

法医笑了起来，不止她，其他注意到这一幕的人，脸上也都充满了笑意。

桑泱替她圆了场："她只是有点困了。"

她这样一说，柏舟确实感觉到了昏昏沉沉的困意，她喝了两杯清酒，又喝了刚刚上来的糯米酒，糯米酒甜甜的，很好喝，她一口气喝了好多，现在酒意上来了，她晕乎乎的。

桑泱给她盛了碗汤，放到她面前，让她喝点。柏舟坐端正了，端起碗慢慢地都喝下去，小声说："我真的好困，下次不喝那个糯米酒了。"

"过会儿回家直接睡觉。"桑泱也小声地说。

柏舟点点头，觉得这个主意很棒。

聚会结束，桌上杯盘狼藉。

有人去买单，有人叫代驾，各自戴上围巾，戴上帽子，准备离开。

大家一起走出包间，到大厅时，突然听见一声怒喝："没长眼睛啊？"

经过的人不免停下脚步朝那边望过去。

只见一个身材颇为魁梧的男人用力把一个大学生模样的男生推开，他边上还站了个女人，女人大着肚子，一手抵在后腰上，拉住了男人，说："算了算了，我没事。"

大学生也道歉了，男人还是不依不饶地揪着他的领子，骂骂咧咧地推了他好几把，才小心地搂着妻子离开。

只是一个小小的插曲。

桑泱却愣在了原地。

柏舟站在她身旁，直到他们走得没影了，才问："怎么了？你认识他们吗？"

桑泱的眼眸中仿佛有星辰坠落，她望向柏舟，喃喃道："是他……"

"谁？"柏舟脱口问道，话音刚落，她猛然意识到了那是谁，望着桑泱："是那个……"

"医闹"的人？

她没有说出来，桑泱却知道她想说什么，肯定了她的猜测："是他。"

那个在上个时空杀掉柏舟的人。

他们已经走出了大门，玻璃门氤氲着厚重的水汽，已经看不到他们的身影了。柏舟收回目光，淡淡地"哦"了一声，又说："他这么冲动，这么凶，确实挺容易跟人起冲突的。"

她们和其他人道别，回到自己车上。

遇到这个凶手，她们多少受了影响。

在多日没有任何异常的情况下，又碰上了这些相关的人，先是周妍，然后是医闹者。

像一个不祥的预兆。

05

第二天果然下雪了。

雪是从午后开始下的，开始是像面包糠一般细细碎碎地飘，渐渐地就下大了，纷纷扬扬地洒下来。

等柏舟发现的时候，院子里的草坪上已经铺上了一层薄薄的雪，像是落了一层柳絮般轻盈。

柏舟搁下画笔，开心地带着豌豆出去玩雪。

新降下的雪像薄薄的碎冰，捏在手里凉凉的，脆脆的。

豌豆狗生中第二次看到雪，不过它好像已经忘记上个冬天的事了，一头扎进雪里，兴奋地在雪中疯狂乱跑。

柏舟关了院子门，任由它在院子里撒欢。

她兴冲冲地用手团了两个小小的雪球，堆成了一个小雪人，然后喊了豌豆过来，她们仨拍了个合照，发给了桑泱。

桑泱刚做完一台手术，将病人送回病房，正叮嘱家属注意事项，就听到周围传来兴奋的惊呼。

"下雪了！"

叮嘱完家属，走出病房，桑泱看到窗外雪花漫天飞舞，又大又密集。

正想着今晚就能积一层厚厚的雪了，就收到了柏舟的微信。

桑泱笑了起来，沿着窗边走，找到一处好的视野，也给柏舟拍了张照片。

"拍得真棒！"柏舟回复得很迅速，"今天下雪，我们晚上吃火锅吧，食材冰箱里都有，只要熬个锅底就好了。"

桑泱回复："好啊。"

正想再说今天太冷了，不用来接她，肩膀就被人从背后拍了一下："桑医生！"

桑泱吓了一跳，忙回头，就看到了陆清。

她长长松一口气，笑着道："干吗呢，吓死人。"

陆清穿着厚厚的大衣，手上还戴着手套没摘下来，笑眯眯地往她手机上瞧："跟谁说话呢？那么投入。"

"少八卦啊。"桑泱没好气地说了句，也就没再急着和柏舟聊天。

她朝着办公室走去，陆清跟在她身旁。

桑泱职业病犯了，径直瞅了瞅他的气色，问："大雪天的来医院，怎么了？生病了？"

"不是我，是我朋友病了，我来探望，刚从病房出来，就看到了你。好久不见了。"陆清兴致不错，话音里始终带着笑意。

"明明前几个月才见过。"桑泱毫不在意地说，刚一说完，就发觉不对。

陆清奇怪地瞥了她一眼："前几个月哪有见过？"

桑泱笑了笑，改口道："我记错了。"

她搞混了，前几个月和柏舟一起回美院，在那个她们初见的小礼堂里遇见陆清是上个时空的事。

这个时空的陆清不会有这段记忆。

"我就说嘛。"陆清还是健谈得很，几年不见，一点也不见生疏，笑容挂在脸上，"晚上有没有空？一起吃饭？哦，还有柏舟，一起？"

他要是早来一两分钟，柏舟还没提议想在家吃火锅时，桑泱大概就同意了，但现在晚了，她毫不犹豫地拒绝："没空，改天再约。"

陆清被拒绝了，惆怅地叹了口气，脸上倒没什么挫败，仍是不怎么在意地笑着："行，改天就改天，我现在在美院教书，约饭挺方便的。"

他们拐到住院部，来来往往的人很多，既有医生护士，也有病人家属，过道里充满了医院特有的消毒水味。

一路上遇到不少和桑泱打招呼的同事，都好奇地看了看她身边的陆清。

桑泱嫌他碍事，直接赶人了："上班忙着呢，你没事快回家吧，过会儿积了雪，路上就不好走了。"

陆清知道她们当医生的工作时都忙得脚不沾地，也不是真的非得跟桑泱叙旧，不过是意外遇见了多年不见的老朋友，高兴地过来说几句话而已。

只是见桑泱这冷漠的样子，他还是忍不住抱怨道："老友重逢，你能不能热情点？"

"明明就在一个城市里，你要真惦记，哪里等得到今天？"桑泱没好气道。

陆清也没生气，毕竟认识许多年了，早就知道她冷淡的性子，突然想起什么，关心道："我记得你和柏舟老吵架，这两年好点了吗？"

桑泱愣了一下，才反应过来他口中所谓的"老吵架"是哪年哪月的事，她不禁笑了起来："你记性可真好，也就那一阵子的事，居然现在还……"

她说到这里突然打住，转过头看去，只见背后的过道里许多来来往往的人，有几个熟悉的面孔，但都在忙着手里的事，没有注意她这边。

陆清对她突然的举动疑惑了一下，顺着她的目光看过去，只见过道里一切如常，便问："怎么了？"

桑泱仍在转头看身后，她很小幅度地摇了摇头，低声说："没事。"

医院总是忙碌而混乱的，人流量大，患者一批又一批，来往的都是陌生人。桑泱赶走了陆清，才和柏舟说，过会儿积了雪，路上肯定拥堵，她自己打车回家，柏舟不用特意过来了。

柏舟不肯，非来不可。

"我早点出来就好了。"她坚持道，还给桑泱发了厨房的视频，她已经把做锅底的牛骨汤熬着了，砂锅里的清汤在沸腾，发出咕嘟咕嘟的声音。

"等我们到家就可以开饭了。"柏舟发过来的消息字里行间都带着欢快。

桑泱只好听她的，她面上也有了笑意，然而笑意还未展开，她又想起刚才跟陆清说话时，仿佛有被人从背后窥视的感觉。

可转头看去，偏偏什么异常都没发现。

桑泱越发凝重起来。

冬天天黑得早，刚到五点，就已经入了夜。

桑泱加了一个多小时班，直到快七点才换了衣服出来。

柏舟在停车场等半小时了，不过她显然不着急，还在电话里安慰桑泱："没关系，骨头汤多熬会儿会更香。"

"我怕你等得无聊。"她走出住院部的大楼，楼里灯火通明，外边却黑沉沉的。

雪还在下，但比白天时小了许多，草坪上、树木上都积了一层，脚踩在路上，雪碎的声音细微而清脆。

"我不无聊，我很会自己打发时间的。"柏舟的声音里带了些得意，让桑泱不用担心她。

桑泱不由得笑了笑，她朝着停车场走去，最多五分钟就能走到了。

突然，她停下了步子，下午的那种感觉又出现了。

她感觉到背后有人在盯着她，不知是雪天太冷，还是这种被人从暗处窥视的感觉过于使人毛骨悚然，她脊背发凉，猛地回头看去。

只见夜色中，身后空无一人，而不远处那栋她刚走出来的大楼一排排窗户里的光都显得惨白阴沉起来，不知哪一扇窗户后，有一双眼睛，躲在窗帘后，盯着她。

桑泱匆匆地走到停车场，柏舟已经把车开出来了。

她一上车，柏舟就看了她好几眼，关心地问："你怎么了？"

桑泱的神色很仓皇，她摇了摇头，朝柏舟笑了笑："没怎么。"

医院门口又堵车了，不过有人指挥交通，车辆有序地往前移动，并不会堵很久。

柏舟将保温杯往桑泱手里塞。

桑泱拧开来，小小地喝了一口，居然是姜茶。

柏舟熬姜茶是一绝，加了糖，但不齁，也不太辣，刚好是喝下去能让身体暖起来的程度。桑泱吹了吹，喝下好几口，让身体在滋生的温暖中放松下来。

"好点了吗？"柏舟双手握着方向盘。

桑泱转头看她，外边的路灯、车灯映入车里，柏舟清澈明亮的眼睛在光影里填满关切。

桑泱点头，想让柏舟别担心，就随口聊道："我下午遇见陆清了，他问我们现在好点没有，是不是还经常吵架。"

柏舟回忆了一下，才从记忆的某个犄角旮旯里翻出陆清这个人。

"他啊，画展的策划人跟我说过，说他现在回美院任教了，还说他那么爱热闹的性子，有成堆的学生叽叽喳喳围在身边，他应该挺高兴的。"

她们随车流缓缓地驶出医院，汇入到马路上的车辆中。

雪天路滑，大家都将车开得谨慎。

"你上次还问我他有没有可能得抑郁症。"

柏舟一听，便冥思苦想起来："哪次？我怎么没有印象了？"

桑泱一愣才发现，相同的错误她一天犯了两次。

"我记错了，是上个时空的事。"她歉意地解释道。

"哦。"柏舟说。

她突然有些不高兴，她和桑泱在一起后，所有的事都是互相倾诉、一起经历的，而现在，桑泱多出了一段记忆，那段记忆她没有。

可是她又知道，这不是桑泱的错，如果可以选择的话，桑泱也不想这样。

她调节自己的情绪，露出很感兴趣的表情，问道："那我为什么会问这个？"

桑泱回想了好一会儿，都没想出来柏舟为什么会突然问这个。

"那天你带我去美院，我们在小礼堂遇到他了，他在那里教书。然后出来时，你突然就问了这个。"

柏舟的注意力瞬间被带偏了："我们还回了美院，还去了小礼堂？"

"嗯。"

她一下子又不高兴了，低声嘟哝道："我都没跟你故地重游过。"

"是你，那个柏舟也是你。"桑泱忍不住笑道，之前提到上一个时空，柏舟都会自觉将那个柏舟归纳为自己，现在她心里却有了分歧。

她显然很不乐意，默不作声地专心开车。

桑泱却觉得很有趣，有心逗她，慢条斯理道："你不仅带我去了小礼堂……"她看到柏舟的耳朵竖起来了，声音里平添了几分笑意，"还带我去看了涂鸦墙。"

涂鸦墙？柏舟迅速地思索这三个字，然后，她便呆滞了，不知是羞还是恼，她的声音低了下来，嘟嘟哝哝地抱怨："她怎么什么都告诉你，我一点秘密都没有了。"

这是她为数不多的小秘密。

七年前，她在涂鸦墙上写过一行字。

如果七年后，我们仍是最好的朋友，我会回到这……

现在距离七年，还差几个月。

另一个时空的柏舟怎么那么毛毛躁躁的，一点也藏不住事儿。

她们到家了，柏舟将车靠着院门外停下。

回到家，牛骨汤的香味弥漫了整个屋子，厨房里开着文火，还咕嘟咕嘟地煨着汤。

柏舟把所有的食材都洗干净切好装盘了，只等接回桑泱，就能大快朵颐。

她们一起去换了轻便的衣服，然后将火锅与食材在餐桌上摆开，只有两个人，也摆出了热热闹闹的架势。

豌豆闻着香味高兴坏了，觉得这么香，怎么着都该有它一口吃的，早早地就跑到桑泱身边坐着，把尾巴摇出了虚影。

柏舟早给它准备好了清水煮的牛骨，没加调料，专门给它煮了一锅，放到了它的碗里，让它欢腾地啃。

桑泱把蔬菜、丸子、牛肉卷先下进了锅里，牛肉卷烫一烫就熟了，柏舟眼疾手快地捞起来。

"你当时怎么了？那句话你写得气势汹汹的，像是气坏了。"桑泱将芝麻酱分到两个碗里，其中一个递给柏舟。

时隔七年，许多细节桑泱都记不清了，柏舟却记得，毕竟她这温温吞吞的性子，活了二十来年，发脾气的次数屈指可数，难得一回，总是印象比较深刻的。

"那天，你放我鸽子，让我等了一下午，我还听到……"柏舟抿了抿唇，看了看桑泱，低声道，"有两个医学院的人在讨论我们，说不明白你为什么要跟小这么多的美术生走那么近，还说可能是你没接触过学美术的人，交朋友不就图新鲜，不说远的，一毕业大家就各奔东西了，所以你也就是敷衍我一阵子罢了。"

那两个人柏舟没在桑泱身边看到过，应该是别的年级或是别的系的人。

但柏舟一直没听桑泱说过这方面的困扰，她经常和桑泱的同学见面，也没人当着她的面嚼过舌头，直到那天，听到这样的窃窃私语。

她在那一瞬间很愤怒，又觉得无力，因为桑泱从来没有告诉过她，甚至连提都没提过，她根本不知道原来在桑泱身边的人眼中，她只是一个拖累，只是桑泱的一个消遣。

"然后你又迟到了那么长时间，来了以后，我问你为什么迟到，去干什么了，你也不肯告诉我，我一下子就生气了，丢下你就走了，一边走，一边又很难过，经过那面涂鸦墙，就随便写了一句。"

桑泱没想到是这样的，她语塞了好一会儿，才怔怔地问："你一直没有说过，你怎么没有把这些话告诉我？"

柏舟把煮熟的菜捞出来，一半放进桑泱的碟子里，一半留给自己。

"我生气啊，你不告诉我，我也不告诉你。你不想让我担心，那我也不想让你担心。"柏舟状似随意地说道："反正，我们的关系不会因为一些闲言碎语就被影响。"

这个一向软乎乎的人，还有气性这样大的时候。

自己偷偷地生闷气，偷偷地下决心。

火锅的热气弥漫开来，阻挡在她们中间。

愧疚在桑泱心中扩散，在那么长的时间里，她竟然完全没有发现这些事，她以为柏舟和她认识以来，一直是开开心心的，没有听过那些难听的闲言碎语。

桑泱很是抱歉："我怕你觉得有压力。"那些话不好听，并不是多一个人听，就能把伤害降低的。

"不说难道就不存在了吗？"柏舟皱眉道。

桑泱少见的理亏，低下了头，不敢看她，低声地道歉："对不起。"

热气氤氲，桑泱的面容有些模糊，柏舟一点也没生气，反而觉得她这样示弱的样子也好可爱。

"没关系。"她轻巧地说。

她们起初各自粉饰太平，粉饰到最后，不知不觉间就真的太平了。

柏舟觉得挺好的，不过说到这个，她又好奇起来："所以那天你做什么去了？"

都过去七年了，应该没什么不能说了吧。

桑泱回想了好一会儿，也没想起来，她摇了摇头："记不起来了。"

毕竟都这么久了，而且那段时间她和柏舟也时常发生矛盾口角，柏舟刚刚说的时候，她都没回忆起具体的情形。

"难怪陆清只记着我们老吵架呢。"桑泱拿着筷子，低头夹了一片牛肉。

突然，她的动作顿住了，刚刚怎么都想不起的那段记忆，因为这句话被点醒，她抬头看向柏舟："我那天……是和陆清在一起。"

柏舟没反应过来，迟缓了几秒才说："你和他这么熟吗？"

桑泱想起那件事就有些失神，她叹息了一声，说："那天以前我们只是点头之交，那天以后才熟起来的。那天，发生了一件很悲剧，但也很古怪的事。"

柏舟听到这里，不由自主地放下了筷子，专注地听她说下去。

毕竟是很久以前了，那天发生的许多事，桑泱都记不清了，但这件事实在太过匪夷所思，所以这件事本身的相关细节，桑泱都大致还有印象。

那天是他们某次实践活动的最后一天，中午就能返校，她和柏舟好几天不见，于是就约在了下午见面。

那天下了雨，地面是湿的，但雨不算大，她走出校门，沿着学校外面的那条路去美院。

走到十字路口时，她看到马路对面有个女生，拽着一个小男孩的手，在说什么。

那个女生看不出年纪，应该不到二十，穿得很邋遢，小男孩八九岁的样子，细皮嫩肉的，衣着精致干净，他显然很害怕，不断地后退，想把手缩回来，但女生抓得很紧，嘴巴飞快地说话，表情很凶。

他们都没打伞，小男孩的挣扎越来越剧烈，哭丧着脸，隐约能听到他在喊"放开"。

桑泱站在马路这边等绿灯，看着这情形，不自觉多留意了些，这两个人看衣着显然不像一家人。

那个女生越来越激动，她似乎很着急，说话的语速变快了，拉扯小男孩也越来越用力。

还没等绿灯亮，陆清从另一条路跑了过来，站在他们面前。

他声音洪亮，桑泱听到他在问："你们怎么回事啊？小孩你认识这个姐姐吗？"

"不认识！"小男孩见来了人有了靠山，声音也跟着变大了，还带着哭腔，"我不认识她，她跟我要钱，我没钱。"

这一听就知道怎么回事了，陆清立马拉住了那个女生的手臂，语气重了起来："小小年纪怎么不学好呢，我要送你去派出所！"

那女生猛烈挣扎起来，见挣扎不开，便没再做徒劳的努力，凶狠地瞪着陆清，话语也是恶狠狠的："要你管，你送我去了，他们也会马

上把我放出来！”

她这明知故犯还嚣张不学好的样子给陆清气笑了："看来是熟手了？派出所你常去啊，就知道马上能放出来？"

桑泱全部听到了，已经知道全过程。

她沿着斑马线走到对面，还没出声，陆清先看到了她，喊了她一声："桑泱，你来看看，这人敲诈勒索，怎么办？"

就桑泱一个人打着伞，雨也不大，她干脆收了，免得伞边撞到陆清。

正想说不然还是把她送到附近派出所看看，说不定还没成年，让警察通知家长领回去，就见那女生朝她看了过来。

她们目光对上，刚刚还嚣张自若的女生遽然色变，像是见到什么可怕的东西，神色极为惊恐，她再度挣扎起来，不知哪里来的力气，一把推开了陆清，从他手里挣脱出来，然后转身就跑。

"喂！"陆清惊恐的叫声破了音。

伴随着他的声音，响起的是剧烈的碰撞声，而后便是尖利的刹车声。

那个女生倒在了血泊里。

事情只发生在一瞬间，整个过程还不到一分钟，快得让人反应不过来发生了什么，桑泱只感觉这一幕既恐怖，又荒谬，使人如坠云雾。

"怎……怎么回事？"陆清喃喃道。

桑泱被他的话语惊醒，忙打了电话叫救护车。

柏舟听愣住了。

"当场死亡。"桑泱直到现在说起，也还是想不通这是为什么，"我和陆清还有那个小男孩跟去做了一下笔录，那个路口有监控，事情经过很清楚。那个小男孩说，这个女生上来就拽住他，让他把钱交出来，先软磨后威逼，他身上没钱，但女生不信，她说她想买身衣服。"

"那她的家人呢，也不知道她在那里干什么吗？"柏舟问。

"没有家人。"桑泱回答，"我后来去问过一次进展，警察告诉我，她身上没找到能证明身份的东西，之后也没有家长报警孩子失踪。这件事最后不了了之了。"

　　悬而未决的事总像是埋了一个不知道什么时候就会爆炸的地雷一般令人不安。

　　桑泱有点后悔说了这个，因为柏舟吃不下东西了，拧紧了眉思索着什么。

　　"想不出来的。"她叹息道。

　　柏舟抿了抿唇："如果是看到你就逃跑，那你们肯定有过交集。"

　　"但我真的没有印象。"桑泱那时也和柏舟有一样的想法，既然她那么怕她，怕到慌不择路，那之前她们必然有过接触，可任凭她想破了脑袋，都没有任何印象。

　　她就像一个突然不知从哪里冒出来的人，跟这世界毫无关联一般，警察都查不出她姓甚名谁，桑泱就更不可能探究出来了。

　　时间一久，她也渐渐忘了这件事。

　　这个女生带来的影响便画上了句号，之后再也没发生过类似的事，仿佛是一次性的鞭炮，惊天动地地响了一发，之后便归于沉寂。

　　柏舟兴冲冲熬了好久的牛骨汤终究还是浪费了。

　　她们没什么胃口。

　　整顿晚饭，只有豌豆是开心的，它啃完了自己的那份骨头，意犹未尽，还想要新的。

　　收拾完餐桌后，柏舟去了画室，她还有些工作没有完成，明天就要交稿的，晚上得加个班。

　　桑泱没打扰她，自己开了电视，随便选了个台播着。

　　她又想起那个女生，想究竟是怎么回事。

　　不过当时都想不明白的事，现在过去了七年，更是徒劳。

　　于是，她只花了几分钟去思索，便不再深想了。

　　外边的雪已经停了，客厅里很温暖，只有电视的声音在响。

　　桑泱看看屏幕上一明一暗的光，脑海中突然闪过一张倒在血泊中的脸，她打了个寒战，一种发自内心的阴冷从脊背蔓延开来，她莫名地想起今天在医院两次感觉到被人从暗处窥视的事，那种阴冷的寒意同现在一模一样，就像是被什么黏糊冰凉的东西粘在了皮肤上。

她突然意识到，那种窥视感是在陆清来找她时出现的。

七年前那起古怪的事件，也是在陆清在场时发生的。

这两者间会不会有什么联系？

她和柏舟一直在找异常，因为时光回溯太过离奇，也因为她们都只是普通人，平时生活里没得罪过谁，所以她们只觉得眼前仿佛蒙了一层灰蒙蒙的细纱一般扑朔迷离，却没想过这有没有可能是人为。

那个女生死于车祸，而她在第一个时空也死于车祸，这是巧合吗？

桑泱浑身都僵硬起来，她仿佛摸到了一些黑暗的边缘，而那里只是边缘，却已散发出阴森可怖的气息，令人心底发寒。

疑窦

第八章 · *Suspicion*

报复、线索、那个女生……柏舟呢喃着这几个词，在画室里缓缓踱着步。

桑泱在卧室里也还没睡着，跟柏舟一样，思索着那个查不出姓名的女生。

01

下午一两点的食堂，已经没有来就餐的人了，几个食堂阿姨在扫地拖地，排桌椅，相互间聊着天，声音不小。

桑泱坐在角落，她身上还穿着白大褂，修长的脖颈从后边看雪白而脆弱，有些出神地望着一个虚无的地方。

上个时空，她这段时间没有来医院，也没有遇到来探病的陆清，之后的时间里直至她找到时光回溯的办法，都没有出现过那种被人从身后窥视的感觉。

"什么事不能在电话里说？"背后传来陆清的声音，有些吊儿郎当的，又有着他一贯的笑意。

桑泱的思绪被打断，她抬起头，陆清走到了她面前，居高临下地看着她，唇角微微扬着："昨天还赶人呢，今天就主动找我了？"

桑泱指了下对面："先坐。"

陆清有些洁癖，看了看空着的椅子，确定干净，才坐下了，露出洗耳恭听的模样来。

桑泱看了看手表，她两点半还有一台手术，得抓紧时间。

"你这段时间……"她斟酌着词句，又换了个说法，扩展了时间范围，"你这几年，有没有遇到过什么危险的事？"

"危险的事？"陆清反问，桑泱看着他，神色认真，陆清被她的情绪感染，也跟着认真起来，细细回忆了一番，摇了摇头，"没有。"

桑泱难免失望，但也有心理准备。

"怎么了？"陆清疑惑地问道，又不禁笑了起来，"你昨晚发消息给我，问我今天来不来探病，约我在食堂见，就为了问我有没有遇到过危险。"

这件事桑泱也不知道从何说起。

时光回溯肯定是不能讲的，讲了陆清多半也不信，说不定还会引发别的麻烦。

她迟疑片刻，按照先前想好的说辞，问："你记不记得那起车祸，那个没有名字的女生？"

陆清的表情一片空白，摇了摇头："什么车祸？"

"七年前，在美院和医学院中间的那个十字路口，一个女生勒索小孩，被我们碰上了，然后女生就……"桑泱说到这里就打住了，因为陆清空白的神色渐渐沉郁下来，他点了下头，眉头紧紧地皱起。

"干什么突然提这件事？这事太吓人了，我一直都刻意地不去记，你要不说，我应该就彻底忘记了。"陆清的双唇抿得紧紧的，严肃低沉的表情难得地出现在他一贯轻快的面容上。

桑泱理解，因为她也是这么做的，刻意地忽视，刻意地遗忘。

食堂阿姨拿着拖把慢慢地拖了过来，她看到桑泱，张了张嘴，像是想打招呼，但看到陆清，又把嘴巴合上了，没打扰他们说话，只是笑着点点头。

桑泱的注意力被她打断了片刻，也点了点头，就听见陆清语带懊丧地说道："我真的不知道她为什么突然就跑了，我觉得跟我没关系，我就是看她欺负小朋友，我也不可能对她怎么样，最多就带她去派出所，可是她就这么……我又觉得我好像也要负责任，要是我没那么严厉……"

他有些语无伦次起来，讲着讲着，他就停下了，似乎是意识到说这些也没用，双肩塌了下去，低声问："怎么突然提这件事？"

"我最近遇到一起车祸，险些丧命，就想起了这件事。"桑泱将想好的说辞讲了出来。

陆清疑惑更深："难道你怀疑和七年前的车祸有关？"

桑泱点头："是。"

陆清思索了一会儿，颇觉匪夷所思地摇头："都七年了，而且我后来去过一趟警局，警察说查不出那个女生的身份，她身上没有带能证明她身份的东西，指纹和DNA也没在系统里录入过，那段时间也没有家庭、学校报警说丢了孩子，还挺玄乎的，现代社会竟然有查不出身份的人。"

说到后边，他的声音渐渐低了下去，像是自言自语。

如果不是真的遇到了，桑泱和他的看法多半一致，她没再抓着车祸这个话题，转而问道："你能不能把当年的细节跟我说一遍。"

"都这么久了……"陆清想说他可能记不清了，结果他脑海里那段被他刻意遗忘的记忆竟然清晰地冒了出来。

他深吸了口气，将脑海中那段记忆描述出来："我是想去你们学校找朋友玩，路上看到那个女生拽着人家小孩，那小孩都快哭了，我就想看看怎么回事……"

他缓缓往下讲，之后的事情和桑泱记忆中的完全吻合，于是也没得到什么有用的线索。

跟陆清在食堂门口分开，桑泱回了办公室。

分开时，陆清的情绪已经恢复了，面上依旧带着笑，轻轻叹息着："我算是明白了，你找我准没好事，下回我肯定不搭理你了。"

桑泱心里存着事，也让他这可怜的语气说得忍不住发笑，却还记得提醒他："如果有什么异常的事发生，记得第一时间通知我。"

02

回到科室，桑泱翻开病人的病历，平复自己的心情，为过会儿的手术做准备。

"桑医生。"从她边上经过的同事叫了她一声，瞅着她的脸庞，惊讶道，"你怎么回事？脸色这么难看？"

脸色难看吗？

桑泱的精神从昨晚开始一直紧绷着，听同事这么一说，疲惫才骤然间侵袭上来。

她揉了揉太阳穴，一边回答："昨晚没睡好。"一边起了身，给自己泡咖啡。

"晚上还是要好好休息的，昨天急诊那边就收了个猝死的，听说天天熬夜。"同事不由念叨起来，医生对这类事见多了，真实案例张口就来。

桑泱让他这一本正经的模样说得不由笑了："知道了。"

这台手术做了八个小时，幸好手术成功。

桑泱从手术室里出来，才发觉自己腿都站麻了，小腿不住地打战。

她走出手术室，发现除了等待的家属，柏舟也坐在一边，大概是在外边等得久了，就进来了。

桑泱看了她一眼，示意她稍候，便跟迎上来的家属仔细叮嘱了些注意事项。家属见手术成功，激动得热泪盈眶。病人是他们的小女儿，这次手术成功后，她就可以像正常人一样生活了。

他们拉着桑泱的手不住地道谢。

等家属离开，桑泱才走到柏舟身边，摘下口罩，长长地吁了口气，靠到她身上，低声说："好累。"

虽然说着累，但她的语气里却不见得有什么疲惫，反而透着轻松。

做成功了一台手术，她很高兴。

"我们去外边吃东西。"柏舟先去的科室，听同事说桑泱在手术室才过来的，知道她还没吃晚饭。

桑泱倒是不怎么饿，只是身体困乏。

"你交稿了吗？"她靠在柏舟的肩上问道。

"交了，稍微改改就行了。"柏舟回答。

她昨晚画了通宵，中午交稿后一下午都在家里补眠，不过现在还是觉得身体有些疲惫。她说完，突然眼睛一亮，兴致勃勃地提议："我们去那家拉面馆吧，我有点想念他家的叉烧了。"

柏舟说的那家拉面馆离医院不远，打烊也晚，她们到的时候，店里只剩了两桌客人。

挑了个靠窗的位置坐下，柏舟点了两碗面，特意跟服务员要求上得快一点。

等面时，柏舟随手在氤氲着白雾的玻璃窗上飞快地画了几笔，唰唰几下，豌豆的简笔画就出现在了窗子上。

一边画，她一边抱怨着："我以后再也不通宵赶稿了，白天补眠效果一点也不好，我睡了一下午，还是好累。"

"这话你讲了多少次了，哪次说到做到了？"桑泱一点也不意外听到她这样的抱怨，每次柏舟都是说归说，下次还是拖延到交稿期通宵赶稿。

柏舟心虚地笑了一下，辩解道："都怪他们催得急，我已经很抓紧了。"

外边的雪快化了，地上湿漉漉的，霓虹与路灯交织出彩色的光，行人、车辆川流不息。

拉面上得很快，不一会儿就热气腾腾地端了上来。

柏舟赶紧往里头加了醋，用大大的勺子舀了汤送到嘴边喝下，然后舒服地叹了口气："太好喝了。"

现在这样子像极了她们以往的生活。柏舟专心地画画，有时赶稿会通宵，然后一边抱怨着通宵好累却总也不改，她也将重心扑在工作上，每成功一台手术都会带来难以形容的成就感。

她们会在加班后的夜晚像现在这样吃一碗热乎乎的面，又或是在宁静的夜色里散散步。

很平常的生活，却又格外地令人满足。

桑泱有这样的感觉已经好几次了，生活似乎已经回归了平静，可那场多年前的车祸就不合时宜地再度浮现在了她的脑海中。

桑泱敛下眼眸，收敛起对过往平静生活的怀念。

"我中午见过陆清。"她挑起一筷子面，缓缓地说道。

柏舟对这个名字有些敏感，抬头看她："有事吗？他怎么又出现了。"

桑泱继续说道："我问他这几年有没有遇到过危险的事。"

柏舟神色严肃了起来："他怎么说？"

"他说没有。"

情理之中。柏舟没觉得意外，又问："你怀疑和七年前的那场车祸有关联？"

桑泱点了下头，条理清晰地把她的依据说了出来："我在第一个时空也死于车祸，这是不是太凑巧了？而且昨天遇到陆清时，我感觉到有人在暗处窥视我们。"

柏舟摆在桌上的双手不知不觉便握紧了，如果真是和七年前的事相关，一个阴谋隐藏了七年，她们被人在暗处窥探了七年，一种被冷血动物爬到身上的感觉油然而生，既冰凉，又令人恐惧忌惮。

桑泱停顿了一会儿，又说："还有一个原因，是我推测的。"

她抿了抿唇，将语气放缓，尽量镇静一些，说道："你记不记得，我昨天提过，你在第二个时空问我陆清有没有可能得抑郁症。"

当然记得，柏舟点头。

"那天你的情绪非常紧绷，什么都不想管，也不愿意分神，所有的注意力都凝聚在我身上，那种状态下，你不应该突然发散思维，猜测陆清会不会得抑郁症，除非……"

"除非他真的得了！"柏舟迅速地接话。

桑泱唇角有了些许笑意，赞同地颔首："我怀疑他在第一个时空得了抑郁症，并且非常严重，严重到许多人都知道。"

否则柏舟这样不爱交际、成天宅在家里的人，不会得知这件事。

"让你和那个女生一样遭受车祸，让陆清这样阳光乐观、乐于助人的人遭受抑郁症的折磨……"柏舟的眉头紧紧地锁起。

"这是报复。"她笃定地说道。

桑泱也是这么推测的。

二人一齐静默了下来，尤其是柏舟，还有种如坠云雾的不真实感。

她们只是普通人，生活在治安相当不错的城市里，"凶杀"之类的字眼虽然在网络上、影视剧里常见，但距离现实生活却很远，远得就像不是一个世界的事。

所以当桑泱告诉她前两个时空发生的事，她的重点落在了时光回溯上，即便担心再有异常发生，也只是担心时空的惯性。

哪怕是发现方晟疲劳驾驶的说法有问题，也只是如同隔了一层朦胧的纱一般隐约地猜测，而无法做出什么肯定的判断。

"所以，公交车发生车祸不是方晟疲劳驾驶，而是有人在背后操控。"柏舟艰难地再度开了口。

桑泱昨晚产生这些猜测时，也像柏舟一样感到荒诞，感到难以置信，又逐渐清晰地察觉这似乎是唯一的解释。

"如果这些推测成立。"她回答道。

柏舟肩膀一塌，很是迷茫，她低声道："会是谁？"

桌上的面还没怎么动过，但已失去了刚上桌时的诱人，柏舟已经顾不上它了，她魂不守舍地沉思着，勺子也放了下来。

桑泱有些后悔，她应该等柏舟填饱肚子再说的。

"先吃东西。"她提醒道。

柏舟听见了，机械地夹起长长的面，咀嚼吞咽，然后像是突然有了力量般，她望向桑泱："我们已经掌握了不少蛛丝马迹，能做出不少推断了。"

"首先就是，那个人必须要知道你会在那天晚上乘上那辆公交车。"柏舟迅速整理好了思路。

她已经恢复过来了，不再迷茫与害怕，而是斗志昂扬地积极应对。

她双眸明亮，嘴唇微微抿起，整个人显得十分坚韧，像豌豆一样，毛茸茸的，乐观勇敢。

桑泱也跟着笑了，氛围也稍稍轻松了些，不再像刚刚那样紧绷。

"第一个时空的事，你在第二个时空没有向我描述过，所以我不知道那一天发生了什么。"她补充一些情况，"不过，两次时光回溯，回溯到的都是29号早上，睁眼的那一瞬间是分割线，睁眼以后的发展被我们刻意干预，发生了变化，而睁眼之前的事是固定不变的。"

柏舟点头："我们可以根据29号早上睁眼之前的事情进行推测。"

"那么我为什么会在那个时间在那辆车上？"桑泱抛出问题。

她们要依据已发生的事实对那天的情况进行倒推。

柏舟拿出手机，搜索出那条公交车沿路停靠的站点，桑泱无疑是在医院门口的停靠点上车的，至于那个时间，她要么是因为加班，要么是有什么事耽搁了。

一站站看下来，柏舟被其中一个站点的名字吸引了。

她抬起头："我订了29号晚上的餐厅，想要画展结束后和你一起庆祝一下。"

餐厅是前一天晚上订的。

"但是，如果你加班不能来的话，我一个人就不会去那家餐厅了，我会去这里。"她指着手机屏幕上那个公交车站点给桑泱看，"这里附近有一家夜店，策划人他们订了一间包间，晚上庆功用的，我会和他们一起。"

那天晚上大致的轮廓就推测出来了。

柏舟原本和桑泱约定好，一起庆功，但桑泱因为医院有事去不了，于是柏舟就改和策划人他们一起，去了这家夜店，但桑泱的事情在八点左右就办完了，她想和柏舟会合，便在医院门口搭上了这辆公交车。

当然也可能有别的原因，但从目前掌握的信息来看，这是最可能的走向。

"这就需要那个人非常了解我的动态，知道我会去那个地方，最关键的是，他要把我出医院的时间掌控得刚好。"桑泱双眉紧锁，这条件已经可以说是严苛了，尤其是时间的掌控上，两班公交车之间的时间也就十分钟左右，他得让她正好赶上这一班，要计算得十分精准。

可惜她没有第一个时空的记忆，而这个家伙在第二个时空又瞒得死死的。桑泱淡淡地看了柏舟一眼。

柏舟正思索能够做到这些事的必要条件，发现桑泱看了她一眼，便有些迷惑地呆了一下，才说："我记得我跟你提过他们会去那家夜店，你告诉过别人吗？"

桑泱不假思索地回答："没有。"

她很少会把这些事情告诉别人，如果讲过，一定会留下印象。

既然没有告诉过别人，那又是怎么泄露出去的？难道是画展的工作人员？

柏舟凝神思索。

等到拉面店要打烊，服务员打扫卫生，她们才从店里出来。

柏舟思考得很入神，回忆准备画展那段时间的所见所闻。

画展规模不小，肯定不是说开就开的，前期有很多的准备工作，包括宣传，找了不少人在社交平台上转发。所以，知道她要开画展的人还挺多的。

想到宣传，柏舟突然有了思路，她翻出微博，找到了画展策划人的账号，点开往下翻，发现了一条发于 11 月中旬的状态，是那家夜店的照片，配的文字是——11 月 29 日约不约？

柏舟把这条微博给桑泱看。

发在微博上，谁都有可能看到，谁都有可能知道那天晚上柏舟有可能去那家夜店。

"不能用这条线索圈定范围了。"桑泱也有点失望，不过也不觉得意外，毕竟那个人做得这么隐蔽，不会那么容易就让人发现。

柏舟也是这么想的，收起手机，恨恨地将这个策划人抱怨了一通："什么破事都要发微博，他怎么这么闲。"

这就是迁怒了，柏舟自己也很爱发微博，多的时候一天能发好几条。

回家路上，柏舟也在不断地思考，像是自言自语，又像是和桑泱说话："那就只能从方晟，还有医院入手了。"

她思考得很投入，连躺到床上都沉浸在思绪里，没有一刻停止思索。

桑泱坐在旁边，柏舟转头看向她："我明天会去问问方晟，他那段时间有没有遇见过什么奇怪的事，以及他在 11 月 29 日去医院是临时决定，还是早就定下的。"

车祸的关键一定在方晟身上，那么他的经历就很关键。

从拉面馆里桑泱将自己的怀疑说出来到现在，她已经整理了所掌握的全部线索，找到了关键点。

桑泱也是这么想的，她迟疑了一下，还是将自己的想法说了出来："那个人很可能是医院的人。我明天把方晟的病情与去医院的频率向许颂意了解一下。"

能那么了解她的动态，一定是她身边的人，而且，第二个时空"医闹"发生在医院里，很可能是受到了某些挑唆和误导，所以才让"医闹"的凶手坚信桑泱是他老婆的主刀医生。

柏舟明白她的意思，微微地弯了下唇："好，明天晚上我们来对一对两边的说法有没有出入。"

如果没有出入，则需要再进一步调查，如果有出入，许颂意或方晟有大问题。

她们还算冷静地定下了明天的计划，便都陷入了沉默。

最后，柏舟深吸了口气，又缓缓吐出，按了按额角，说："要小心。"

那个人显然是冲着桑泱来的，车祸的对象是桑泱，"医闹"的对象也是桑泱，现在还搞不清楚他是谁，被这样一个恐怖的人在暗中盯着，柏舟很不安，她望向桑泱，重复了一遍："千万要小心。"

桑泱笑了笑，试图让她放松些，但她又知道在彻底真相大白前，她们谁都无法真正安下心。

第二天，她们分头行动。

将桑泱送到医院，柏舟就给方晟打了电话。

大概是上回的一千元给方晟留下了很不错的印象，他接电话很快，主动笑着打招呼：“小画家，又有什么好工作要给我吗？”

他这么积极又和善，让只是来问线索的柏舟有些不好意思，她问：“你有时间说点事吗？”

桑泱走进科室，值了夜班的同事正吃早饭，见她过来，咬着包子招呼道：“吃了吗？我买的早饭有点多。”

“吃过了。”桑泱笑着说，平时这样说完，多半就该做什么就去做什么了，但今天她心里长出了一个疙瘩，总觉得周围所有的人都有了嫌疑。

午饭之后，有一段休息的时间。

桑泱打算去找许颂意。

这个时空还没有发生什么惨烈的事，那个人还没来得及行凶。

她现在调查，很可能会打草惊蛇，但如果一直按兵不动，那就一直陷于被动。

她想得有些入神，走出电梯门，正要拐弯，突然一只手重重地按在了她的肩上。

桑泱颤了一下，站定了脚步，缓缓转头，姜苑站在她身后，目光平静地注视她的眼睛，唇边一抹淡淡的笑，问：“你去哪里？”

周围来来往往的许多人，她们两个站在路中间有些突兀，姜苑的手从桑泱肩上滑到她的胳膊，将她往边上带了几步。

“去找颂意。你怎么在这儿？吃饭了吗？”见是姜苑，桑泱平静下来。

姜苑的脸瞬间变得像咬了一个酸柠檬一样皱了起来，叹气道："有个特别担惊受怕的病人，总担心自己病情恶化，一有点异样就让我给他看看。我刚从他的病房回来，被他拖着问了大半个小时，跟他保证了八百次他恢复得很不错，他才放我出来。"

除了难以医治的疑难杂症，对医生来说最棘手的病人有两类：一类是完全不把医嘱放心上，自己的身体自己都不重视的；另一类就是这样一惊一乍，明明什么事都没有还啰啰唆唆的。一两次倒还好，次数多了，医生也会被唠叨得头疼。

桑泱理解，却无从宽慰，只能说："那你快去吃饭吧。"

姜苑更加泄气，有气无力地说了句："那我去了，希望还能赶上热乎的。"

桑泱笑了笑，正要走，脑海中突然冒出一个念头——会不会是她？

这个念头让她一惊，下意识地回头看了眼，姜苑已经拐进了电梯。

桑泱微微摇了摇头，只觉得要是这么怀疑下去，迟早有一天，她得疑心医院里的每一个人。

她不再胡乱猜测，走到许颂意的科室外。

这会儿没有病人，科室里就她一个，正对着电脑紧锁双眉，余光瞥见桑泱，她抬起头，露出笑容："来得正好，有个病人的状况相当棘手，你来帮忙看看，我已经建议请专家会诊了。"

桑泱下意识地以为她说的是方晟，走到电脑前才发现不是。

许颂意将电子病历里的各种图像指给桑泱看，口中说道："病人来了很多次了，住院也住过两回，我跟他明说了，情况不怎么乐观，问过他能不能把他的病历报告给其他医生看，他说行。"

涉及病情，桑泱也严肃起来，虽然有共通之处，但毕竟不是一个科室的，她只能看个大概。

大体扫了一遍，她语气凝重："恐怕不好治。"

许颂意似乎对这个结果早有预料，也没再讲什么，只是难掩遗憾地说："才 27 岁，风华正茂呢。"

医院里这样的悲剧几乎每天都在发生，桑泱还是感到很沉重，她建议道："尽快联系会诊吧，拖不了了。"

"嗯。"许颂意点了下头，望着屏幕的目光浮现怜悯和低落。

桑泱坐在一边，不动声色地看了看她，顺着这个话题说了下去："你记得方晟吗？那个公交车司机。"

许颂意将目光从电脑屏幕上移开，落到桑泱身上，眼睛里有几分茫然，过了几秒钟才"哦"了一声，说："记得，你还没告诉我上回让我把他拖住是想做什么。"

桑泱没有编造理由，而是望着许颂意，许颂意被她看了几秒，有些不自在起来，坐在椅子上动了动，问："怎么了？"

桑泱没有回答，如果是许颂意，她自然知道她要做什么，如果不是许颂意，那么也就无所谓解释。

她的目光暗淡了下来，让许颂意不由自主地往后靠，靠到椅背上。

"他每次来复诊的时间是固定的，还是不固定？"桑泱径直问道。

许颂意皱紧了眉："你问这个干什么？"但对上桑泱平静却又幽深的目光，她莫名觉得像是被巨大的压力压制着，她像是有些烦躁，飞快地说："固定的，每月复诊一次，他每次都是 29 号那天来。"

刚说完，她略略停顿了一下，便沉下了脸："你再这样不说原因地问我事情，我要生气了。"

桑泱一直在留意她的表情，留意她听到方晟的名字时是什么反应，听到她的问话时又是什么神色。

见她似乎真的要生气了，桑泱冷淡的目光里浮现了些许笑意，却不显得生硬，仿佛方才只是在思索一般，温声道："我妈杂志社想做一期关于父母的主题，方晟是她考虑的采访对象，知道他是我们医院的病人，就让我替她留意一下——候选人太多了，杂志社的人手不够，忙不过来。"

听到她的解释，许颂意紧绷的面容也缓了下来，她顿了一下，问："所以上次拖住他是为了问他相关的事情吗？"

桑泱说："上次只问了几句，我有事只能先走了，后面我妈那边也没提，这件事就搁置了下来，直到昨天晚上。"

她说完，突然想起上次的聚餐上，有个同学拿出了画展上拍到的柏舟的照片，那张照片把站在柏舟身边的方晟也拍进去了。

除了迟到的周妍，餐桌上的每个人都看过这张照片。

其他人可能留意不到方晟，但作为他的主治医师的许颂意一定会注意到他。

桑泱意识到自己话语中矛盾的地方，但她没急着找补，而是等着看许颂意的反应。

许颂意似乎全然没意识到桑泱话里前后矛盾的地方，随手拿起桌上的笔，一手捏着笔身，一手捏着笔盖开开合合地玩了起来。

"那你还想了解什么？"她自然地问道，脸上还有笑意，像是觉得这件事还挺有意思的。

桑泱没客气，又问："他在看病时会聊起自己的职业吗？"

"会，他还挺健谈的，有提过几次，大概是当司机很辛苦，一天到晚都坐着，还说过开的线路就经过医院门口，差不多这些吧，看得出来他工作很努力。"许颂意的语速有些缓慢，大概是一边回忆着一边说的。

桑泱没再问别的问题，跟她聊了些别的就出来了。

柏舟去了公交车终点站，和方晟在附近的早餐店坐了会儿，见她不是来雇他做事，只是问些问题，也没不乐意，几乎是有问必答。

她从早餐店出来后接了通电话，是昨天交的稿需要改一改，柏舟在外边，就问了能不能迟一天，那边很好说话，立刻答应了没问题。

她没有回家，而是按照导航提示，去了一个地方，是一家调查公司，也就是俗称的私家侦探调查所。

到晚上和桑泱碰头的时候，她们都看到了彼此脸上的疲惫。

晚餐是从简的，做了份炒饭，搭配小区门口买的烧鹅，那家烧鹅很不错，柏舟和桑泱都喜欢，不过现在她们都没什么心思品尝。

她们坐在餐桌边，柏舟将从方晟那里得到的信息说了一遍，桑泱也将她从许颂意口中得到的线索讲了出来。

双方说法是一致的。

"去医院的时间是固定的，也就给了凶手准备筹划的时间。"桑泱说道。

柏舟也这么觉得。

"我还发现，他们的排班表很容易弄到，就贴在终点站一间小办公室的墙上，方晟说，起始站也贴了一张。"柏舟讲了自己观察到的事。

也就是说，凶手完全能掌握方晟的车会在什么时候经过医院门口。

桑泱把照片的事告诉柏舟："她没有问为什么方晟会在画展出现，但也说不好是心虚，还是纯粹不想多事。"

"你怀疑她？"柏舟问道。

桑泱抿了下唇，显出了几分挣扎与迟疑，但最后还是点了头："她是在医院里和方晟接触得最多的人，也和我很亲近。"

她们做了很多年的同学，又当了很多年的同事，关系一直都很好。

"只是怀疑。"桑泱思索着补了一句。

柏舟自顾自地说："方晟去看病时也会和别的人接触，他很喜欢跟人聊自己的生活，也可能把一些消息透露给其他人了，听到的人，可能会把这些变成谈资再转述给更多的人。"

这些都是有可能的，目前她们所掌握的线索还有很多的不确定性。

她们面前的炒饭都没怎么动，一方面是不饿；另一方面也是没什么胃口。

"如果是许颂意，那么在那天早上我们让她帮忙拖住方晟时，就打

草惊蛇了，如果不是她，聚会那天那张照片说不定会让凶手警觉。"桑泱拿着勺子的手微微收紧，"现在有个很大的问题是，他还什么都没做，没有构成犯罪，我们报警也没什么用，而且他可能会选择潜伏，直到将来我们都放松警惕的时候，再犯事。"

可能性很大，毕竟都潜伏七年了。而她们也不可能一直这么警惕下去，总有放松的时候。

柏舟也发现这个问题了，她们几乎面临着毫无办法的困境，哪怕找出了那个人是谁，也拿他没办法，因为在这个时空，他还没有犯罪。

这么一想，好让人绝望，她们好像只能陷入被动境地。

"我都对公交车产生恐惧，我觉得我这辈子都不敢乘公交车了。"柏舟长长地叹了口气，显得很气馁，又忍不住嘀咕道，"他都忍了七年了，为什么突然动手，那段时间我们做什么刺激他了吗？"

除了画展，没别的事了，她们的生活向来都很规律，也很平静。

桑泱也答不上来。

"反正我们有那幅画，不然就拿着画回去……"然后呢？让那个潜伏在暗处的凶手按计划策划那起车祸？

一车的人命，如果真的这么做了，柏舟怀疑她这辈子都睡不好觉了。

她只能闭上嘴，产生了一种如同手脚都被束缚住的无力感。

最终她们谁都没将面前的炒饭吃完，桑泱收拾了碗筷，柏舟去客厅的空地跟豌豆漫不经心地玩了会儿丢球捡球的游戏。

等到她站起身准备去画室改稿时，她突然想起了一件事。

柏舟愣住了，呆立在原地。

桑泱正好从厨房出来，看到她惊骇的模样，正要问怎么了，便见柏舟将目光落在了她身上，艰难地说："可是第二个时空你没有上那辆车，车祸还是发生了。"

上一个时空，桑泱请假了，直到车祸发生后，才因为医院人手不够匆匆忙忙地赶回去加班。

她不在那辆车上，但车祸还是发生了。

她们都忽略了这一点。

柏舟提出来，桑泱不由自主地抬手扶了一下身旁的餐桌，她的目光沉了下去，越发觉得扑朔迷离。

"难道我们都猜错了？"她低声说道。

难道其实凶手并没有她们以为的那样了解桑泱的动态，他没发现桑泱那天没去医院？

又或者凶手早就布好了局，到了那天已经覆水难收，收不住手了？

还是所有的猜想都只是桑泱过于紧张，自己吓自己，跟七年前那起莫名的车祸没有关系，11 月 29 日的车祸，只是一场意外而已？

这些猜测瞬间浮现在两个人的脑海中，她们一个站在餐桌边，一个立在客厅正中，双腿如同灌了铅一般僵立在原地。

"还有一个可能。"柏舟缓慢地道。

她看着桑泱，桑泱从她骇然的目光里读懂了她的意思，接口说了下去："凶手比我们以为的还要漠视生命。"

没有将一条条人命放在心上，所以不惜制造一场特大车祸，只为将桑泱的死亡伪造成意外事故。

凶手认为那些生命都微不足道，所以即便知道了桑泱没有去医院，仍是按照计划任由车祸发生，觉得那些人是生是死都无所谓。

怎么会有这么冷酷恶毒的人，桑泱的脑海中闪过一张张脸，都是与她相处了很久的人，却没有一个在平时显露出这样的疯狂。

许颂意中午时还为一个二十七岁的年轻人惋惜。

姜苑即便觉得病人杞人忧天，还是耐心地劝慰了大半个小时。

还有其他同事，都在尽着医生该尽的职责，治病救人。

"我今天去了一家调查公司。"柏舟打破了寂静。

桑泱眼中还残余着难以置信，但望向柏舟时，她的目光下意识地柔和下来："调查公司？"

"嗯。"柏舟重新坐了下来，豌豆没有察觉氛围的凝重，以为她还想再陪它玩一会儿，迅速兴奋了起来，将小球叼到柏舟身前，摇起了尾巴。

柏舟捡起球，没有扔，只是拿在手里："没有具体的调查对象，又是还没发生的事，要调查非常困难。尤其是这件事的源头非常模糊。"

这件事的源头是七年前的车祸，是那个看到桑泱莫名惊恐逃跑的女生，没名没姓。

豌豆聚精会神地盯着柏舟手里的球，等了好久也没见她扔出去，发现了她的敷衍，失望地趴了下来。

桑泱回忆了好一会儿，缓缓道："没有查出来她的身份，但警察通过监控调查了她那几天的生活轨迹，发现她在那天之前，还在那条路上徘徊过几次。"

柏舟侧身看着她，眼含期待。

桑泱摇了摇头："再多就没有了，那时候监控还没有像现在这么普及，有些地方是死角。"

"她可能认识你。"柏舟道。

桑泱也是这么认为的，她认识她，或者知道她的某些事，所以才会一看到她，就害怕地逃跑。

可是柏舟怎么想都想不出桑泱有什么值得害怕的，她很清楚桑泱没有做过能把人吓得这样魂飞魄散的事。

于是她又提出一个可能："有没有可能存在认错了人的情况？"

把桑泱错认成了另一个人，而那个人做了让这个女生畏惧的事。

桑泱没有头绪。

她们现在只能提出各种可能的猜测，却没有证据证实任何一种。

柏舟又要连夜改稿，幸好要求改动的地方不多，所以还算轻松。

画展顺利举行后，柏舟的身价明显提高，具体表现在约稿的价格，对待她越发客气的态度，以及最近的几次约稿，很少有要求她进行修改的。

如果没有这件事，柏舟大概会非常开心，多半还会很得意。

然而现在她半点都高兴不起来，只觉得心情灰暗得很，甚至不知道什么时候才能光明起来。

改完最后两笔，发过去以后，柏舟伸了个懒腰，瞥了眼墙上的挂钟，已经凌晨两点了。

她没急着去睡觉，而是站起来活动了一下关节，回忆调查公司老板说的话。

"杀人动机常见的只有四种，第一是纠葛杀人，情感上的纠葛，友情爱情亲情的情况都有；第二是报复杀人，也就是所谓的仇杀；第三是激情杀人；第四是无目的杀人。"

"根据你描述的情况来看，这显然是报复杀人，着手点是那个女生，她为什么在那里，勒索钱财的目的是什么，为什么一看到 A 出现就害怕得逃跑。"

柏舟在和他描述时，省去了时光回溯，用 A 代称桑泱。

他接着说："弄清楚这三个问题，事情也就明白了，而问题就在于，你连女生的身份都不知道，也不知道她的生平，她的性格，又是隔了七年那么久，这要怎么查？查不了。"

她问："不能从现在的情况入手？"

"现在的情况更加模糊，连个怀疑对象都没有，前几天有位女士觉得老公出轨了，但不知道对象是谁，她也没有怀疑对象，但我们至少可以查她老公。而相对的，你的案子里我们没法查 A，出轨这件事至少已经发生了，而 A 却还好端端的，没出任何事。没发生的事，也就没留下犯罪线索，没有线索那就什么都没有。"

报复、线索、那个女生……柏舟呢喃着这几个词，在画室里缓缓踱着步。

桑泱在卧室里也还没睡着，跟柏舟一样，思索着那个查不出姓名的女生。

05

　　大概是快要到年末了，医院里的氛围既忙碌，又兴奋，有些同事已经开始讨论元旦假期怎么安排了。

　　桑泱心思不在这上头，也就没参与他们的讨论。

　　"桑泱，你今年生日要怎么过？"忽然有人问了一句。

　　桑泱正在写一篇评职称用的论文，闻言愣了一下，才意识到生日快到了，她笑了笑，随口道："每年都一样，没什么好过的。"

　　话题很快就转移到了其他事情上。

　　有人的手机响了，桑泱继续在键盘上打字，没有在意。

　　"什么？"一声突然拔高的声音，显得极为突兀尖锐，其他人说话的声音都停了下来。

　　桑泱下意识地抬头，就看到姜苑拿着手机急匆匆地走出去，她双眉紧锁，脸色很凝重。

　　周围骤然一静，有人嘀嘀咕咕地问："怎么了？出什么事了？"

　　其他人都摇了摇头，突如其来的，谁也不知道怎么了。

　　桑泱看了眼门口，姜苑走得很匆忙，或者说是慌忙。

　　怎么回事？她敛下目光，又不由自主地回忆上个时空，有没有这么一出。

　　似乎是没有的，但也说不准，上个时空的这个时间她虽然已经返回岗位，但很少关心周围的事。

　　"要是工作上的事，过会儿我们就能知道了。"有人笑着说道，得到了其他人的应和。

　　中午时间很快过去，聚在一起的人散了，都去做事了。

　　论文提交的截止日期就在今晚，桑泱抓紧修改，改完最后一段，办公室里只剩下了她和文娜。

　　她站起身，文娜恰好抬头，视线对上了。文娜冲她笑着点了点头，接着拿笔在纸上快速地写着什么。

十分专注的样子。

桑泱收回目光，走出办公室时，想到这次的职称评选，如果评上了，明年下半年会有一次出国深造的机会。

文娜本来是众人眼中最有可能被选上的人，只是 10 月份公布候选人的时候，桑泱的名字出乎所有人意料地出现在了候选名单上，之后有风声说，桑泱当选的概率更大。

大家觉得很惊讶，但细想又有种意料之中的感觉。她的工作能力确实很出色，是那种能让人一眼就看到的出众，之前大家觉得惊讶，不过是因为工作年限罢了。

不过上个时空，桑泱放弃了评选机会，最后选上的是文娜。

这次桑泱想努力一下，虽然还有很多危险藏在暗处，但生活不会因为这些就停下。

忙了一下午，桑泱走到过道的窗边，想要休息片刻时，看到楼下姜苑和一个中年女性在说话。

可能是病人。桑泱想着，正要走开，突然发觉不对。

因为楼层不高，桑泱看得还算清楚。

姜苑神色不耐，飞快地说着话，对面的中年女性间或地开一次口，容色愁苦。

不知对方说了什么，姜苑的表情缓和了下来，她看了看面前的人，拍了拍她的肩，而后又说了几句话，二人就分开了。

桑泱看着中年女性朝医院正门的方向走去，不由深入细想。这个人是谁？发生什么事了？姜苑为什么会有这样的表情？

要是以前，她多半会当作没有看到，现在她却多疑起来。

身后就是电梯，不出意外姜苑会搭乘这架电梯上楼。

桑泱等了片刻，身后传来电梯门开的声音，姜苑从里头走了出来，她面色低沉，低头思索着什么，直到走出电梯，才抬头看到了桑泱。

"泱泱。"她笑了笑，抬手将脸侧垂下的一缕头发撩到耳后。

桑泱关切地问道："那个阿姨怎么了？"

　　姜苑一手揣进白大褂的口袋里，笑着说："是我妈，家里出了点事，没什么大问题，我妈就是爱操心。"

　　桑泱便笑了，走到她边上，和她一起朝过道的另一端走去。

　　"人上了年纪是这样的，就爱多想，耐心点就好了。"

　　姜苑"嗯"了一声，走到一间病房前，她停了下来："我要查房，你先走吧。"

　　桑泱再次看了看她的神色，没说什么，依言离开了。

　　她有个会议要开，回科室拿了记录本就朝会议室走去，路上却越想越觉得事情不对劲，按照刚才她们的反应看，姜苑和她妈妈都不自然。

　　姜苑开始咄咄逼人，她妈妈则要弱势很多，之后姜苑的态度缓和下来，存了几分无可奈何的意味。

　　不像是出了点小事的态度。

　　最重要的是，姜苑不是这样没有耐心的人，除了和小舟拌嘴，她对谁都很友善。

　　她想着想着，就到了会议室，走到自己的位置坐下，会议主持扫了眼全场，开始讲话。

　　桑泱没法集中注意力，她觉得自己多疑得过分，姜苑跟她认识了这么久，一直都相处得很好，是她最好的朋友了。

　　可她现在却忍不住怀疑她。

　　桑泱抬手按了按额角。

　　她明白，只要凶手没有找到，她对身边人的疑心就永远不会打消。

　　她取出手机，给柏舟发了条消息。

　　"让那家调查公司查一查姜苑家里今天发生了什么。"

　　柏舟秒回："好。"

　　她回完桑泱，迅速与调查公司联系，支付了定金。

　　"这个容易，最迟两天就能给你调查报告。"对方语气轻快。

　　柏舟将桑泱吩咐的事安排好，才问桑泱发生了什么事。

　　桑泱简短回复：晚上再告诉你。

回完这一句，她将手机收了起来，专注在会议上。

等到散会后回了办公室，桑泱坐到电脑前，想把会议内容整理成电子版时，她突然发觉不对劲，论文那个文档的位置移动了。

桑泱的心骤然一提，她看了看四周，办公室里只有她和另一个同事。

她沉下心，查看了论文的编辑记录，发现有人动过她的论文。

兴许是这阵子离奇的状况经历多了，桑泱没怎么慌，甚至感觉到一种说不上来的戏剧感。

从前相处得不错的人，似乎在某个时间点发生了突变，一下子就有了各种不能示人的秘密和恶毒的心思。

她看了编辑记录，文档最后一次被修改的时候，她在开会。

然后她又将整篇论文从头到尾浏览了一遍，发现中间删了一大段。

删掉这一大段，全文逻辑不通，核心缺乏，这篇论文也就失去了竞争力。

桑泱不觉得生气，也不觉得可怕，只有一种十分微妙的感觉。

这件事，做得太刻意，太留痕迹了。

首先，修改文档会留下编辑记录。如果她在提交之前，检查一遍全文，就会发现中间少了一段，然后就能通过编辑记录发现最后的修改时间。

走廊上是有监控的，而那个时间点留在办公室里的人很少，要弄明白是谁，只要她去查监控，就会有答案。

其次，修改论文的人像是生怕她发现不了一样，特意移动了文档放在桌面上的位置。

从表面上看，唯一的嫌疑人是文娜，因为她们有直接的竞争关系。

可如果，不是文娜呢？

那会是谁？

如果不是文娜，那这个人做这件事的目的是什么？

事情似乎越来越复杂了。

但桑泱却觉得一切都在逐渐地清晰明了。

那个人急了，才会将这潭水越搅越浑，才会把不相干的人拖进来。

这时，姜苑从外边进来，见桑泱出神地望着屏幕，伸手拍了她一下。

桑泱回神，抬头看她，见她不再是刚才那会儿心事重重的状态了，慢悠悠地笑着，一副清闲的模样。

"怎么了？"姜苑问道，"有心事？"

她说着，露出关切的神色来，好好地端详了桑泱一番："我发现了，你这阵子都像有什么心事，还有些神神秘秘的。"

"哪儿来的神秘。"桑泱笑了一下，可笑意却没有到眼睛里。

"姜苑。"她唤了一声。

今天难得清闲，姜苑站了一下午，也有些累，伸手将边上的椅子拖了过来，面上一本正经地道："嗯，我在呢，您指示。"

桑泱望着她好一会儿，一言不发，姜苑被她看了许久，倒没什么不自在，忍不住笑了起来，拍了下她的胳膊："到底怎么了？别装神弄鬼的。"

她的神色动作都和往常一样。

桑泱却有种预感，事情很快就能分明了，她希望不要是她身边的任何一人，但又明白这种希望微乎其微。

"没什么，只是想起来，我们很长时间没有聊聊天了。"

姜苑也流露出些微怅惘："哪有空——还是上学的时候最好了。"

她们随意地说了两句后就来了个护士找姜苑。对话被打断，姜苑早已习惯了的样子，说了句："我们回头找个时间吃顿饭。"

真 相
第 九 章 · *Truth*

　　桑泱不害怕接下来会发生的事，但她担心柏舟找不到她会着急，她要多久才能知道她遇害的消息？

01

　　调查公司那边连续两天没有动静。

　　按理说这事是才发生的，调查起来应该不难。

　　到了周五晚上，柏舟按捺不住打了个电话催促。

　　老板一接起来，就笑了："刚好，我正想找你，都查清楚了。"

　　柏舟盘腿坐在深深的椅子里，把手机开了免提，放在膝盖上，不太走心地恭维了一句："老板效率真高。"

　　桑泱就在她边上，唇边露出淡淡的笑意。

　　老板也不知道有没有听出柏舟的明褒暗贬，乐呵呵地说道："这事挺容易的，当天就给你弄明白了。不过想到你上次让我查的那件事，我发现可能有些关联，就把这件事挖得深了些。"

　　柏舟立即坐直了，看了桑泱一眼，桑泱也端正了容色。

　　老板在那头继续道："这事儿还真有意思。上次我跟你怎么说来着，着手点是七年前死在车祸里的那个女生，她为什么在那里，勒索钱财的目的是什么，为什么一看到 A 出现就害怕逃跑。而这三问题只要弄明白她是谁，就都好办了。"

桑泱隐隐感觉到了什么，她咬了一下下唇，脸色瞬间苍白起来，柏舟轻轻拍着她的后背，担忧地望着她，口中则不忘给老板递话："那个女生的身份有眉目了？"

老板笑了一声，可能是信号波动，他的笑声有些不清晰，声音也略微悠远起来。

"也不能说是眉目，但确实巧得很。姜苑有个妹妹，二十年前走丢了。"

桑泱蓦然合上了眼。

老板没有急着往下讲，体贴地给了她们反应的时间。

上回柏舟跟他讲述这些事时，他还怀疑过这人不是有被害妄想症，就是闲得慌，拿他当消遣的。

七年前的事，忍到七年后才报复不奇怪，奇怪的是，分明什么事都没发生，甚至连预兆端倪都说不出来。

谁知这才没两天，就有了这样的后续。

柏舟的手停留在桑泱的肩上，揽着她，桑泱摇了摇头，示意自己没事，问道："走丢的妹妹多大？"

老板听到另一名女子的声音也没惊讶，顺理成章地猜出这应该就是那位 A 了。

"今年若尚在世，二十四实岁，往前推七年，正好是你当年见到的那个年纪。"

对上了，如果说是巧合，这巧合未免也太巧了。

桑泱的声音逐渐冷静下来，接着问："那么前天，她妈妈是听到什么消息了吗？"

"对，她妈妈听说城西出现了一个和姜苑很像的女孩，着急得很，连忙赶去看了，当然，结果是一场空。"

"她从哪里听说的？"

"一个微信群里。一些丢了孩子的家庭在找孩子的过程中一来二去就认识了，认识以后就拉了个群，一方面在上头发布孩子的相貌特征，找自己家孩子时顺道可以留意别人家的，另一方面，也是在痛苦的时候，互相安慰互相打气。"

老板停顿了一下，像是吃到什么美味佳肴一般津津有味地说道："这案子太有意思了，我把情况再往深了挖，调查了一下姜苑对这个妹妹的态度。"

"讳莫如深。"桑泱冷静地说道，姜苑从来没有提过这个走丢的妹妹。

"是，她很少提到妹妹，我猜测原因跟她父母长期都没放弃寻找、忽略了她的成长有关——但这并不代表她不喜欢妹妹，我调查过她家原来居住的小区，那是一个旧小区，住了不少老人，都对姜家还有印象，提起姜苑的妹妹十分惋惜，还有三个人提到，姜苑很疼她妹妹，一放学回家就带着妹妹玩。"

如果只是和父母关系生疏，和妹妹感情深厚，那么因为车祸的事迁怒到桑泱身上，且日复一日，恨意逐渐累积，最后只需要一根导火索，便施展报复，也就说得通了。

老板的语气里增添了几分兴奋："我还调查了她和她妈妈前天的通话时间和她出现在城西的时间，中间相差不到一个小时。"

从医院去城西，道路通畅，少遇几个红灯，也得一个小时左右。

也就是说，姜苑一接到她妈妈的电话，马上就赶过去了，可以说没半点耽搁。

"她知道妹妹在七年前就没了，但是，为了防止父母伤心，或者别的一些理由，没有告诉父母。她接到妈妈的电话，很惊讶，于是马不停蹄地赶去一看究竟。"

桑泱回忆起那天姜苑接到电话时，确实很惊讶，也的确是立即就离开了。

老板把查到的线索连带着自己的推论都讲了一遍，并把调查报告发到了柏舟留的邮箱里。

"这案子我很有兴趣，如果后续还需要调查，请你们还来找我，我给你们打八折，而且，我和警察那边有些关系，如果情况不对，我还能帮你们及时报警。"

他一改那天不耐烦的态度，话语间颇为殷勤，倒让柏舟哭笑不得，给他打了尾款，就先挂了电话。

没了这位调查公司老板兴奋聒噪的声音，房间里瞬间一静。

柏舟知道桑泱一定不会轻松，她和姜苑是最好的朋友，现在最大的嫌疑一下子指向了她，桑泱一定很难过。

桑泱乏力地往后靠，微微仰着头，抬手捂着眼睛，她的嘴唇线条平缓，但仔细看，会发现唇角微微地紧绷。

柏舟无声地抚摸着她的肩当作安慰，但也没有出声，从邮箱里下载了调查报告看了起来。

调查报告十分专业，没有刚才电话里的那些推论，只有查到的结果以及调查途径。

"你觉得，姜苑是个什么样的人？"桑泱的声音突然在耳边响起。

柏舟抬头，看着桑泱苍白的面容。她很少在桑泱身上见到这样的无助，心中顿时难过起来。

"我觉得……"她尽可能地忘记老板说的那些话，尽可能从客观的角度去评价，"她不是坏人，虽然每次见面总会互相嘲讽几句，但她对我们挺好的。你记得上次聚餐吗？她特意多点了几道菜，都是我喜欢的，还有一次，你发烧了自己没发现，那天又忙，还是她先察觉，把你劝下去休息的。"

如果只是碰面就拌嘴，柏舟这样不喜欢交际的人肯定会排斥和她接触，而不是像现在这样，相互嘲讽了那么多次，下回见面还是乐此不疲地互相挤对。

柏舟说这些姜苑的好处时语气十分真诚，可是一讲完，她就沉默了下来，这些好的事例并不能洗脱她身上的嫌疑。

柏舟闷闷地道："怎么办？"

她束手无策。

桑泱的声音很轻，却毫无畏惧。

"也不是完全没办法。如果确定是她，我们可以调查她的过去，从前两个时空的结果看，她的手法非常老到，很可能以前就作过案。"

这是最好的结果，查出旧的案子，自然就能对付她了。

"即使没有前科，我们也有办法。"桑泱又说。

只是那样的话，就会无比冒险。

柏舟听出了她话语中的坚定与冰冷似铁的寒意。

"可是我总觉得，不是她，即便这么多巧合……"桑泱的声音渐渐低下去，后面柏舟便听不到了。

她抬眼看她，桑泱叹息般地说："去睡觉吧。"

不止桑泱有这样的感觉，柏舟也这么觉得，只要想到姜苑所有的善意友好都是她伪装出来的，柏舟便感到一阵恶寒，还有无休止的违和。

也许是被这种违和感拉扯着，柏舟做了一晚上的梦，梦里都是姜苑。

一会儿是友善的她，一会儿是阴沉残酷的她，两个画面不断地互相切换，最后定格在一个面容平静、眼睛里却充满了疯狂的形象中。

柏舟醒过来时，抱着被子心有余悸地发了会儿呆。直到心跳平复，她才下了床，先去洗漱，然后去找桑泱。

桑泱坐在楼下窗边的单人沙发里，前面的圆形茶几上放着一个咬了一口的三明治和一杯清水。

听到脚步声，桑泱转头对柏舟笑了笑，说："三明治放在微波炉里保温。"

柏舟去拿了，一边咬一边走到桑泱身边，发现桑泱在看昨天发到她邮箱里的那份调查报告。

她坐到桑泱身边，幸好单人沙发很宽，挤一挤也能坐下两个人。

三明治的香味让人感到饥饿，桑泱移开眼，看了看咬得专心致志的柏舟，探了探身，把自己那份也拿到手里。

"有新的发现吗？"柏舟问道。

桑泱摇了摇头，低声道："有个想不通的地方——如果真的是姜苑的妹妹，那她找回家后，为什么要去学校找姐姐，而不是直接回家找父母呢？"

柏舟答不上来。

桑泱陷入沉默。

一直到十点，她们都很少交谈。

豌豆过来查看情况，大概是觉得两个呆若木鸡不说话的人类很无聊，它看了一眼就走开了。

柏舟感觉得到桑泱很矛盾。

"小舟，我们还应该……"

话没说完，被门铃声打断。

"滋滋滋……"连续作响的门铃极为突兀，使得柏舟一下子坐直了，然后与桑泱对视了一眼。

"我去看看。"

柏舟说着，走到门边，看了眼监控屏幕，她神色一顿，回头对桑泱说："是姜苑。"

姜苑？她怎么来了？

桑泱站了起来。

"还有许颂意，还有……文娜。"柏舟又说，她见过文娜，也说过话，不过没像另外两个那么熟。

桑泱略一蹙眉，便道："让她们进来。"

那三个人手里提着许多东西，其中最醒目的是一个大大的蛋糕盒子。

柏舟瞬间明白她们是来做什么的了。

"快快快，手要断了。"姜苑嚷嚷着，把手里的袋子往柏舟手上塞，分了一半给她。

柏舟接过来，确实很重。

许颂意在边上，笑着说："先进去，泱泱呢？"

后半句是和柏舟说的。

"她在里面。"柏舟回答。

面对这两个人，她多少有点不自然，又怕过于僵硬，便也笑了笑。

"傻乎乎的。"姜苑趁机嘲讽了她一句。

柏舟没做反击。

桑泱站在门边，拿了棉拖鞋给她们换。

她神色很自然，带着一贯的浅淡笑意，看到那大袋小袋的，她马上就明白了，淡淡地横了姜苑一眼："蹭饭来了？"

一点点嫌弃，不仅不生分，反倒更熟稔亲密。

"是给你过生日。"姜苑马上纠正。

柏舟在边上看了会儿，主动承担了做饭的工作，把那大大小小的袋子都往厨房搬。

她走过厨房门的时候，听到桑泱招呼她们坐："文娜，别客气。"

柏舟从冰箱里拿了水果，洗好摆在果盘中，然后倒了四杯水，一起端出去。

她们已经坐下了，氛围也透着轻松的活跃。

桑泱像是没有任何怀疑，也没任何迟疑，转头听着姜苑长话连篇的抱怨，抱怨内容无非是工作上遇到的病人如何爱添乱。

柏舟突然意识到，姜苑确实很少提起家里的事。

一般人即使不爱讲，但这么多年相处，难免总会提到一两句我爸如何，我妈如何，但她在记忆里找不出任何相关的内容。

柏舟回厨房的时候，听到姜苑说："小舟怎么了？她今天不高兴吗？"

她暗自叹息，她还是太不会控制情绪了。

但她们三个怎么会突然跑来，目的难道仅仅是给桑泱过生日吗？

柏舟不由自主地往深了想，难道姜苑是来观察桑泱的反应？她察觉到桑泱发现了什么？

但这也不必着急，毕竟桑泱还要去上班的，她现在贸然跑来，反倒使人怀疑。

线索有限的结果就是，不论往哪个方向想，都说得通，也都得不到证实。

过了几分钟，厨房里一下子挤满了人。这么多食材，肯定不会让柏舟一个人来做的。幸好厨房够大。

桑泱没让场面冷下来，时不时地插几句话，引着氛围热络起来。

"听说小舟画了很多画，能不能参观一下？"文娜一边切菜一边问。

"一定要看。"姜苑马上说，"你赚了，一般人得等她开画展才能看到。"

她刻意往厉害了说，其实关注柏舟微博也能看到，跟她约稿，只要价格给到位，也能看到不少样画。

柏舟被她说得有些羞赧，又不由自主地想起姜苑的好。虽然姜苑经常挤对她，但她从来没有批评过她的画，反而会像现在这样，向人推荐，向人褒赞。

文娜发出惊叹的声音："小舟这么厉害吗？那我一定得看看。"

惊叹，却也不乏夸张。

桑泱看向柏舟，目光柔软下来，又带着意味明显的示意。

柏舟看懂了，马上擦了手，说："那我现在就带你去看吧。"

她们一离开厨房，桑泱便望着剩下两个人："怎么回事？"

她问的是文娜怎么会来？

这两人突然跑来不奇怪，但文娜和她显然没亲近到这份上。

姜苑语带无奈："你们不是在竞争一个名额吗？她担心你对她有看法，算是示好吧。"

许颂意在边上把事情说得具体了些："昨天我们在聊你生日的事，被她听见，是她提出来要来你家给你过生日的，我们一想，趁这机会缓和一下也好。"

另一端，柏舟带着文娜进了画室。

她很清楚外行人看热闹，以及大部分人是没有耐心深入观赏一幅画的，便将自己画的技巧最花里胡哨的几幅指给她，按照以往的经验，一定能够得到足够的赞美。

果然，文娜像大部分不怎么了解绘画的人一样，走马观花地看了一遍，又难免被其中美好的部分所打动，喃喃地叹道："真好看，我女儿再大点，就给她报个绘画班，万一也有这方面的天赋呢。"

柏舟知道，母亲往往愿意和别人谈论自己的孩子，便顺势问："她已经大到能握笔了吗？"

文娜的神色果然缓和下来，手里还拿着画框，轻轻抚摸着边缘，语气里带着淡淡的骄傲："已经四岁了，会胡乱涂鸦，喜欢画画，也喜欢唱歌，倒是没看出哪方面有天赋，可能就是在瞎玩。"

"小孩子嘛，只要她有兴趣，就等于有天赋。"柏舟说着，心里想桑泱应该谈得差不多了，正想说我们回去，文娜拉住了她的手。

"小舟，我能不能请你帮个忙？"她问道。

柏舟低头看了眼被拽住的手，没挣脱，而是顺从地说："你希望我帮你什么忙？"

文娜的皮肤很白，看起来和桑泱她们差不多的年纪，但离得近了，仔细看还是可以发现她眼角的一圈细纹。

"桑泱对我可能有些误会，你能不能帮我告诉她，虽然我们在竞争一个名额，但我们是公平竞争，我不会乱动手脚。"

柏舟立即就明白了她的意思。

桑泱昨晚已经把论文被人删减的事情告诉她了，她们一起推测过是谁做的，文娜显然是最有嫌疑的那个。

而现在文娜在请她向桑泱转达，这件事不是她做的。

柏舟的脸色冷了下来，不客气地问："两个问题。第一你为什么不向桑泱当面说；第二，论文的事，桑泱没有声张。"

也就是说，除了她们两个，知道这件事的，只有动手脚的人。

柏舟感觉到抓着她的手猛然间紧了一下，随即松开了，文娜眼中流露出恐惧与思索，她张了张口，对上柏舟冷静低沉的目光，心不由自主地颤了一下。

"我……我听说的，医院里已经传开了，很多人都知道，所以我才……"她别开眼，不想和柏舟对视。

柏舟却恢复了温和，轻声细语道："别担心，我会转达给泱泱的。"

她说完就起身，将那几幅画摆回原处，回过头，文娜还站在原地看她，柏舟笑了笑："你还想看别的画吗？"

文娜摇头，沉默地走了出去。

接下来，她都没怎么开口了，但也没表现出快快不乐，还是笑的，只是话少了。

姜苑发现了，偷偷拉着柏舟问："你是不是拿什么恐怖题材的画吓她了？她胆子很小的。"

柏舟心说，你还有闲心管别人，你都不知道你现在的嫌疑是所有人中最大的。

只是这么一想，她就不怎么情愿和姜苑多说了，便支吾着敷衍了过去。

午餐很丰盛，五个人一起动手，午餐后也一起收拾。

许颂意想玩桌游，但文娜对这个没什么兴趣，最后姜苑找出了麻将一起玩。

柏舟坐边上看。

她发现桑泱应对自如，没将任何心思表现在脸上，该说话时说话，该笑该嗔时也都拿捏得很好。

如果不是那份调查报告还留在她的手机里，她会以为昨天电话里听到的事都是假的，甚至时光回溯的事也是假的，没有危机潜在暗处，这些朋友也只是真心诚意地来庆祝桑泱的生日而已。

而桑泱也是真心实意地招待她们。

牌一张张打出去，桑泱手气不错，连赢了好几把。

牌桌上免不了聊些闲话，气氛很是愉快。打到快三点，许颂意要去厕所，让柏舟替她一局。

桑泱看着她离开，等她消失在拐角，停下了手："快三点了，我们点蜡烛吧。"

其他人没意见，去取了蛋糕，桑泱无声地走开。

走到画室外，她看到许颂意站在里头，背对着门，在一张桌子前，似乎在翻找什么东西。

桑泱走了过去，靠近后，发现她在翻柏舟的一叠画稿。

"你在找什么？"桑泱问道。

许颂意肩膀明显地颤了一下，她回过头，喉咙动了动，吞下一口唾液，声音干巴巴的："泱泱？你怎么过来了？"

桑泱拿起那叠画稿，笑着说："点蜡烛了，见你没出来，我来看看。"

她说着，像洗牌一样，快速地翻了这叠画稿，这都是柏舟画废没收拾的。

"我进来看看，刚刚文娜还说小舟有天赋，不过我都看不太懂。"许颂意已经恢复了平静，她用眼神示意墙上的那些画，"果然一般人的艺术素养都只能看个大体的氛围而已。"

她面上笑吟吟的，身体放松，自然地半靠在桌子上，然后又指着桑泱手里的画稿："这些倒是更容易看懂。"

她将画稿取过来，惋惜道："就是都没画完。"

外边传来姜苑的声音。

"蜡烛点好了，快出来许愿！"

桑泱温和道："出去吧。"

许颂意将画放下了，空手走了出去。

桑泱跟在她身后，她下意识地扫了眼放了那幅宇宙黑洞画的立柜，立柜的门关着，且上了锁，完好无损。

许完愿，吹完蜡烛，吃过蛋糕，三人就起身告辞了。

"要去接孩子了。"文娜歉然道。

姜苑和许颂意也各有理由，桑泱不好再挽留，送她们到了门外，看着她们上了车。

03

回到家里，桌子上还有大半个蛋糕，豌豆悄悄跑出来了，刚刚人多时，它害羞藏了起来，现在闻着蛋糕的香味，坐在玻璃茶几前，馋得口水直流。

柏舟把蛋糕盒放到豌豆够不着的地方，坐下来长长吐了口气，然后问："门铃响的时候，你想说什么？"

桑泱坐到她身边，像是听到很有趣的事一般笑了起来，靠在了柏舟肩上。

柏舟有些不解地望着她，桑泱努力控制住笑意，但还是忍不住，使得柏舟脸上也绽放了笑容。

"你像是被插播了一则超长的广告。"桑泱的声音里依然残留了笑意。

三人的突然到访就是"广告"，打断了她们早上交流的话语，现在三人走了，广告结束，对话无缝衔接。

一点也不好笑，柏舟想说，可笑容却越发灿烂，她们笑成了一团，气氛一下子就没那么凝重了。

豌豆本来在仰头看那个蛋糕盒子，听到笑声，大概觉得人类稀奇古怪，默默走开了。

她们笑完了，桑泱才说："我想说，我们应该把许颂意也调查一遍。"

柏舟微微喘着气，问："你不相信是姜苑。"

"太凑巧了。"桑泱说道。

"在这个关头，抛出了这么一件事，就像是刻意替我们将七年前的事和现在的事建了个桥梁连起来。"桑泱说道。

巧合往往不会是真的巧合。

"还有论文，论文被修改，让我觉得更像是凶手想让我转移视线。"

说到论文，柏舟想起文娜拜托她的事了，她把她们的对话重复了一遍。

桑泱点了点头："你看，我没有跟除了你以外的任何人提过这件事，这件事却在小范围里传播开了，传到了文娜耳中，引起了她的恐慌，使她赶来解释。这显然是为了混淆视听，制造混乱。

"姜苑的事是相同的道理。"

如果没有上个时空，她无法这么肯定，但有上个时空做对比，这件突然冒出来的事就显得可疑了。

柏舟沉默了一会儿，不太高兴地说："我还问了文娜，为什么让我转达，不自己说，她没有回答我——是我看起来比较好脾气，比较好说服吗？"

桑泱没有回答，但她忍笑转开头的表情说明了一切。

柏舟默默地拿出手机，和调查公司联系，让老板查一下许颂意，也是相同的范围，查查她有没有走丢的或者是七年前突然消失的女性亲友。

老板十分积极，秒回："给你这单最高级别待遇，我亲自给你查！"

可见老板十分感兴趣。

柏舟无语地看着屏幕："许颂意和她家里的关系也很生疏吗？"

"不生疏，恰好相反，关系十分融洽，大学时每学期开学，她父母都会送她来学校，许颂意也很孝顺，常往家里买东西，和家里的联系也十分频繁。"桑泱说道。

送孩子上大学的父母不少，但家在本市，还每个学期都送的不多，所以桑泱印象比较深刻。

但这也证明不了什么。

柏舟若有所思。

晚上，她们自己吃饭，饭后照例散步。

这两天天气有些回暖，只要将脖子裹得紧紧的，不让风漏进去就不冷。

她们绕着小区走了一圈，沿着窄窄的方石砖小路，两边是冬日枯黄的草坪，路上不时能遇上几个眼熟的面孔，也是和她们一样外出散步的邻居。

柏舟和桑泱没再聊沉重的事，讲着生活里的一些小事，琐碎却又轻松。

回到家里，柏舟的声音从后面传来，带着她一贯的真挚：“姐姐，生日快乐。”

桑泱的唇角勾起，她感觉到手上一凉，低头看，是一条极为精美的手链。

“真漂亮。”桑泱碰了碰手腕，略带凉意的质地，真的很漂亮，也很适合她。

柏舟被夸得很开心，事无巨细地讲她10月初的时候，突然有灵感，画了设计图，然后找了靠谱的店铺做出来，这两个月藏得好辛苦，好几次都差点等不到生日就要拿出来了。

桑泱认真地听她讲，心里溢满了感动。

会好起来的，这件事一定能够被妥善地解决。她和小舟会回归到该有的生活里。

她静默地期许着。

调查公司这回查得很慢，两天过去，毫无音信，周二晚上，柏舟打了电话过去询问进程。

老板声音疲倦：“她搬家次数太多了，第二次居住的地方还拆迁了，住户都散落到了各地，很难查，我打算查她的学籍，但教育系统管得相当严，还得花点时间，你别急，越是难查，就说明越有可查的东西。”

柏舟只得再给他一点时间。

她这两天没有工作，无聊得很，便拉着桑泱和她一起看纪录片。

因为那幅画的缘故，柏舟重燃对宇宙的兴趣，这次选了部宇宙科普类的纪录片，叫《到宇宙边缘去》。

纪录片制作得很精良。

她们开始还会讨论一下依次出现的行星，渐渐地就不说话了。

无边无际的宇宙里，地球乃至太阳系都太过渺小，人类更是微不足道。

跟着纪录片的视角到几百光年外，到那些人类探索不到的地方，画面里展现出的是无声的孤寂与浩瀚无边的恢宏。

无数的星体、星云，还有巨大而危险的黑洞。

柏舟竖起耳朵来听纪录片里的解说，直到全部播完，都没有一些关于黑洞的特别说法。柏舟有些失望，不过也只是片刻，她又兴奋了起来。

"宇宙真大，说不定我们有生之年科技能发展到太空旅行的地步。"她转头对桑泱说道。

桑泱也挺感兴趣的："嗯，或许也有另一颗适宜人类居住的星球。"

毕竟有这么多的星球还未被探索。柏舟不免道："宇宙这么宽广，说不定人类研究透了黑洞，就真的能制造出时光机了。"

她像个正在写科幻作文的小学生，想象着未来的各种可能。

"不过，我到现在都没弄明白那幅画是怎么回事。"柏舟的脸上浮现出迷惑。

"也许是你画的时候发生了什么神秘事件？"桑泱陪着她猜测。

柏舟努力回忆："记不得了，都快二十年了吧？"

她不去管了，跪到沙发上，抱着桑泱的手臂："你知道吗？我还想过，等到我们老了，其中一方过世的时候，另一方就用那幅画回到起点，我们再活一世。到时候就能把这一世的遗憾都弥补上。"

桑泱也恍惚了一下，不由得笑了起来："这样的话，我要对你好一点，不然你觉得我太凶了，不带我怎么办？"

"才不会！"柏舟大声反驳，又低下声，"画放久了旧了怎么办？

我当初应该用好点的纸的，还有上个时空的我太不小心了，怎么能在背后乱写，弄坏了怎么办？"她开始担忧起画纸的质量来。

"不会旧的，我们好好保护它。"桑泱说道。

她们昨天买了两套定位装置，将芯片隐藏在各自的鞋子里。

她们的计划是，以自身为诱饵，等待凶手再次犯罪，然后设法阻止犯罪进程，掌握犯罪证据。

这个办法风险很大。

之所以敢尝试，就是因为有这幅画在，还有许多次机会，能够让她们去解决这件事。

如果失败，那么活下来的那一方则回到过去，重新尝试。

她们都没有明说，但心里已经达成了共识。

柏舟有些困了，桑泱推了推她，让她上楼去睡。

04

接下来两天都过得十分平静，调查公司依然杳无音信，桑泱身边没再发生异常的事。

不过有个很难缠的病人，迷信保健品，不相信医生，也不愿意动手术，任凭家属和医生怎么劝都没用。

桑泱和其他医生确定了治疗方案，直白地对病人说："如果你确实不想动手术，我尊重你的选择，但你最好回家，不要占用医疗资源，反正保健品在哪儿都能吃。"

这话将病人气得投诉了她好几次。

不过发现桑医生说完那番话后对他变得敷衍，仿佛真的不管他动不动手术了，病人反倒配合了起来。

只是仍旧嘴硬得很，一边宣称手术后但凡有一丝不好，就投诉医生，一边又说接受手术是因为自己想试试，不是被谁说服。

桑泱什么样的病人没见过？更何况只是这么个固执爱面子的老头

子，让他过过嘴瘾也就是了，等他治好了病出了院，也就安生了。

手术顺利完成，小护士还是忍不住庆幸了一声："还好顺利，不然还不知道这老头要怎么折腾呢。"

确实，麻烦事还是能少一件是一件。

桑泱脱下手术服，走出手术室，已经十二点了。

她的时间被排得满满的，老头又一直不肯签手术同意书，她只能先把时间排给别的病人，等到他同意，再另外排时间给他。

桑泱昨晚提前跟柏舟说过，这台手术到凌晨才结束，让她晚点来，等手术结束就联系她。

她拿出手机，还没来得及拨出电话，突然身后传来一阵急促的响动，桑泱来不及回头，后脑被重重敲击，意识瞬间恍惚。

她回过头，极力想要看清那人是谁，视线却模糊起来，随即失去了意识。

十分钟后，一个穿着保洁员衣服、戴着厚厚的帽子口罩的人拖着一个大垃圾桶，走出住院部，绕去阴暗无人的小路，到了一辆停在建筑与建筑间的汽车旁。

柏舟在家里等到凌晨一点，桑泱仍然没有打电话来。

她打开了定位，确定桑泱还在医院，她干脆洗了把脸，打算去医院等。出门时，调查公司的电话打了过来。

柏舟一边嘀咕着都这个点了真敬业，一边迫不及待地接了起来。

"查出来了！"老板不等寒暄，开口就是这么一句，他笑了起来，啧啧了两声，"这案子真是有意思。"

先是脸上一阵湿冷，而后便是后脑剧烈的痛意，以及恶心。

桑泱发出一声低吟，努力睁眼，眼前却一片黑暗，而后才发现她的眼睛被蒙住了，身体也被绑得结结实实。

不住地泼到她脸上的冷水停了下来。那人拿了块帕子，擦了擦她的脸。

桑泱咳了几声，缓过气来，叫出她的名字：“许颂意。”

擦拭她脸的动作顿了一下，那人随即又不紧不慢地继续擦了起来。

“证据都摆到你面前了，你还是不肯怀疑姜苑，依然觉得是我，你对姜苑真好。”许颂意的声音慢条斯理的，分明是在笑，字里行间却又似夹杂着森冷的寒意。

这与她平时表现出来的模样截然不同。

桑泱闭上了嘴，她动了动身体，发现外套和鞋子都不知所踪，鞋子不在，手机不在，也就意味着柏舟无法再定位到她。

桑泱思绪凝滞片刻，心里有些慌了，但很快她就镇定下来，微微地挣扎了一下，她双腿被捆在一起平放着，但可以屈起来。

她是坐着的，靠在坚硬的物体上，双手被各自固定在一侧。

桑泱踩着地面借力，试图站起来，但手腕被固定得很紧，挣扎不开。

周围没了动静，桑泱侧耳听了听，过了几秒，她听到衣服细微的摩擦声。

紧接着是一道好整以暇的声音：“不挣扎了？你放心，挣脱不开的，而且越挣扎，越往你肉里勒，很疼的。”

说到最后三个字，她的声音低下来，嘴唇贴在桑泱耳边吐了口气。

桑泱偏开头，手肘顶到了两壁，与背后的触感一样，坚硬光滑。

是浴缸。她判断道。

“你怎么不说话？”许颂意好似受不了她的冷落，“刚刚的话还没说完呢，你为什么不怀疑姜苑，单单怀疑我？我对你不好吗，我比她差什么了？”

桑泱感到一阵别扭，许颂意话语间，仿佛在与她置气一般，但她很清楚，许颂意对她绝没有她话语中表现出来的占有欲。

她脑海中冒出五个字——表演型人格。

许颂意的行为很反常。

桑泱不意外她会再次朝她下手，她早有心理准备，所以即便此时凶多吉少，她也能冷静分析。

她奇怪的是她这次的手法和前两次差了太多。

"还是不说话吗？难道你就不好奇我为什么把你绑到这里来？"

她轻轻地抚摸桑泱的胳膊，手所到之处，都让桑泱激起一身的鸡皮疙瘩。

她的动作悠闲，摸了一阵，停了下来，声音也跟着正常起来，仿佛是端正了神色："不然，我给你讲讲你哪里惹到了我？"

柏舟坐上了车，一边发动，一边听老板讲。

"这家人花了我好大的工夫。我先向她家小区里的闲散老人打听了，都说她家里关系融洽和睦得很，女儿是个医生，懂礼貌，也孝顺，经常给父母买礼物，父母也都是有正经工作的，教育孩子又严格、又慈爱。"

"就这两个形容词，我察觉不对劲。现在小区里的邻居，也就是点头之交，很少有串门的，接触并不多，看出严格不奇怪，看出慈爱也不奇怪，是怎么看出又严格、又慈爱的？这两者间恐怕得有不少剧情才能有这样的结论吧，但现在大家都重视隐私，有什么事儿都是关上门在家里说，难道他们家人喜欢大庭广众下教孩子？"

"于是我细致一问，果然他们说不出具体事例，只是从平日里打招呼，擦肩而过时得出的印象。"

柏舟仔细听着，光是听到这些，她已经悬起了心，察觉到后边查出来的必不会是小事。

"这种印象往往很能说明问题，这家人肯定藏着事。我往回查，发现他家在十六年间搬了三次家，已经查不到许颂意小时候的事了，然后我再查学籍。

"查到她念的第二所高中，许颂意的口碑非常好，老师都还记得她，交口夸赞，说她礼貌用功孝顺，还有她的父母，都是十分体面的人，对孩子极为关心，每周都会和任课老师通电话。有个任课老师甚至觉得她父母关心过了头，近乎控制了。不过这话是以开玩笑的口吻说的。"

柏舟察觉到，"孝顺"这个词，出现了两次。她记起来，前几天问桑泱许颂意和她家里的关系时，桑泱似乎也提到这个词。

一件事出现的频率高了，很容易就会引起人的注意。

而一件事出现的频率高得出奇，则很容易引起人的怀疑。

"然后呢？"柏舟问道。

"然后，我追踪学籍，发现她高中转过一次学，查到她上的第一所高中，和第二所的情况差不多，这中间我发现她跳了一级，念完高一转学后直接念了高三，她学习能力相当不错。

"这所高中是她自己考上的，都没问题。直到我查到她的初中，才发现了端倪——具体的学校班级，我都总结在报告里发给你了——她的班主任告诉我，她是孤儿，是后来被现在的父母领养的，她所在的孤儿院叫北城儿童福利院，她还有个妹妹。

"妹妹叫李菁，许颂意原名李漫，妹妹今年还在的话就二十五岁了。李菁七年前从孤儿院逃走，就再无音讯——不过这件事，不好查了。"

柏舟低头打开老板发到她邮箱里的调查报告，正想问为什么不好查，话到嘴边，她自己就想明白了。

七年前，那个女生已成年，孤儿院里已成年的孩子就得独立，自己去找工作养活自己，怎么都不能说是"逃走"，而桑泱的描述里很关键的一件事就是女生的衣着邋遢破旧，她在逃离孤儿院的过程中多半吃了不少苦。

那家孤儿院有问题。

"难怪妹妹是去学校找姐姐，而不是回家找父母。"柏舟想起那天早上桑泱想不通的这个问题，喃喃自语道。

她只能找姐姐，因为只有姐姐，根本没有父母。

老板的声音再度响起："这个姐姐不简单啊。"

柏舟将车开到了医院，找了停车位停好。

透过挡风玻璃朝住院部那边张望了一眼，黑黢黢的夜色里，建筑

寂静矗立，那一扇扇窗子后溢出白色的光线。

每次夜晚来这里，柏舟都觉得这画面很诡异。

老板越发兴奋地往下讲。

"你知道，领养孩子往往是孩子年龄越小、越不记事越好，不记事才养得熟嘛，所以孩子长到一定岁数，往往就领养不出去了。许颂意被领养时，十三岁零九个月，法律规定，年满十四周岁，就不能再被领养了。你看，是不是很厉害？"

连续搬家、转学，后来的老师同学都不知道她是领养的，孩子孝顺得人尽皆知，父母严格又慈爱，对孩子的关心也到了人尽皆知的程度。

她将这几条线索联系起来，怎么看都透着一股刻意的气息。

父母介意被人知道孩子是领养的，却没有选择尚未记事的婴幼儿作为领养对象，而是领养了将近十四岁的许颂意，这里头没有许颂意的努力是绝不可能的。"所以，她对被留在孤儿院里的妹妹怀有愧疚，过得肯定也不轻松，养父养母对她多半管得很严，在妹妹车祸之后她不敢去认领遗体。"

老板做着猜测。

"可是她当时都读研究生了。"柏舟提出反驳。

"如果她父母对她精神压迫，控制她的零花钱，让她没有自主的能力，她完全有可能不去认领遗体，毕竟人都没了，认不认领最后都是一把火烧了。这样一来，愧疚和仇恨双重重压，积累到最后，一下子爆发出来。"

柏舟听着他在耳机里的声音，又朝外看了看，桑泱仍旧没有出现。

怎么还没下班？她拿起手机，屏幕上，那个代表了桑泱的点依旧停留在原来的地方。

那是医院手术室那一片所对应的区域。

手术还没做完吗？

柏舟不知怎么就有些慌。

她推开车门，打算去里面等。

老板突然严肃，声音微微地低沉："我还查到一件事，那对养父养母两三个月前又去了一趟孤儿院。"

柏舟脚步一顿，他们去孤儿院做什么，自然是不言而喻。

老板告诫道："这个人很危险，我顺手查过了，没发现她有什么犯罪记录，你们拿这种人没办法的，要跟她磕，少不得要把自己搭进去，不如离她远点，最好搬到她不知道的地方去住。"

柏舟垂下眼帘，她当然知道离她远一点就能安全，可是……

"她搬了这么多次家，还转了一次学，不还是被你在一个星期的时间里查出来了吗？"柏舟平静地说。

老板叹了口气，怜悯道："真可怜，这单给你打个八折。"

06

桑泱的手被勒得很疼。

这间浴室空间很小，开着温暖的暖气，但此时却让人感到闷热。

许颂意似乎正常了起来，说话的声音也变回了平时的样子。

"你记不记得七年前的那场车祸？"她靠在她边上。

桑泱被蒙住了眼睛，看不到她的表情。

为什么要蒙住眼睛？她飞快地思索着，她已经知道她是谁了？蒙住眼睛的意义是什么？

"那个女生是我妹妹，她叫李菁，小我四岁，我们已经很多年没见面了，我真想她。"许颂意的声音有种超乎寻常的冷静。

"所以我不能让你活着，还有陆清，他也得死。"

桑泱问道："既然这么恨我，那为什么要等七年？"

许颂意一滞。

"是真的因为她，还是因为你自己？"桑泱又问。她也和许颂意一样，将声音放得轻轻缓缓的，可问的话却是步步紧逼，仿佛占了上风的是她。

猝然一阵动静。

桑泱听到许颂意的声音提高，从上方传来。

"你懂什么！"她站了起来，话语间带上了恼怒。

不过恼怒只有一瞬间，她笑了，重新坐了下来，慢悠悠道："是啊，因为你居然越过越好，我看不顺眼了，像你这种身上背着人命的罪人，凭什么过得顺心顺意？而我却……"

她打住了，没说下去。

原来是这样。

桑泱和柏舟百思不得其解，她为什么过了七年都没动静，直到现在才报复，原来是因为她们过得太顺心了。

桑泱看不到她的神色，不过想也知道，恐怕森冷得很。

"罪人不是我，是你。"她平心静气道，似乎毫不在意自己眼下的处境。

空气骤然一静。

桑泱似乎丝毫不怕，镇定地接着说下去："她那么怕我，是因为在你身边见过我，害怕我把她勒索的事告诉你，你有家有父母，还考上了大学，肯定不会喜欢一个会勒索小孩的妹妹，她连脏兮兮地见你都不敢，见了我当然要逃跑。"

那个被勒索的小孩说，脏兮兮的女生一上来就拽住他，让他把钱交出来，说想买身新衣服。

当时没人明白这句话里的深意，现在倒是显而易见了。

"那场车祸的调查并没有大肆张扬，你是怎么知道的？是不是在她远远地看到你的时候，你也发现了她？但你不敢和她相认，便装作没看到，便躲着，直到有一天她不出现了，你才又担心起来，暗暗地去打听，然后知道了所有的事。"

这都只是桑泱的推测，但听着许颂意越发浓重的呼吸声，她知道她猜对了。

比仇恨更可怕的情绪是愧疚，和愧疚引发的懊悔，如虫蚁蚀骨般昼夜不停。

"呵。"许颂意嗤笑了一声，"你还挺冷静的，你知道接下去会发生什么吗？"

桑泱知道，将她安置在浴缸里是为了将她浸在温水里，而浸在温水里，是为了割脉后防止血液凝固。

但她不明白许颂意为什么选择这样的方式。

这跟她前两次的手法相差太多。

前两次她都选择躲在暗处，借他人之手行事，这一次她却大张旗鼓地亲自动手。

"可惜了，如果画展那天，你没让我拖住那个司机，你也许能死得痛快些。我本来是想给他的药里多添一样，那种药会使人乏力嗜睡，但溶解得很快，不会被查出来，或者即便被查出来也没关系，那药确实对他的症。我只要让你在特定的时间上那辆车。"

许颂意惋惜地讲述着她"流产"的计划。

"万一药效提前，我还没上那辆车，那一车的人……"桑泱飞快质问。

却被利落地打断。

"那有什么关系？"许颂意轻巧地反问。

不过是一次不成功的试验罢了，至于无辜者丧生，跟她有什么关系？

桑泱一时无言。

水流声响起，冲击在桑泱赤裸的脚上，是凉的，她条件反射地一缩，水流很快就热了起来。

只有声音的世界使人不安。

桑泱吞咽一下唾液，偏过头努力地听着动静。

浴缸里积上了水，开始只是浅浅的，接着没过了桑泱的脚踝，然后是她的腰。

水产生了浮力，使人很不舒服。

桑泱不害怕接下来会发生的事，但她担心柏舟找不到她会着急，她要多久才能知道她遇害的消息？

到时候，她一定能做出正确的选择，带着这个时空找到的线索，回到起点。

然而桑泱依旧不安，慌乱在她心中越发浓重，因为许颂意的反常。

她究竟要做什么？

绝不会只是想杀害她这么简单。

水流声还在继续，哗哗地冲刷着她，水面还在升高。

"这个时间，柏舟应该找你找得着急了吧。"许颂意的声音伴随着水声，似乎破碎般在这间小小的浴室里散开。

桑泱愣了一下，她的脸色瞬间变了，脸上的平静犹如玻璃般被击碎。

"你想做什么？"她急声问。

水声蓦然一停。

许颂意得意扬扬，伸手在水池里悠然地拨了拨："我不想做什么。只是想大发慈悲让你们道个别。"

霎时间，桑泱明白她要做什么了。

她奋力挣扎起来，许颂意拿了胶带封住了她的嘴，粗暴地将她狠狠按回去，口上却是无比轻柔："你要珍惜，不要乱动，接下来就是你们永别的时刻。"

柏舟走到值班室。

凌晨的走道静悄悄的，有值班医生在。

她正想问，那台手术进行得怎么样了？

值班医生却惊讶地问道："小舟，你怎么在这儿？手术一个小时前就结束了。"

柏舟的表情一下子僵住了，她低头，看到定位软件显示着桑泱的位置仍旧没有变化。

下一秒，她转身朝那间手术室跑去，还没到手术室外，就在一个楼道口的地上看到了桑泱的手机。

手机摔在地上，屏幕裂了，但还能用。

她猛地转头看向灯光昏暗的楼道，三两步走进去，看到门后的角落里，桑泱的白大褂与鞋被丢在那儿。

　　柏舟喘着气，她抬头扫了一圈，看到了角落里的监控，忙站起身，跑向监控室，还没到，手机响了，是一条来自许颂意的视频申请。

结 束

第 十 章 · End

空气里弥漫着浓郁的血腥味。

桑泱感觉到身体的热量在流逝，意识逐渐地模糊，她强撑着，可她的眼前却只能看到一片黑暗。

她昏沉得厉害，她知道自己很快就要撑不住了。

01

柏舟放慢了步子。

她狠狠地闭了下眼，然后咬着牙，把视频接了起来。

屏幕里出现了一个人，是许颂意。她跟平时有很大的差别，不再是文静体贴的模样，眉眼间透着股残忍和冷漠。

她对着柏舟轻巧地笑了笑，然后示意了一下手里的刀，摄像头下移，尖锐的刀尖跟着向下。

底下出现了一个躺在水里的人。

水漫到了浴缸边缘，她将刀探入水中。

"住手！"柏舟瞪大了眼睛，她的呼吸几乎停止，发了狠地威胁，"许颂意，你放开她，你要报复就来找我。"

但屏幕里的人并没有因为她的威胁而停下。

刀刃抵在纤细的手腕上，狠狠地划了一刀，手腕受痛猛地一颤，鲜红的血液顷刻间溢出，而后缓缓地溶解在清水里，由浓转淡地散开，这一瞬间居然有着猩红的美感。

"真漂亮。"许颂意轻轻叹息，然后，她又笑了起来。

"没想到这么柔软的人居然也会讲这种恶毒的话。"她不轻不重道，好似责备。

柏舟顾不上她说什么，跑到电梯口，拼命地按按钮。

"还好，我是大度的人，不跟你计较，还愿意给你一个机会。"许颂意一边说，一边将镜头对准了桑泱的脸。

屏幕里，桑泱被遮住了口眼，头发散乱，她偏了偏头，剧烈地挣扎，可任由她如何拼命，却只带起了水波的轻响，除此之外，无济于事。

"你现在赶过来，说不定还来得及救她。她在我家的浴室里，你知道我家在哪里吧？"许颂意将家里的地址说了一遍，详细到了几栋几层几室。

柏舟跑出电梯，跑到停车场。

"要快，来晚了就只能看到尸体了，到时候可别赖我。"许颂意说道，将手机固定住了，摄像头对着桑泱的脸。

然后响起一串远去的脚步声，她离开了浴室。

柏舟大脑一片空白，却还记得用桑泱的手机报了警。

她踩下油门，对着屏幕里挣扎的桑泱说："你别动，血会流得更快，我马上就到了，警察也出警了，不会有事的。"

屏幕里的桑泱停了一瞬，下一秒，她用力摇头，发出绝望无力的呜呜声。

她狼狈得厉害，柏舟从未见过她如此崩溃的样子，更加慌乱，将油门踩到了底冲到大街上。

"一定来得及……"柏舟用力抓着方向盘，竭力让自己冷静下来。

桑泱低下了头，她试图用舌头将胶布顶开，但胶布贴得太紧了，纹丝不动。

外边传来十分轻微的关门声，许颂意离开了。

眼泪无声地渗出，很快就被蒙在眼睛上的布条吸收。桑泱沉下心，集中注意力对付嘴上的胶布。

柏舟也没再说话，空气紧绷着，仿佛发出任何一个简单的字都能让人崩溃。

幸好凌晨的街道畅通，车子开到了它所能达到的最快速度。

浴缸里的水越来越红，桑泱的脸色已经变得极为苍白。

生命在飞快地流逝，她脆弱得仿佛下一秒就会停止呼吸。

一片死寂中，不知过了多久，一声虚弱的轻咳响起。

柏舟忙看向屏幕，胶布还粘着，但已松动。

"我不在她家。"桑泱飞快地说道。

柏舟一怔，电话响了。

"你是不是弄错地方了？这里没人，只有一台电视机开着。"警察在电话里的声音极为疑惑。

02

夜色中，只有寥寥的几辆车间或驶过街道。

整座城市都寂静极了。

许颂意倒觉得安静点挺好的，她的大脑处于极度的兴奋中，想象着柏舟赶到她家却只看到一间空房子会是什么样的表情。

说不定还没赶到她家，她就先眼睁睁地看着桑泱失血过多死了。

这两个结果，不管哪一个都很精彩呢。

可惜她不能亲眼看到。

她忍不住笑了起来，笑声在黑暗中蔓延开，又渐渐地收住了。

这还不算结束，她得找到那幅画才行。

她一直奇怪，明明她什么都没做，桑泱和柏舟是怎么发现那个公交车司机有问题的。

不弄明白这个问题，她不敢轻易实施接下去的计划。

于是她找了个黑客，用竞争的理由，让他黑进桑泱的电脑里，删改了她的论文。

如果桑泱去查监控，就会发现那个时间在办公室的只有文娜，如果她查电脑的痕迹，也只能查到那个黑客身上。

而他只是一个在网上接单的大学生而已。

可惜桑泱什么都没做，这令她十分失望，她只好自己散播桑泱论文被人删改的消息。

一传二，二传三，果然很快传到文娜耳中。

文娜当然急了，生怕做了这个替罪羊，得知桑泱生日就要到了，主动提出要去桑泱家给她过生日，想趁此机会向她解释。

这一切都照着她的预想进行着。生日当天，她在打麻将时借口要去厕所，在柏舟的画室里安装了窃听器。

听了好几天，直到那个夜晚，她们看完一部冗长的纪录片还不算完，接着开始聊宇宙。

这话题枯燥无趣，许颂意听得直打瞌睡，却没想到有一个巨大的惊喜等着她。

窃听器安装在画室，她们在客厅，说话的声音有点远，却足够她听清，听清那个让她激动到浑身颤抖的秘密。

那幅画，能让人回到过去。

难怪桑泱能发现那个公交车司机有问题，原来是有时光回溯这样的好事。

她要让桑泱死，也要回到过去，最好能回到最开始的时候。

许颂意闭上眼睛，就回忆起妹妹拉着她的手，让她别走的样子。

那次她狠心把她推开，但这回不会了。

有家有父母一点也不好，他们防备她，又要求她服从，怕极了被人知道她是领养的，在外人面前装出尽责慈爱的模样，在家里却将规矩定得死死的，她连多在电视前停留一分钟都会遭到严厉的呵斥。

她拼命地学习，做一个孝顺的女儿，维持一个和谐的家，可是两

个多月前，他们还是瞒着她去了一趟孤儿院。

那她这十几年来做的努力，又算什么？

她不想要家了，她好后悔那次在学校外看到妹妹没有叫住她。

本来，她还有机会的，她已经想好了，李菁下次出现在她面前时，她一定会叫住她，她过得很苦她知道，她就要工作了，能照顾她了。

但这些全被桑泱和陆清这两个多管闲事的人破坏了。

许颂意面容阴冷，恨意布满了她的眼眸，但很快，那双写满了刻骨仇恨的眼睛里便被笑意充盈。

现在有弥补的机会了。

她要让妹妹回来，和她一起的那十四年才是最好的生活。

她这样想着，露出了一个向往的笑容，倒有几分平时在人前文静温柔的模样了。

小区门卫正打盹，见是个文文静静的年轻女孩，没怎么查问就让她进去了。

她有从桑泱身上拿下来的钥匙，不过他们家里养了只狗，虽然看着挺乖的，但那是主人在的时候，她深夜独自进去，狗未必还听话。

许颂意从后备厢里拿出了一袋工具，打开桑泱家的院门，走了进去。

她回头看了眼庭院，庭院里夜色朦胧。

是个很好的夜晚。她心中想着，伸手敲了敲房门，里头传来两声狗的叫声。

许颂意轻笑一声，打开了工具袋，从里头拿出一把锋利的长刀。

03

警察表示会继续调查后便挂断了。

柏舟像是沉到无底的深渊里，这时才反应过来，如果许颂意真的要杀了桑泱，怎么会告诉她桑泱在哪里。

这么明显的谎话她竟然信了。

"她的目的是那幅画，小舟，你快回去，不要一个人，她手里肯定有武器，报警或者叫上保安一起。"桑泱的声音很虚弱，却又很冷静。

浴缸里的清水已经被她的血染红，柏舟的眼睛被那一池猩红刺痛，拿起手机拨号，她不能，不能就这样不管桑泱，她做不到。

"小舟。"桑泱的声音传来，打断了柏舟的动作。

柏舟看向手机里的桑泱。

桑泱眼睛被蒙着，看不到她在做什么，可她太了解她了。

"来不及了。"桑泱温声道。

柏舟大脑中紧绷的那根弦在她这四个字中绷断，耳边响起一阵嗡地轰鸣。

"我们还有画呢，拿到画，一切都还能挽救。"桑泱的语气称得上轻松。

柏舟的眼泪倏然滑落，她的手颤得几乎拿不住一个轻飘飘的手机。深呼吸平静下来，她还是拨了号，跟警察仔细说明桑泱被绑走的时间和地点，然后把作案人去了她们家，她身上带了凶器的事都说了。

桑泱听到她仍旧执拗地希望警察来救她，不由无奈，可心里是高兴的。

她也不想放弃，可是许颂意下手又准又狠，没有给她留一丝机会。

她最多只能撑半小时。

半小时，连弄清她在哪里都不够。

她听到柏舟说："出警了。"

桑泱听到了她努力想掩饰的哭腔，心酸得厉害，笑着安慰她："别哭啊，我们还没输呢。"

她忍不住期盼："说不定是我多疑了，她没有去找画，画还是安全的。"

可是她又很清楚，这个可能微乎其微。

许颂意将她绑到不知名的地方，谎称这里是她家，为的就是把柏舟支开。

而蒙住她的眼睛，则是因为她去过许颂意家，知道她家是什么样的，

让她看见就会穿帮。

不知道她是怎么知道那幅画的，但她有时间说那么一大篇话，却始终没问一句她们在那天为什么会支走那名司机。

这不合理。

毕竟，她非常想知道这件事，先前已经问过她两次，没道理这回有充裕的时间，反倒不问了。

所以，她这次不惜亲自动手暴露自己，为的就是布这个局杀了她，并把柏舟引开，去她家里找那幅画。

这个逻辑柏舟怎么会想不到？她只说："我会保住画的。"

她似乎已经冷静下来，声音有些发颤，却好歹没哭了。

桑泱听她这样说，又不放心起来："你的安全才是最重要的。"

"嗯。"柏舟嘴上答应了。

空气里弥漫着浓郁的血腥味。

桑泱感觉到身体的热量在流逝，哪怕浸在热水里也感到一阵冷彻心扉的寒意，意识逐渐地模糊，她强撑着，可她的眼前却只能看到一片黑暗。

她昏沉得厉害，她知道自己很快就要撑不住了。

尖利的刹车声传来。

桑泱艰难地睁眼，依然只有黑暗。

"小舟。"她问，"她来了吗？"

家门开着，许颂意显然已经在里面了，不能再拖了。

"我进去看看。"柏舟飞快地说着，同时迅速地推开车门，她半个身子已经出去了，又忍不住回头看。

桑泱很可怜地浸在血色中，她垂着头，血液在不断流失，她没力气坚持了。

　　但她似乎感觉到了什么，缓缓地抬起了头，她虚弱地弯唇，声音也低得几不可闻。

　　但柏舟听见了她说的最后一句话，她说："小舟，要保护好自己。"

　　柏舟关上了车门，她麻木地走进家门，豌豆躺在地上一动不动，身上有两道被血浸透的伤口。

　　许颂意从画室出来，手里拿着那幅画。

　　"啧。"她颇为意外地看了看柏舟，"没想到你这么冷血，任由她死在那儿了。"

　　"画，给我。"柏舟面无表情地说道。

　　"你告诉我这幅画怎么用，我就给你。"她轻松地说着，手里还拎着那把长刀，刀上沾着些许血迹，在银白的刃上极为刺眼。

　　她还是有些惋惜，惋惜没能多窃听点东西，比如这幅画的用法她就不知道，不过也等不了了。

　　调查公司在查她，她那对愚蠢的养父母以为多搬几次家，再转一次学就能瞒过所有人。

　　却不知道凡是做过的事都会留下痕迹，她根本经不起查。

　　"你逃不了了。"柏舟说道。

　　许颂意却不见得多慌张，她将刀尖对着柏舟："告诉我，怎么用它。"

　　明明是那张熟悉的脸，但此时，她的神态气质都变得极为陌生，仿佛换了个人一般。

　　柏舟没有畏惧也没有后退，她看了看刀尖，说："我不会告诉你。"

　　话音刚落，尖锐的警笛声划破宁静的夜。

　　许颂意的脸色这才有了些许惊慌。

　　她确实逃不了了，逃脱的唯一办法就是利用这幅画"穿越"时空。柏舟冷冷地注视她。

　　许颂意再也维持不住悠然自得的表象，声音猛地拔高："怎么用？你快说。"

　　她一面说，一面提着刀上前。

柏舟没躲，任由许颂意轻易地将刀架在了她的脖子上。

门口传来一阵急促的脚步声，还有警察指挥的声音。

里头的情况一清二楚，凶徒劫持了人质，警察不敢硬闯，派人喊话。

"入室抢劫不是什么重罪，最多判个一两年就放了，你要杀了人，这辈子就完了！"

喊话声不断，外头的动静也越发大，警察在叫增援。

涉及一条人质的性命，没人敢轻率，一面将情况上报，一面守住了房子的各个出口。

柏舟配合地跟着许颂意去了二楼。

她故意成为她的人质拖延时间，否则警察会直接实施抓捕，到时走投无路的许颂意很可能会直接把画毁了，来个鱼死网破。

毕竟，她可不只是入室抢劫而已。

柏舟咬了咬牙，艰难地克制着愤怒，放缓了声："不然你先坐会儿？别紧张，反正已经改变不了什么了。"

许颂意本来就心慌，她狠狠地斥了声："闭嘴！"然后紧紧抓着柏舟，将她挟持到窗边。

房间里没有开灯，厚实的窗帘将里头遮得严严实实。

许颂意将窗帘掀开一条手掌宽的空隙，朝外看了一眼，外头停了好几辆警车，周围的居民也醒了，将各自院子里的灯打开。

一片灯光连接而成的光明，从这条空隙入侵进来，仿佛要将房间里的黑暗也逼退。

许颂意莫名地感到心惊胆战，她自己退到窗帘后，让柏舟站在那道空隙前，将刀刃压在她的颈上，让外面的人看到。

外面的人果然投鼠忌器，反复告诫："不要伤害人质！"

于是，许颂意感受到了些许细微的踏实感。

她不想死，否则，她跟桑泱走得这么近，有无数个机会能杀了她，何必这么麻烦地设计这个设计那个。

"快告诉我怎么回去！"许颂意恶狠狠地道，刀刃挤压，柏舟感到一阵痛意，随即脖子上一凉，血渗出来了。

她颤了一下，唇角却扬了起来："告诉你，然后呢？让你走？"

她似乎什么都不怕，即便被刀刃割破脖子，割断喉管，她都不怕。

许颂意有片刻恍惚，明明她记得柏舟是个乖巧听话的人，乖巧听话往往也意味着胆小无主见。

但此时她却显得极为锋锐，不是那种削铁如泥的薄刃一般的锋锐，而是坚硬的，仿佛能刺破一切的利锥般坚忍而锐利。

外头突然响起由扩音器放大的声音："里头的人听好了！放开人质，我们保证你的安全！"

这是连三岁小孩都哄骗不过的说辞，但外头的人却一遍又一遍地朝里面高喊。

许颂意的双耳被这些声音灌满，她猛然间心慌难耐，声音有了片刻软弱："我走投无路了，反正都是死，你不说我就杀了你，我们一起完蛋！"

柏舟毫无反应，她的目光穿过外边晦暗夜色下灯光照出的明亮，看到对面那栋别墅顶上那块漆黑的地方有一道红外线，但一晃就消失了。

"你教我怎么回去，我就放了你，到时候你能继续活着，我也能回到过去见到李菁，两全其美，我们都能活，不好吗？"

许颂意的话语间带上了哀求，但她控制不好情绪，手上抖了一下，将伤口划得更深。

柏舟疼出一声闷哼。

两全其美？她怎么能说出这么可笑的话？

柏舟笑了起来，她素来明亮乖巧的眼睛里染上了阴险与恶意，她轻柔地说道："你知道吗？关于那幅画，你弄错了一件事。"

"什么事？"许颂意下意识地接话，听到她要说那幅画，她的注意力彻底被攫取。

柏舟缓慢地，用近乎蜗牛蠕动般的速度，朝前挪动着脚步。

"你真的不知道吗？关于时光回溯的规律，你还没有弄明白吗？"

她缓缓地说道，讲的都是许颂意当下最关心的事，却又迟迟不点明答案。

许颂意集中注意地听着，既紧张，又兴奋，她感觉到离她一直想要的答案又近了一步。

软弱和哀求都被收了起来，她恶狠狠地将刀刃再往里送，仿佛真的会在下一秒就割断柏舟的喉管一般阴沉地逼问："再不讲，就一起死！"

柏舟继续微小地移动，喉咙上的痛意更加剧烈，但她好似全然没把自己的命放在心上。

"时光回溯只能回到 11 月 29 日。"

许颂意想回到李菁还活着的时候，但这根本办不到，她的愿望不过是水中月镜中花罢了。

这时许颂意的半个身体跟随着柏舟的挪动而前移，不知不觉已露在了窗帘间的空隙里。

柏舟没有听到许颂意的下一句问话，不论是质问还是呵斥又或是绝望恍惚，全部没有。

一声清脆的玻璃破裂声在耳边骤然响起，几乎是同时，架在她脖子上的刀滑落坠地。

柏舟脑中一直紧绷的那根弦骤然断裂，她迅速地躲开，回头便看到许颂意直直地挺立着，她眼中满是愕然，不知是因为柏舟最后说的话，还是这突然而来的剧变。

她抓着那幅画，艰难地抬起来，似乎还想说什么，却已说不出来。

一滴血从她的额头滑落，正滴在画上。

柏舟睁大了眼，忙将画夺了过来，与此同时，许颂意倒在了地上。

"匪徒已被击毙！"楼下的声音传了上来。

紧接着是其他一些说话声与脚步夹杂的声音。

但柏舟已经顾不上了，她盯着画面上那滴血，正落在黑洞的位置，紧接着，她便什么都看不到，也听不到了。

意识猝然远去。

番外
Chapter Extra

新生

· 番外一 ·

01

柏舟再次醒来的时候，眼前是一个陌生的地方。

但说是陌生，又不尽然。

她环顾了四周，终于从遥远的记忆里挖掘出答案来，这是她小时候住的地方。

柏舟大脑空白了一瞬，她猛地坐起来，一低头就看到了自己的手，缩小到只有原来的一半。

她忙掀开被子，腿也短了，整副身体都缩小了。

柏舟怔住了，她爬下床，床太高了，她不习惯，险些摔了一跤。

桌子仿佛也变高了，她得爬上椅子，才能看到桌上的全貌。

笔、橡皮、作业本、书包。

柏舟找了一圈，才找到被压在作业本底下的手机。

手机的屏幕小小的，下面是好几排实体按键，是很久以前还没有智能机时的机型。

柏舟越看越眼熟，终于从记忆的角落里找到了它，这是她小时候用过的一个旧手机。

她连忙按亮那块小屏幕，屏幕上显示出了时间和日期。

2003 年 3 月 11 日。

柏舟脑子里一片混乱。

为什么是 2003 年？不是应该回到 2017 年 11 月 29 日，回到车祸发生的那天吗？

她回想"穿越"前发生的事，许颂意的血滴在画上的瞬间，她把画抢了过来，然后就失去了意识，醒来就在这里了。

跟前两次"穿越"对比，区别就是往画上滴血的人和最后拿到画的不是同一个人。

她突然想到，调查公司的老板说过，许颂意被领养的时候是十三周岁零九个月，虚岁算十四岁。

她记得许颂意比她大五岁，生日是六月份。

推算一下，2003 年 3 月正好是许颂意被领养的月份。

她明白这幅画"穿越"的机制了。

画是一艘时光机，拿到画的人相当于搭上了时光机，能回到过去，但回到哪个时间点是那滴血决定的。

而血承载的是主人的执念。

前两次之所以都回到那一天，是因为先前她和桑泱心心念念的都是希望对方能活过来。

但许颂意想要的，是回到被领养的那一天，做个和前一次不一样的选择。

这幅画，是要给那些悔恨与执念重新来过的机会。

柏舟跌坐回床上。

桑泱在哪里？她该去哪里找她？

还有那幅画，时光回溯后，画会原地掉落，所以它应该在她们家所在的那个地方。

但那个地方在 2003 年还没有被开发，是一条宽阔的河，她现在赶过去，什么都不剩了。

那么，她现在该做什么？

十五分钟后，柏舟在街上拦了一辆出租车。她记得调查公司的老板说过，她们待在北城儿童福利院。

柏舟不知道这个地方，便向司机报了地名，司机也不知道。

"我们这儿有这个福利院吗？小朋友你是不是记错了？"司机见她是个小孩，拖着话音逗她。

柏舟反应过来，福利院也许在十几年里改过名。

"我们市有几家孤儿院？"她问道。

年纪小小，说话的腔调、表情倒是像个大人，司机暗自腹诽，语调也不由利索起来："只有一家。"

"就去那里！"

车子开得挺稳，就是一路上司机的话太多了。

如果是平时，柏舟一定会耐心应答，但此时她全然没有心思。

她其实不太明白自己为什么要走这一趟，或许是因为想要阻止许颂意在今天被领养。

只要许颂意不离开妹妹，她们一起长大，李菁也就不会为了穿干净的衣服去见许颂意而勒索儿童，不勒索儿童就不会因为被桑泱撞见而惊恐逃跑，不逃跑自然也就不会出车祸，桑泱也不必被许颂意记恨。

但时光回溯了这么多年，许多事都会发生变化，说不定她什么都不用做，在未来桑泱也不会再遇到许颂意。

哪怕遇到了，到时候她再做些什么也完全来得及。

开车的司机见这小孩这么高冷，渐渐地也就不开口了，倒是不时地透过后视镜看她一眼。

每看一眼，便叹一次，这小孩可真是太严肃了，这样独自一人跑去孤儿院，别是谁家被领养的孩子，在家里过得不好，偷偷逃回去的吧。

两人这么一路各想各的，也就到了全市仅有的那家儿童福利院外。

柏舟付钱下了车，却没成功进去，她被门卫拦住了。

"去去去，这不是玩耍的地方，上别处玩去！"门卫漫不经心地轰赶道。

柏舟：……

她走到一边，低头看了看自己的身子，短短的，比桌子高不了多少，难怪别人轰她呢。

不过个子矮也是有个子矮的好处。

柏舟没有离开，而是躲到了门外的一棵大树后观察门卫，等门卫坐下来看电视时，她瞅准时机，猫着腰踮着脚从窗下飞快地溜了进去。

这家福利院好大。

柏舟本来想要到房子里去的，但她看到房子里有几个工作人员，怕被抓住，就避着躲了开来。

她得想个办法找到许颂意。柏舟绕着那两栋房子走，试图找到安全的切入口，却发现房子后面那一大块空地。

空地上一群小孩在一排长长的水槽边洗东西。他们有的在洗衣服，有的在洗菜，都是些十来岁的孩子，也有小点的，八九岁的样子。

他们低着头，埋头干活，相互间没有交流，虽然人很多，那里却一片压抑的安静。

柏舟躲在一棵树后，踮起脚尖往那边扫了一圈，那一个个小孩穿着差不多的衣服，都低着头，看不清正脸，分辨不出哪个是许颂意。

突然，有人从背后拍了她一下。

柏舟吓了一跳，惊恐地回头，却见是个和现在的她差不多年纪的小女孩。

这个小女孩也穿着灰扑扑的衣服，头发有些枯黄，细瘦的身材，大大的脑袋，像颗绿豆芽。

但她和那边那排同样瘦小的孩子有着微妙的不同。她是灵动的，没有丝毫压抑，一双圆溜溜的眼睛像是会说话。

没等柏舟开口，小女孩先开口了："你是谁？我怎么没见过你？"

柏舟见是个小孩，那阵被吓了一跳的惊恐也就退去了。

她正愁找不到人，这小孩来得正好。她先将食指竖到唇边"嘘"了一声，下意识地四下环视一圈，确定没人看到她们才拉住这个小女

孩走到别处去。

也许是因为她也是个孩子，小女孩不害怕她，任由她拖着走，没有出声。

到了一处没人的墙边，柏舟才问："你认不认识一个叫李漫的人？"

她的声音软糯糯的，完全是小孩子的嗓音。

眼前的小女孩呆了呆，然后缓缓地点了点头，这才有了几分警惕，直直地盯着柏舟，反问："你找李漫做什么？你是谁？"

如果真的是个差不多岁数的孩子，大概会被她突然的警惕诘问吓得紧张起来，但柏舟毕竟是个大人，怎么会被小孩子的色厉内荏吓住。

她看出了她警惕之下对李漫的保护，对眼前这个小女孩的身份有了猜测，她问："你是李菁？"

这下小女孩就不只是警惕了，小脸上布满了害怕："你怎么知道？"

她猜对了。这就是李菁，当年在学校外死于车祸的女生。

她现在还是一个小女孩，绑着两条辫子，脸上还没有多少阴郁，按岁数算，李菁应该比她大一岁，但她的个子比她小得多，还很瘦。

柏舟不想吓到她，温声道："你姐姐知道我是谁，我找她有事。"说完，又问，"今天是不是有大人来挑选小孩？"

李菁听到她是姐姐认识的人，松了口气。她点点头，圆圆的大眼睛又灵动了起来："是啊，你怎么知道？"

放下警惕后，她的声音恢复开朗，没有任何焦虑或紧张。按理来说，孤儿院的小孩都应该渴望被领养，有大人来挑时该紧张地想着好好表现才对，但李菁身上却放松得很。

"你不想被选上吗？"柏舟问道。

李菁摇摇头："不想，除非有大人把我和姐姐一起带走。"

她说得十分自然，仿佛这是极为理所当然的事。

柏舟意识到她话中的含义，不由得问了一句："你姐姐也这么想？"

"是啊。"李菁显然没什么心机，她笑起来，"我们早就说好的，要待在一起，今天的客人只挑一个孩子，所以跟我们没关系。"

　　柏舟的心沉了下来，眼前的女孩笑容阳光，她大概从来没想过，坚持这个想法的只有她一个，就在今天，李漫就会独自被领养，丢下她离开这里。

　　"我姐姐快要满十四岁了，她成绩很好的，还跳了级，老师说她肯定能考上大学，她说她上了大学，就会带我一起走。"这样的话李菁不知道跟别人说了多少次，现在跟一个陌生人讲起来，也很顺口。

　　柏舟问道："你说话很流利，一定很聪明，没有人想要领养你吗？"

　　"有的。可是我要和姐姐一起，就故意表现得很差，他们就不想要我了。"李菁天真地说。

　　柏舟闭了一下眼，她对李菁说："你帮我把你姐姐叫到这里来好不好？"

　　李菁犹豫了一下，但想到这是姐姐的朋友，就答应了："那你要快点说完，我们离开得太久，被发现偷懒的话，会被惩罚的。"

　　柏舟答应了。

　　不到五分钟，她就回来了，身后还跟着一个大一点的女孩。

　　柏舟打量着那个女孩，眉眼间隐约能看出几分未来许颂意的影子。

　　见找她的是一个这么小的孩子，李漫疑惑地问："你有什么事？"

　　柏舟没答话，转而看向李菁，温和道："我要和你姐姐单独说句话，你先回去。"

　　李菁迟疑了一下，看向李漫。

　　李漫却在打量柏舟，见她面容稚嫩，气质却很沉稳，毫无这个岁数的小孩常有的顽皮，目光沉沉的，像是一个大人，不避不闪地回视她。

　　李漫下意识地让李菁先回去，李菁显然很好奇，但她还是听了话，一步三回头地走了。

　　面前的李漫还没有将来的许颂意那样的偏执疯魔，也没有许颂意装出来的文静温柔，她只是站在柏舟的面前，目光冷淡地看着她，既防备又警惕。

　　"你想做什么？"她口气冰冷地问道。

于是柏舟突然意识到，对着这样一个生性凉薄的人，和她谈感情是没有用的，她既然决定瞒着妹妹争取被领养的机会，说明她已经衡量过了得失。

　　上个时空她被领养后过得不好，到最后养父母甚至想要领养一个新的小孩来替代她。

　　所以她将过去真心对待她、依赖她的妹妹当作了一根救命稻草，觉得如果不是桑泱多事，如果妹妹还活着，她还会有幸福的机会。

　　回到十四岁时，改变被领养的结果，是她生命最后一刻最迫切的事。

　　但现在的李漫还没经历过那些，她不会被轻易说服。

　　柏舟看了看李漫，她做不到对这个人心无芥蒂，得花好大的力气才能让自己心平气和下来。

　　"你想在今天被领养。"她说破李漫的打算。

　　李漫没能控制住自己的表情，她瞳孔剧烈地收缩，下意识地转头望向李菁离去的方向。

　　"不是她说的。"柏舟又道。

　　李漫转回头来，她明显松了口气，眼睛直勾勾地看着柏舟，问："你想做什么？"

　　她看起来很可怕，低头逼视着柏舟。

　　现在没有那幅画了，而桑泱还在这个世界的某个地方等她，现在的柏舟有了想要找的人，已经无法像几个小时前那样面对着刀刃都丝毫无惧了。

　　但她装作自己一点也不害怕的样子，装作沉着冷静，仿佛知悉一切的样子。

　　在李漫朝她逼近时，她轻巧回视："你还有两年就能考上大学，上了大学就有了很多自由，为什么要在这个时候争取被领养？领养你的人家未必是好人家。"

　　这个突然冒出来的陌生小孩像是了解她的所有事，这是一种很诡异的感觉。

李漫确定她没有跟任何人提过她会在今天争取被领养的事，她是怎么知道的？

李漫理所当然地产生忌惮。

柏舟已经在思索如果沟通不了怎么办？闹个事，把今天的领养搅黄？

她其实有很多的退路，即便今天不成功也没关系。

只要她将来阻止桑泱和许颂意成为朋友，或是到了车祸发生的那一天，别让桑泱和李菁碰面。

她可以做一个旁观者，在任何人都不知道的情况下，顺势做一些事，就能轻易地改变结果。

可是，柏舟觉得李菁有点可怜。

她知道自己为什么会出现在这里了。

不管是刚才那个和其他灰扑扑的小孩不一样的生动乐观的李菁，还是桑泱描述里一看到她就惊恐逃跑丧生在车轮下的李菁，都让柏舟觉得可怜。

柏舟希望李漫能留下来陪她，这是上个时空的李漫的心愿，也是上个时空的李漫欠她的。

李漫觉得这个不知从哪里冒出来的小孩脸上有着成年人才有的沉着冷静，还有刚才在她脸上短暂出现的怜悯。

这很不和谐，也使人感到怪异。

她想到一种可能，戒备地问："是他们让你来试探我的？"

柏舟抓住"他们"这个关键词，她想起调查公司的调查结果里推测这家孤儿院内部有问题。

她正要说话，拐角处响起脚步声。

李漫警觉地拉住柏舟躲到墙角的一堆杂物后，她又轻又快地把几张散放的塑料编织袋盖到自己和柏舟身上。

柏舟被这突如其来的变故弄得蒙了一瞬，但她迅速想起李菁刚才提醒她的话，配合地将自己隐藏起来。

　　她们两个都很瘦小，缩在角落里就是小小的一团，上头盖上东西，很容易就能躲起来。

　　透过编织袋的缝隙，她看到一个矮胖的女人，走过来看了一圈，嘀咕了一句："人呢？"

　　她说话的时候，神色很阴沉，两颊的肉往下垂，面相刻薄严厉。

　　李漫的身体有些发抖，她一手捂着自己的口鼻，屏着呼吸，眼睛睁得很大，直到那个女人转了一圈，发现没人后离开，她也不敢动。

　　又过了约莫两分钟，她才伸手掀开编织袋。

　　"你到底是什么人？来做什么的？"李漫问道。

　　这次她的疑惑多过了警惕。

　　"你发现了他们的问题，所以想被领养，不管李菁？"柏舟不答反问。

　　李漫撇开了脸。

　　柏舟算是知道她为什么会那么愧疚了。

　　李漫拨了一下自己的头发，为自己辩解："他们下手的都是那些没存在感又胆小的孩子，李菁胆子大，又活泼，他们不会冒险朝她下手。"

　　"你成绩好，被老师关注，还交了不少朋友，他们也不会向你这个类型的下手。"

　　李漫怒视着柏舟。

　　柏舟失去了和她继续说下去的兴趣，她本来就厌恶她，如果可以，只想再也不用与她有任何交集。

　　"你有两个选择，第一，按照你打算好的做，以后必然后悔；第二，留下来，保护自己和李菁，或者干脆揭穿他们。"

　　她说完，就走了，李漫在她身后问："你怎么知道我必然后悔。"

　　柏舟没回答她。

　　她甚至觉得自己来这一趟是毫无意义的，但她走出几步，就听到李菁的声音。

　　她跑过来，这次脸上没有刚才那种近乎天真的活泼了，她害怕地跑到李漫身边，拉着她的衣服："我骗她说你被园长叫去了，她现在去

园长那里找你了，你快去宿舍，装作收拾垃圾，她就没法说你偷懒了。"

她顿了顿，又说："但我骗了她，她肯定会罚我，你晚上给我藏点吃的。"

她说得很自然，没觉得自己帮助李漫，就应该得到李漫的感激，也没觉得让李漫帮她偷藏食物，会麻烦到李漫，在她心里，她们互相帮助是理所当然的事。

李漫望向柏舟，柏舟问："明白了吗？"

说完这句话，她没再停留。

溜出福利院，柏舟有点迷茫地站在了路边。

她一时不知道自己接下来该做什么。

是要把小时候的生活再过一遍，然后等到十六岁那年的初秋，重新和桑泱在那座小礼堂相遇吗？

想到桑泱，几个小时前那种无能为力的自责，和目睹她浸泡在血水里的心疼痛苦，在尘埃落定后，依然不停地折磨她的心神。

口袋里的手机响了。

现在的手机比未来的智能机小巧，但功能也少得几乎只有接打电话、收发短信两样。

柏舟的情绪低沉，大脑也混沌，看到屏幕上显示着"周老师"三个字，想不起是谁，一边擦眼泪，一边接起来。

"小舟，你怎么没来上课？"女性的声音响起，语带关切。

听到声音，再加上"上课"这个关键词，柏舟终于想起，这是她小学时绘画课的老师。

她开口，声音有点哑，配上她仍稚嫩的嗓音，便格外的软糯委屈。

"我有事耽误了。"她回答道。

"什么事？"周老师问了一句，柏舟答不上来。

"那你今天还来上课吗？每个周六的绘画练习，你从来不落的。"

周六，绘画练习。柏舟的记忆逐渐复苏，她终于想起来了。

她回答了"来"之后，拦下了出租车，报上画室的地址。

一路上，她终于平静下来。

还活着就是最好的，她还能和桑泱重逢，还能继续画画，危险也消弭了，一切都是好的。

她在画室门口下了车。

身体变小以后，最大的感受就是周围的一切都相应地变大了。

行道树那么高，她仰着头才能看到树梢。

往来的行人那么高，她的头顶还不到他们的腰。

自行车那么高，她爬上去，腿只能勉强地碰到脚镫子。

柏舟还需要时间适应。

她走到画室门口，阳光穿过枝叶繁茂的树冠缝隙照在她身上，她仰头与阳光对视，金灿灿的温暖突然点亮了她某一处的记忆。

她没进画室，朝着一个方向飞奔而去。

她一路不停地跑，沿着人行道，在行人诧异的目光里，向着一个地点飞奔。

终于她跑到了，她仰头看向那扇大门。

一中的正门。

门开着，她喘着气，跑了进去。

星期六下午的校园很安静，这一年还没兴起各种补课，周六是高中生的休息日，只有零散几个穿着校服的人在操场上打篮球。

柏舟沿着楼梯往上走，走到高二（9）班，新教学楼三楼靠东侧楼梯的那一间。

她停住了，急促的呼吸慢慢平复，但心跳的动静却在逐渐剧烈。

她走到窗边，里头有几个学生在座位上写作业。

她一眼就看到了那个十六岁的女生，她坐得很端正，拿着笔，低头在写什么。她的侧脸是柏舟熟悉的模样。

在看到她的那一瞬间，柏舟的忐忑煎熬都消散于无形。

桑泱抬头，看到了窗外的小孩，她们的目光对上，小孩的眉梢舒展开，她有些拘谨，但又很开心，朝她露出一个大大的笑容。

桑泱感觉自己心底的某处仿佛被牵引，被这个陌生的小孩感染了笑意。

金色的阳光从窗户照进教室，她们彼此望着对方，又彼此微笑。

02

桑泱觉得那个小学生很奇怪。

她每周六都出现，有时是中午，有时是下午，急匆匆地跑来，看到她在，会如释重负地舒一口气。

可她们从来没有说过话，此前更不认识，桑泱不知道小学生是来做什么的。

直到初夏，期末复习紧张，桑泱深夜学习受了凉，周六发热去了医院。

等她打了一针，身体舒服些，才想起她今天没去学校，那小学生就要见不到她了。

长久以来的无声默契毫无预兆地被打断，桑泱既不习惯，又忍不住想小学生扑了空说不定会着急。

挂完水后，桑泱想要去一趟学校，但妈妈怎么都不答应。

陪着她一起的爸爸也不让她去："平时好好学，现在生病了就要好好养病，别总想着学习。"

桑泱没办法，只得挂着心，一直到了周日下午。

周日晚上有晚自习，许多没完成作业的同学下午就来赶作业了。

桑泱走进教室，教室里坐了十来个人，一见她就嚷嚷着问她："英语卷子写了没？给我们对一下答案。"

桑泱习惯性地把自己的卷子交出来，几个同学聚到了她身边，桑泱笑着说："你们拿走看，别挤在这儿。"

于是同学们又一哄而散。

桑泱低头将书包里的其他作业往外拿，拿到一半，她忍不住转了下头望向窗外，今天不是周六，窗外自然没有那个小小的身影。

真的太奇怪了，她根本不认识那个小学生，甚至到现在连她名字都不知道。偏偏这两天，桑泱却总想着她，像是自己失约了一般过意不去，可她们明明没有约定呀。

桑泱这么想着，摇了摇头，将书包往课桌里塞的时候，被什么东西阻隔了一下，她低头一看，是一个装得鼓鼓囊囊的塑料袋。

这不是她的东西。

桑泱疑惑地拿出来，打开一看，里面是一些糖，几块独立包装的小饼干，都是她喜欢的口味。

她翻了翻，翻出底下一张好好叠起来的信纸，没装信封，就这样摆在小饼干和糖下面。

桑泱有种预感，是那个小学生留下的，打开一看，果然是。

只有短短的一句话。

不要贪凉，不要睡太晚。

落款是，小舟。

原来她叫小舟。个子小小，字倒是写得很成熟，像个大人，说话的语气也像。应该是听同学说她生病了，才会留下这个。

桑泱想将信纸叠起来，又发现背后还有东西。她翻过去，发现是一张简单的小漫画，一个小孩双手举在嘴边大声呐喊："一定要早日康复！"

桑泱忍不住笑了起来，她将信纸拿在手里，指腹微微摩挲片刻，没将它丢掉，而是夹进了书本里。

接下来的一周她心情都莫名的好。

直到又一个周六，桑泱照常来学校写作业。

她不时留意一眼窗外，小舟在中午的时候出现了。

这次她没有马上离开，双手扒在窗台上，问："你病好了吗？"

桑泱对她点了点头，站起身，走到外边。

柏舟没预料她会出来，一时无措，甚至有些想要逃跑。

可她是抗拒不了和桑泱接触的机会的，脚像是长在了地上一般，她直愣愣地望着桑泱。

桑泱倒是落落大方，走近了，向她道了谢，说糖和小饼干都很好吃，她很喜欢。

柏舟笑了起来，对这个回答特别满意，又忍不住得寸进尺："那，我下回再给你带。"

桑泱摇了摇头，眼中的笑意很深："我怎么能骗小学生的东西？"

柏舟张了张口，却懊恼地发现自己无从反驳，她确实是一个小学生，一个才上四年级的小学生。

这也是柏舟没有急着认识桑泱，而是和她保持距离的原因。

这么大的年龄差距，桑泱怎么都不可能跟一个小学生平等对话的。

她沮丧地低下了头，但还是倔强地辩解："不是骗，是我送给你的。"

虽然只有短短几句对话，但桑泱还是发现，不管语气还是用词又或是她留在信纸上的字迹，都说明她比同龄人要成熟许多。

桑泱回头看了眼教室里正在学习的同学，带着柏舟走到了楼梯口，这里没有什么人，很安静。

"小舟，我们以前见过吗？"桑泱问道。

这个问题把柏舟难住了，要怎么回答呢？见过还是没见过？

她们当然见过，可是她要怎么解释那段跨越了好几个时空的过往？

柏舟低下了头。

桑泱的眼中渐渐染上疑惑，这个问题很难回答吗？

就在她以为柏舟不会说的时候，柏舟抬起了头，她唇角微微扬了起来，眼睛里也是满满的笑意。

"我们见过的，我们在另一个时空认识了很长的时间，关系很要好。"柏舟终究还是说了实话。

她知道这话听起来像是一个得了臆想症的小学生在胡言乱语。

但她还是要这样说。

因为她想起上一个时空，桑泱一睁开眼，就把所有的事都告诉了她，

那她在这个时空，也要告诉她。

更重要的是，那些重要的记忆是属于她们两个的，她不想只有她一个人记得。

桑泱怎么也想不到会听到这样的回答，她愣了片刻，随即笑了笑，点点头，柔声道："嗯，那你别到处乱跑，早点回家吧。"

她没有相信，只当她在胡说。

柏舟仰头看着她，她现在个子也很矮，头顶只到桑泱的腰，一头微卷的短发乱糟糟，只是个不满十岁的小孩。

桑泱不相信她，才是正常的。

柏舟轻轻地点了点头，她说："姐姐再见。"

然后转过了身。

桑泱从来没有见过哪个小孩有这样深刻的忧伤，一般的小学生即便是伤心也该是大大咧咧的，哭就是哭，笑就是笑，哪会这样连眼睛里都溢满了悲伤。

她看着柏舟走出了两步，而后停了下来。

仿佛不甘心一般，柏舟转过身，道："我可以证明，你把你的作业给我做，我会做大部分的题。正常小学生不可能会写高中的题。"

桑泱意识到她是想证明自己真的是从另一个时空来的。

"还有，我知道……"知道你的生日，知道你住在哪里，知道你喜欢的食物，知道你成绩还算不错，一般都能考年级前五，知道周一的升旗仪式，你是主持人。

这些话都到了柏舟的嘴边，却终究没有说出口。

她看了桑泱一眼，终于还是离开了。

从那以后，她们似乎固定了每周六见一面，若有放假或是别的事周六不能见面，桑泱都会提前说一声。

每回见面，她们都能聊上几分钟。

桑泱知道了柏舟家住在很远的地方，之所以每周六出现，是因为她每周六都在附近的一间画室学画画。

她还知道柏舟成绩非常好，名列前茅，正准备跳级。

她说这个话的时候太得意了，头抬得高高的，桑泱忍不住出题考了她，才确信她说的是真的。

还有譬如柏舟的妈妈在她很小的时候就过世了，爸爸在外地工作，组建了新家庭，她不肯跟过去，就留在了家里，邻居一家很好心，会留她在家里吃饭。

桑泱有时也会说一些自己的事。

这样一次次的相处，一次次的对话，让柏舟原本焦急的心安静了下来。

现在这样重新认识一遍的感觉很奇妙。

柏舟大部分时候都是小孩的样子，会轻声抱怨画画好累哦，会说"我爸爸说今年过年不回来了，唉，习惯就好，他以后会越来越少跟我联系的，他现在的妻子不喜欢我，他们明年就会有一个自己的孩子了"。

她偶尔也会试探地握一下她的手，只要碰到，就会弯着眼睛笑起来。

也许是她恰好的分寸感，也许是她真的是一个很乖的小孩，桑泱一点也不会觉得她讨厌。

而有时，她也会像个大人一样，给她准备生日礼物，给她带一束小花，或者把自己得意的作品带给她看。

桑泱考上大学那年，柏舟很紧张地跟了去，到她的宿舍看过了舍友名单，没有"许颂意"也没有"李漫"，才算彻底放了心。

上个时空调查公司怕惹麻烦没有深入调查，也就不知道福利院的问题究竟是什么。

但柏舟总记挂这件事，她后来又去找过一次李漫，和李漫一起花了一年多的时间，解决了福利院的事情。

从那以后，这个人再也没有在她们的生活里出现过。

柏舟觉得这样很好，所有的恩怨都在上一个时空里由一颗子弹了结了。

她们不要再有交集了。

桑泱上了大学以后，她们见面的次数没有变多，但时间变长了，柏舟每周日都会去桑泱的学校找她，她们一起写作业，或是聊聊天，柏舟很健谈，每次见面都有说不完的话。

这一日日一年年的接触里，桑泱习惯了有这样一个小孩的存在。

她看着柏舟一天天地长大，从九岁到十岁，到十二岁、十四岁、十六岁，一点点长高了个子，长开了眉眼，可她的性格却从来没变化，她们相处的方式，也从来没变过。

桑泱会想，这个小孩是她看着长大的，可是不知道为什么，她偶尔会产生一种，不是她看着她长大，而是柏舟在等她一起长大的错觉。

后来柏舟终于按照她原本的生命轨迹上了美院，在那个秋天，她生怕各种变化带来的影响让一切都不一样了，赶去确定美院和医学院间有一场联谊后，反复跟桑泱说一定要去。

桑泱都让她念叨烦了，忍不住问道："衣服呢？有没有规定，我那天会穿什么？"

柏舟连忙回想，很奇怪，两个时空加起来十几年的时间，可初遇那日，桑泱穿着怎样的衣服，带着什么样的表情，她都清清楚楚地记得。

她详细地跟桑泱描述了一遍衣着，到了那一天，桑泱按照她说的，穿着记忆中的衣服，出现在那间小礼堂里。

桑泱走到她面前，轻声问道："我们在另一个时空，就是在这里初见的吗？"

柏舟轻轻地"嗯"了一声，神色有几分恍惚。

直到几秒后，她才明白过来桑泱的意思，她又惊又喜，问："你相信我说的话了吗？"

她真是迟钝得过了头。桑泱眼中浮现出无奈："我早就相信了。"

这次柏舟反应很快，她迅速拉住了桑泱。

这一世，没有仇恨，没有死伤，再也不用担心谁会突然离开。

直到这一刻，她始终动荡的心才有了安放之处。

豌豆回家

· 番 外 二 ·

　　柏舟找了一个时间把过去所有的事都告诉了桑泱。

　　桑泱听完，用了很长时间去消化，只庆幸，这回她们再也不用像上个时空那样经历那些可怕的事情了。

　　之后，她们依然各自忙着学业，一有空闲就约着见面聊天。

　　她们先后毕了业，桑泱还是在那家医院工作，只是同事里没有一个叫"李漫"或者"许颂意"的人。

　　她们依旧一起租住在那栋小别墅里，柏舟还是选择了自由职业，在家里画她认为最棒的作品。只是因为有之前的画功积累，这次她早早地就小有名气，第一次画展的举办时间提前了三年。

　　除了细节上的改变，她们的人生轨迹没有多大的偏离，仿佛一切如旧，但她们都清楚，她们比从前关系更好了。

　　休息日，桑泱先去做了早饭，然后来喊柏舟起床。

　　她先是隔着被子拍了拍睡梦中的柏舟："起床了，九点了。"

　　熟睡的人闭着眼睛，没有反应。

　　要是平时，桑泱大概也就由她睡了，可今天不一样，柏舟期待今天好久了。

"再不起来，就来不及了。"桑泱掀开了一点被子，柏舟立马往下缩，口中含糊地嘟囔："晚点去没关系。"

她昨天可不是这样说的，昨天说的是，那家店十点钟开门，她要做第一个进去的人。

可惜她昨晚太兴奋，怎么都睡不着，直到天亮才算进入梦乡。这下好了，困得起不来了。

桑泱想了下，晚点去也没问题，就把掀开的被子盖了回去，让她再睡会儿。

这时，手机突然响了，桑泱拿起一看，是姜苑打来的。

桑泱接了起来，姜苑声音传了过来："泱泱？起挺早，今天真的不跟我去逛街吗？"

桑泱走出卧室掩上门，才压低了声音说："今天我跟小舟有别的安排，你们玩得开心点。"

"别的安排啊……"姜苑话笑着，"就知道是这小鬼拖着你。"

她们没说几句，姜苑要出门了。

桑泱挂了电话，推开门，就见刚刚怎么也叫不起的人已经坐起来了，正低头揉眼睛。

她还不大清醒，迷迷糊糊的，乱糟糟的小卷毛顶在脑袋上，像一朵棉花糖，一看到桑泱进来，就问："是不是姜苑打来的？我听到电话响了。"

这会儿耳朵倒是灵了。

"嗯。"桑泱坐到床边，抓住她的手，"不能揉眼睛。"

柏舟听话地说："知道了。"然后，脸颊就鼓了起来，"她是不是又说我坏话了，不然就是又想让你去跟她逛街。那可不行，我们先约好的！"

猜得不算准，但也差不多了。桑泱帮忙打圆场："没有，她哪有这么坏。"

柏舟顿时更生气了，正要细数姜苑说过她哪些坏话。这一数起来，可就没完了。

"小舟，你看几点了？"桑泱说。

柏舟转头看了眼闹钟，她呆了呆，回过头："九点半了。"

"嗯，九点半了。"桑泱伸手整理了一下她的头发，见她很受打击的样子，安慰道，"现在起床还来得及。"

柏舟的脸皱成一团，也不说姜苑了，飞快地跑去洗漱。

从洗漱到下楼，她只花了不到五分钟，早饭也不肯吃，非要马上出发。

桑泱只好听她的。

她这么急，桑泱不放心她开车，就让她坐副驾驶座。

不过出发后，她的期待就多过焦急了。

"你也会喜欢它，我保证。"她说着不知说了多少遍的话，信誓旦旦的。

那家店离得不远，不到半小时就到了。

她们到的时候刚开门，店里除了店员空无一人，看到柏舟，站在门边的店员神秘地说："今天你可有福了。"

柏舟只以为她说的是今天那只新来的小柴犬，笑眯眯地说："我就是为它来的。"

这几天，她天天来店里看有没有新来的小狗。

上个时空她们带豌豆回家，店员说店里的"原住民"不欢迎豌豆，欺负了它半个月，不得已只好把它隔离起来。

柏舟每次想起这件事就很心疼，好几次跟桑泱说，这回无论如何都不能让豌豆被欺负了，一到店就要把它带回家。

因为店员说的是半个月，而不是确切的天数，柏舟生怕错过，于是提早了一个多礼拜过来，问店员有没有新的小狗要来，什么时候来。

咖啡店购进柴犬本来就是为了吸引顾客，见她那么期待小狗，就告诉她，"有一只小狗就快到了，营业时间还没定，因为狗狗来了要先隔离，需要隔离几天得看狗狗的状态，具体什么时候营业，不如您办个会员，到时候我们会提前通知您。"

一听就是骗顾客办会员的套路。

但是柏舟想要第一时间见到豌豆，爽快地充了钱。

昨晚，她接到店员的通知，今天就是小狗第一天营业的日子。

她兴冲冲地说完，拉着桑泱就要进去。

"不是它。"店员笑着说。

柏舟愣了愣，没明白她是什么意思。

里头传来一声奶声奶气的"汪"！

柏舟脸上扬起笑容，但下一秒，"汪、汪、汪、汪、汪……"的叫声此起彼伏。

全是奶声奶气的，这么密集重叠的叫声，绝对不是一只小狗能发出来的。

柏舟的笑容僵住，跟桑泱对视了一眼。

一旁的店员这时才跟揭晓谜题一般大声宣布："不是它，是它们。我们老板本来只想买一只的，但是因为您的喜爱和对我们店的支持，给了老板很大的信心，他觉得小狗一定会很受欢迎，于是他把那一窝小柴犬都买来了！"

柏舟什么话都顾不上说了，拉着桑泱快步走进去。

咖啡店的一角用网围了起来，让小狗们在里面玩耍。那里一群小狗，粗粗一看有七八只，都只有三四个月大的样子，长得也差不多，调皮地闹成一堆，分不出哪只是哪只。

柏舟惊呆了，桑泱忍不住笑了一下，但这情况实在棘手。

她悄声问："你还记得豌豆小时候什么样吗？"

柏舟一脸木然："恐怕有点难。"

豌豆小时候，对她来说是十多年前的事了，再加上奶狗期又短，很多细节特征都在年复一年的岁月中模糊了。

长大后的豌豆她倒是大致记得，可是小狗在成长过程中变化很大，根本没有参考的价值。

那个店员也跟过来了，见两位顾客不像是满意的样子，有点不解，想问怎么了，不喜欢这些小狗吗？

柏舟先一步提问："最先定的是哪只？"

店员往那些小狗中看了一圈，也很为难："这窝狗是被装在一个笼子里送来的，路上用来区分的彩色颈圈被它们互相蹭下来了，所以已经分不清最开始那只是哪只了，我们重新给它们取了名字。"

柏舟已经不想说什么了。

桑泱看了会儿，转头问店员："我们能进去吗？"

店员正疑惑柏舟的郁闷，不理解她为什么知道有一只小狗要来时那么高兴，结果看了一群狗反而快快不乐。

难道不是多多益善吗？

听到桑泱问她，店员尽职尽责地回答："可以，但得换上鞋套，动作要轻些。"

三四个月大正是小狗最好奇的时候，看到有人进来，有几只跑开了，还有一两只胆大的试探着凑过来，想一起玩。

柏舟就先从胆大的开始，一只一只地拎起来，仔细看。

从胆大的看到胆小的，从活泼的看到文静的，看了好几轮。

"怎么样？"桑泱见她眉头皱得越来越深，就知多半不好，但还是想知道究竟。

柏舟抿唇，沮丧地说："我找不出来，感觉都不像。"

桑泱柔声安慰："实在不行，过阵子就知道了，大不了我们天天来，看着点。"

她说的是豌豆会被欺负这件事，过几天就会让它们跟大狗一起了，到时候再看哪只被孤立欺负，就知道哪只是豌豆了。

她一点也不想这样，因为她早就想好要绝对保护好豌豆。

可是现在好像也没有别的办法了。

柏舟深吸了口气，下定决心："从今天开始，我要从早到晚都在这

里看着。"

"就这么决定了。"桑泱也赞同。

柏舟又看了看那群小东西，无力地扶着桑泱的手站起来，准备出去。

走了两步，她听到一阵"沙沙沙"的声音。

桑泱也听到了，屏住呼吸又听了会儿，好像是爪子挠纸板的声音。

她们对视一眼，辨出声音的来源，朝那边走去。

是一个角落，放了些纸箱，那些纸箱叠得差不多有半人高，因为用一张网隔了开来，那些小狗过不来。

"沙沙沙"的声音又响了起来，柏舟走近了，发现网格底下有一个口子，不知道怎么弄开的，小狗要穿过去绰绰有余。

桑泱的心提了起来，刚刚消磨掉大半的期待被重新提起。

柏舟拿掉最顶上的纸箱，"沙沙沙"的声音停下了，底下是一只落单的小柴犬，被几只纸箱围在了中间。

一看到她们，小柴犬就吐着舌头，露出了招牌的"柴犬笑"。

看到这个招牌笑容，柏舟久远的记忆全复苏了。

"豌豆！"她惊喜地叫道。

小柴犬抬起前爪搭在纸箱上，身后的尾巴摇成了螺旋桨，它的眼睛清澈纯洁，看着她们，歪了下脑袋。

桑泱知道自己为什么会那么喜欢豌豆了，它真的跟小舟一模一样，干净的眼眸，毛茸茸的脑袋，还有笑起来澄澈又天真。

她伸出手，让小狗闻了闻，等它熟悉了她的气味，才小心地把它托着抱出来。

"我们来接你了。"柏舟摸摸它的脑袋。

豌豆"汪"了一声，像是能听懂，钻进桑泱的怀里，然后回头朝柏舟露出腼腆的笑。

店员在外面看着顾客跟小狗的互动，避免不良行为对小狗造成伤害。

看到她们从角落里找到一只小狗，她辨认出是哪只小狗，说："这只小柴犬不太合群，喜欢自己玩，还喜欢钻到角角落落里找东西。"

喜欢往角角落落里找东西这个习惯，它长大后都没变。

她们跟店员表达了想要买下这只小柴犬的意思。

店员实在没想到这两个人竟然是来狗咖买狗的，一时间目瞪口呆，好一会儿才说她做不了主，得跟老板谈。

等她们带着豌豆出来时，这只小柴犬就是她们的了。

狗狗的用品是早就准备好的，她们直接回家。

小狗到了新环境有点怕生，放到地上走了两步就跑回到桑泱身边，往她腿上爬。

桑泱把它抱起来，它躲进桑泱的怀里不肯出来。

"好娇气哦豌豆。"柏舟摸摸它的狗头。

豌豆探过脑袋舔了舔她。

过不了多久，她们就混熟了，豌豆确定这是个安全的地方，主动下地要玩。

柏舟为它回家做足了准备，狗粮、狗窝不用说，狗狗玩具在她平时东一件西一件的搜罗中攒了满满一箱。

豌豆跟以前一样，最喜欢一只橙色的小球，只要看到它，其他玩具就入不了眼了。没多久就追着小球满屋子跑。

柏舟积极地陪它玩，一次又一次地陪它捡球丢球。

玩了一个小时，小狗累得趴在地上呼呼大睡，柏舟也累得想休息一会儿。

她对着桑泱哼哼唧唧地埋怨豌豆没良心："你看我那么卖力陪它玩，但是它最喜欢的却是你，你在的时候它都不带看我一眼的。"

桑泱露出沉思的样子："可是，我觉得豌豆最喜欢的是你才对。"

柏舟不相信。

"你没发现，豌豆一看到你就会笑吗？柴犬笑起来好可爱。"桑泱慢悠悠地夸奖起豌豆。

柏舟的注意力立马被转移了："我不可爱吗？你都不夸我！"

桑泱的眼里溢满了笑意："可爱啊，九岁的小舟更可爱，背着大大的画板，每周都来找我。"

柏舟不让她说了，七手八脚地捂住她的嘴巴。

桑泱的笑意更深了些，看着柏舟的眼神那样温柔。

柏舟凑近了："姐姐，现在这样真好。我们会一直这样活下去的吧？"

桑泱闭上眼睛，唇角微微地翘起："嗯，我们会一直活到老的。"

END

图书在版编目（CIP）数据

柏舟 / 若花辞树 著. —武汉：长江出版社，
2023.2
ISBN 978-7-5492-8720-8

Ⅰ.①柏… Ⅱ.①若… Ⅲ.①长篇小说－中国－当代
Ⅳ.①I247.5

中国国家版本馆CIP数据核字(2023)第033749号

本书经若花辞树授权同意，由北京晋江原创网络科技有限公司
委托天津漫娱图书有限公司正式授权长江出版社，在中国大陆
地区独家出版中文简体版本。未经书面同意，不得以任何形式
转载和使用。

柏舟 / 若花辞树 著

出　　版	长江出版社			
	（武汉市解放大道1863号 邮政编码：430010）			
选题策划	漫娱图书　马　飞			
市场发行	长江出版社发行部			
网　　址	http://www.cjpress.com.cn			
责任编辑	李　恒			
特约编辑	李子若			
总 策 划	两脚猫工作室	开　本	889mm×1230mm　1/32
装帧设计	刘江南　邵艺璋	印　张	8.25
印　　刷	武汉鸿印社科技有限公司	字　数	240千
版　　次	2023年4月第1版	书　号	ISBN 978-7-5492-8720-8
印　　次	2023年4月第1次印刷	定　价	48.80元